BUT YOU ARE IRREPLACEABLE

BUT YOU ARE IRREPLACEABLE
两个人的爱情是甘露，三个人的爱情是毒药。
所以，我希望我们之间，永远都不要有其他人的存在。

© SOL.Bianca Creation works

BUT YOU ARE IRREPLACEABLE
时间流逝，四季更替，日月无常，
所有的东西都在改变，**唯独**你在我心中的地位始终如一。
© S.O.L.Bianca Creation works

BL

唯独你是不可替代

YOU ARE IRREPLACEABLE

夏佐佐 著

CNS PUBLISHING & MEDIA | 湖南少年儿童出版社
HUNAN JUVENILE & CHILDREN'S PUBLISHING HOUSE

图书在版编目（CIP）数据

唯独你是不可替代 / 夏佐佐著. —长沙 ：湖南少年儿童出版社，2013.8
ISBN 978-7-5358-9300-0

Ⅰ. ①唯… Ⅱ. ①夏… Ⅲ. ①长篇小说－中国－当代 Ⅳ. ①I247.5

中国版本图书馆CIP数据核字(2013)第092091号

PUBLISHING & MEDIA
中南出版传媒

责任编辑：吴 蓓
品牌运营：Sean.L
特约编辑：李 黎 又 又
视觉监制：611
文字编辑：陈珍珍
装帧设计：胡万莲 兜 兜
插画制作：索·比昂卡创作组
（云末清凉 Daily 李 奥）

出 版 人：胡 坚
出版发行：湖南少年儿童出版社
地 址：湖南省长沙市晚报大道89号 邮 编：410016
电 话：0731-82196340（销售部） 82196313（总编室）
传 真：0731-82199308（销售部） 82196330（综合管理部）

经 销：新华书店
常年法律顾问：北京市长安律师事务所长沙分所 张晓军律师
印 刷：长沙超峰印刷有限公司
印 张：16 开 本：660 mm × 960 mm 1/16
版 次：2013年8月第1版 印 次：2013年8月第1次印刷
定 价：24.80元

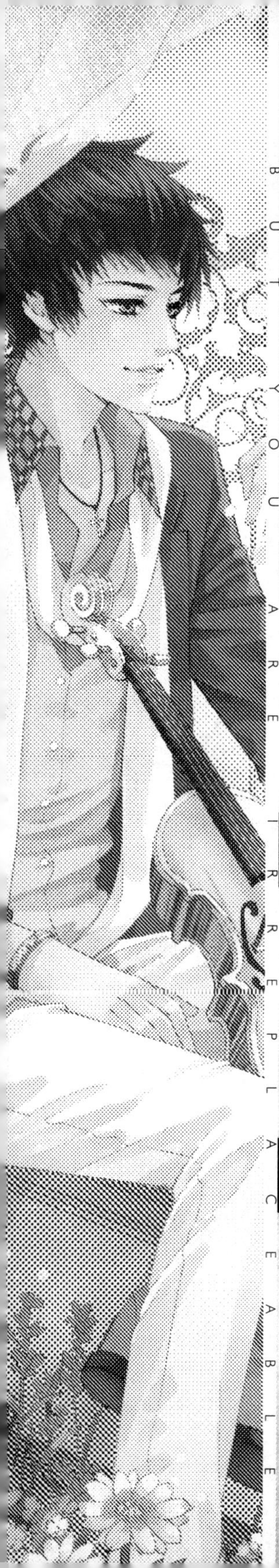

目录

BUT YOU ARE IRREPLACEABLE

唯独你是不可替代

CONTENTS

BUT YOU ARE IRREPLACEABLE

唯独你是不可替代

目录 CONTENTS

PROLOGUE 楔子

他，彻底消失在她的世界

金色的舞台，耀眼的光束圈定着一个挺拔的身影。

身着黑色燕尾服的少年神情自若地倾情献唱，天籁般的声音从麦克风中流泻而出，像一股柔和的秋风轻柔地拂过耳边，又像一条潺潺的小溪淌过赤裸的脚丫。

舞台下，黑压压一片的人影沉浸在曼妙的歌声中，如痴如醉。

少年把细腻的感情融入到音乐中，音乐如同被赋予了生命一般跳跃着。

少年惊心动魄的容貌让人甘于沉沦，唇边不经意的一抹轻笑，美丽而魅惑，紧紧抓住其他人的视线。

一曲完毕，余音久久萦绕……

万人体育馆，万籁俱寂，鸦雀无声，只听到他一个人的声音。

也许是劲歌热舞消耗了他过多的体力，他的眉宇间有着一丝倦容，细密的汗水浸湿了他的黑色衣裳。

他嘴角扬起一个恰到好处的弧度，优雅地说："感谢你们光临我的告别演唱会，感谢宝宝们一路上的支持，感谢宝宝们的陪伴，让我跨过艰难的门槛……"

柔和的声音中有着丝丝不舍。

宝宝，是他的粉丝的称呼。

黑暗中，人潮涌动，宝宝们挥舞手中的荧光棒，泪流满面，声嘶力竭地喊着："Key，Key，宝宝们永远支持你！Key，Key，宝宝们永远爱你！Key，Key，宝宝们永远等你！Key，Key……"

Key，是舞台上帅气少年的艺名。

他的本名是——夜景天。

何为Key？Key，翻译成中文就是钥匙和音乐符的意思。

他，是一把钥匙，用音乐开创了乐坛的奇迹。

那一声声呼唤，包含着宝宝们的爱，包容的爱，深沉的爱，无私的爱。

夜景天如星辰般的眼眸横扫黑漆漆的台下，深切的目光锁定在一个方向，继续说道："明天我将飞往英国音乐学院深造，两年后，宝宝们会看到一个全新的Key，这是我与宝宝的约定！我爱你们，宝宝！最后一首歌，送给一个让我站在今天的舞台上的人！是她，把梦想给了我；因为她，我才能有今天的成就；因为她，才有今天的Key……"他感激地朝舞台下深深地鞠躬，双眼中饱含着说不清道不明的情感。

一滴泪悄无声息地滑落在金色的舞台上，闪耀着钻石般的光芒。

他消失在了舞台上。

角落里，彭嘉歆抱着瑟瑟发抖的身子，颓然地坐着，眼泪濡湿了细密的睫毛。

他，真的要离开她的世界，远渡重洋，踏进音乐的梦想殿堂了。她该为他高兴，可为什么会如此伤痛？

瞬间，万人体育馆陷入一片黑暗，只有宝宝们手中的荧光棒闪着星星点点的亮光。

伴随着悠扬的音乐，黑漆漆的舞台被一束白色的光照亮，温和地包裹着舞台中央的王子——他重新出现在大家的视线中。

低沉的嗓音渲染着离别的忧愁与悲哀，还有化不开的浓浓的心痛。

一道深沉而灼热的视线牢牢地锁定台上深情款款的王子，将他的一举一动捕捉得如此仔细，仿佛要把他的一切烙在脑海中，永不遗忘。

泪水模糊了彭嘉歆的视线，模糊了他的身影，模糊了他与她的距离，模糊了她的未来……

听着耳边震耳欲聋的呼唤，她也好想好想叫一声他的名字，呼唤却哽在喉咙里。

她发不出一丁点声音，她听不到自己的声音。

她与他之间，只有几十米的距离，却远似天涯！

夜景天，再见了，一路保重！

他，彻底消失在她的世界。

CHAPTER 01 第一章

放弃还来得及，在还没开口说话之前

YOU ARE IRREPLACEABLE

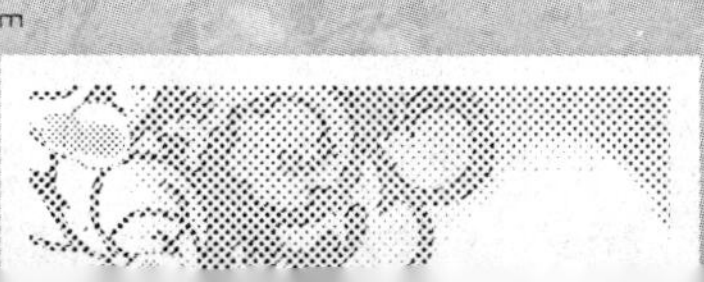

云淡风轻，碧空如洗。

穿着一袭白色连衣裙的嘉歆，站在万人体育馆前，一个人静静地发呆。

两年前，景天就是在这里宣布出国的。

时间如白驹过隙，匆匆而过，两年后，他依约回来了吗？嘉歆陷入了沉思。

忽然，一声轻吼唤回了她飘远的思绪。

“走开！”

嘉歆向后退，望着渐渐走远的背影，若有所思。

“嗖”地一下，她像离弦的箭一般冲向他，张开双臂拦住了他的去路。

迎面吹来的风撩拨着她的发丝。

俊美的男孩拿下棕灰色的墨镜，用那双淡蓝色的眸子打量着陌生的女孩。

沉默徘徊在她和他之间。

“无聊！”他慵懒的嗓音留在原地，人已越过嘉歆朝前走去。

嘉歆的心抽动了一下。

他不认识她了？

愣了一会儿，她回过神，上前紧紧拽着他白色的衣袖：“啊——”声音赫然停在喉咙中。

她竟忘记了，她找不回声音……心中顿时泛起空落落的感觉。

两年前，她遗落了她的声音。

夜景颢愤怒地甩开她的手，眸子中隐忍着怒火：“疯子！”

“你不认识我了？我是彭嘉歆！”嘉歆打着手语，急切地望着他。

眼前的他，是她魂牵梦萦的人啊。

夜景颢扯下墨镜，一时无法适应耀眼的阳光，微眯着眼，嘴角露出一阵嘲讽的轻笑：“哑巴？”

他的话刺痛了她脆弱的神经。看着他眼神中的陌生，嘉歆绝望地垂下头，打着手语，说着对不起。

“你手这样那样弄什么？想要钱啊？”夜景颢依样画葫芦地比划着，发现无法与她沟通，迅速地从钱包中抽出一张红色的纸币，塞向她手中，冷漠地说，“拿钱走人，不要再缠着我！”然后他重新戴上墨镜，轻蔑地扫了她一眼，扬长而去。

他把她当成要饭的乞丐？嘉歆的心一阵抽搐，陷入无底的深渊。她望着渐行渐远的背影，两行热泪滑落脸颊。微风轻轻拂过，带走她脸上的泪水，却带不走她心里的忧伤。

一模一样的俊容，不同的气质，不同的眼神，不同的性格……仿佛是另一个人，一个陌生的人。

嘉歆回到学校，就把自己关在摇滚社团的练习室。

铿锵有力、抑扬顿挫的鼓声猛烈地冲击着听者的耳膜。时而轻柔，如蜻蜓点水让平静无波的湖面泛起圈圈水纹；时而强劲，如洪水冲破堤岸泛滥成灾。鼓声中融入了她起伏的情绪，大起大落，大喜大悲，她遇到他的喜，他不认识她的悲！

“嘉歆，你的鼓永远是最棒的！”门口，李斯斯竖起大拇指。

放下手中的鼓槌，嘉歆轻扬嘴角带出一抹微笑：“你怎么来了？”

“给你带样东西！”李斯斯神神秘秘地说，眼中闪过一丝狡黠，把一个牛皮纸袋塞向嘉歆。

嘉歆带着疑惑拆开袋子，拿出一张报名表，双手微微颤抖。

“Key带你进入摇滚的世界！只要你有实力，你将会成为明日之星，鼓手争霸赛拉开帷幕，期待你的参与！”李斯斯说着星梦娱乐公司举办的鼓手争霸赛的宣传语。

Key，要转换曲风玩摇滚？为什么一向不喜欢重金属音乐的他会转变得如此突然？和他的性格大变有关？她的脑海中浮现出那抹桀骜不驯的身影。

如果是他，或许有这种可能……

斯斯解释："嘉歆，瞒着你报名是因为不想你埋没才华。以你的实力，肯定可以技压群雄，独占鳌头！"

嘉歆神色复杂地看着斯斯。

当他们知道她有缺陷时，还会让她参赛吗？

斯斯抓着嘉歆的手，笃定地说："嘉歆，相信你自己的实力，你的鼓声是最动听的！不要画地为牢，束缚了你的翅膀。你可以乘着梦想的翅膀越飞越高！"

真是这样吗？她可以和平常人一样追求梦想吗？她没有声音，还可以继续梦想吗？音乐家没有了声音还能做好音乐吗？自卑是她给自己戴上的枷锁吗？

"给我时间考虑！"现在的她很迷茫，要她冲破牢笼，需要时间，需要勇气。

斯斯无奈地看着嘉歆落寞的背影，心中感慨万分。

她还是放不开自己……

社团的人陆陆续续地赶来。

一周一次的摇滚社团会议。

闹哄哄的练习室，众人热火朝天地讨论着星梦娱乐公司推出的鼓手争霸赛。

对于爵士鼓的爱好者来说，这无疑是一个巨大的诱惑——如果在鼓手争霸赛上胜出，成为星梦娱乐公司的签约鼓手，与Key同台演出，肯定前途似锦。

Key，流行音乐的风向标，红透半边天的全能歌手，只可惜两年前离开了舞台，但依然人气不减，依然影响着流行乐坛。Key这次回国，肯定会在国内乐坛掀起惊涛骇浪。

安佑杰轻咳一声。

练习室瞬间寂静无声，连一根针掉落地面的声音都清晰可闻。

安佑杰，摇滚社团的社长，在社员的心中如神一般，社员对他既尊崇又畏惧。他身上的王者霸气让人心甘情愿地臣服。

他对音乐怀有满腔热情，喜欢重金属碰撞打造出的旋律，主攻爵士鼓。他的音乐出神入化，仿佛有魔力一般，魅惑人们的心灵。

他是圣帝学院的学生，圣帝学院的校草，同时，他也是风靡全球摇滚乐坛的King乐队的队长兼鼓手，这个秘密只有一个人知道。

古铜色的肌肤，棱角分明的轮廓，飘逸的亚麻色头发，挑染的几缕紫色发丝非常显眼，一身黑色的紧身衣将他的身材显露无遗，左耳的十字耳钉在发丝间若隐若现，闪着钻石般的光芒，幽冷深邃的眸子里带着一股浓郁的叛逆，嘴角若有似无地噙着一抹放荡不羁的微笑，让人感觉他就是一个追逐时尚、狂野不羁、性格叛逆的俊美少年。

社团的大部分女生属于花痴型，因为迷恋安佑杰而选择入社。

安佑杰富有磁性的嗓音响起："相信你们对星梦娱乐公司将举办鼓手争霸赛的事已有耳闻。我建议玩爵士鼓的社员都去参加，鼓手争霸赛的评委全都是赫赫有名的音乐制作人，一来可以检测你们努力的成果，二来你们也会知道自己的不足在哪里。评委给出的客观评价对以后打算走上音乐道路的人来说是一个契机，是一次成长，更是一次历练。现在是六月，七月开始初赛。入选的选手将参加暑假里为期一个月的训练，七月底决赛，丝毫不占用大家的学习时间，值得尝试！"末了，他的嘴角弯出一道优美的弧线。

炫丽的笑容，让女生们神魂颠倒。

安静的练习室又炸开锅般喧闹，大家七嘴八舌地讨论着鼓手争霸赛的事。

嘉歆把自己藏在一个不起眼的角落，紧紧地拽着手中的文件。

鼓手争霸赛，高手如云……

安佑杰走过去，摸摸嘉歆的头，眼中透出柔和的色彩："嘉歆，一个人躲在角落，怎么了？"安佑杰对嘉歆格外温柔，温和的眼神，和煦的笑容，轻柔的动作，致使其他女生落在嘉歆身上的目光都饱含嫉妒。

"杰哥哥……"嘉歆欲言又止，抬起的头又低垂而下，如萎靡的雏菊般失去了朝气。

“是不是为鼓手争霸赛的事情矛盾？”对于她的心思，安佑杰看得很透彻。

嘉歆抿紧唇，重重地点头。

“嘉歆，你的爵士鼓技巧已经运用自如，游刃有余，担心什么？你得到了我的衣钵，难道不相信杰哥哥能别具慧眼识英才？”安佑杰戏谑地说。

在爵士鼓方面，他是她的良师也是益友，他看着嘉歆如何一步一步跨过一道道艰难的门槛而日臻完美。嘉歆，有着不服输不气馁迎难而上的精神，她是越挫越勇型的挑战者。她有无限的潜力，给她舞台，她便会发光发热。只是她的自卑，把她的鼓音埋葬了。

“不是！”嘉歆摇头，脑袋依旧低垂着。

她会玩爵士鼓，全都是因为杰哥哥不嫌她笨拙，亲力亲为，言传身教。

“那么，你必须去参加，证明杰哥哥的选择没有错，证明杰哥哥的努力没有付之东流！”安佑杰悠然一笑。

那张被她捏得满是褶皱的报名表，其实是他替嘉歆报名后转交给斯斯的。

“我可以吗？我没有声音。”

“嘉歆，鼓声就是你的声音，你想表达的话融进了鼓声中，传达给了听众！”安佑杰循循善诱。

鼓声就是她的声音？她原来也是拥有声音的？

安佑杰的话，拨动了她心中绷得最紧的那根弦。

她的心开始跃跃欲试。

晴空万里。

站在星梦娱乐公司门口，望着巨幅海报，嘉歆重重叹了一口气。

Key，他依然帅气，依然潇洒，多了一份桀骜不驯，少了一份温文儒雅，多了一份霸气，少了一份柔情。

“Key，Key，Key——”Key的粉墨登场引来无数宝宝的尖叫，差点引发交通堵塞。

嘉歆望着被重重包围的他，保安护航，人潮拥挤，这就是他与她的距离吗？

坐在等候室，嘉歆十指交握的手颤抖不已，全身的神经高度紧绷。

鼓手选拔赛分为三关，第一关为试音，第二关问答，第三关配合。

淘汰出局的人眼中那抹不掉的哀伤和忧愁触动了嘉歆敏感的神经——连技巧不错的他们也被淘汰出局，更何况她呢！她在胆怯，在忐忑不安，她想逃，她想退出……

“下一个，彭嘉歆准备！”

那么快？嘉歆的心加快了跳动的节奏。

站在试音室门口，她做了个深呼吸，放松全身绷紧的神经，嘴角浮出笑容，然后推开沉重的门，迈了进去。

在爵士鼓前坐定，嘉歆不断鼓励自己：彭嘉歆，你可以做到的，因为你是独一无二的彭嘉歆！

抛开一切烦恼，她把自己融入强烈的金属碰撞的世界中。

气氛强烈、节奏鲜明、独特风格的鼓声把人带入打击乐器的世界，令人沉醉。细细品味，鼓声中细腻的感情或悲或喜，有着抹不掉的淡淡思念。思念的味道，思念的鼓声……

一曲完毕，嘉歆离开爵士鼓，鞠躬，缓缓步出试音室，视线没有在评委中停留，她知道，那一道灼灼的目光来自他——Key！

鼓声的戛然而止、嘉歆的离开并没有立即把评委们带出金属碰撞的世界，他们回神时相视一笑——她就是他们要找的人了。

嘉歆长吁一口气，软软地坐在门口的椅子上。

第一关测试结束，秘书小姐热情地宣布入围名单。刷掉数百人，只剩下寥寥数十个精英。

她顺利地进入复赛。

第二关，音乐知识问答。

她能与他们沟通吗？这是她最担忧的问题。

坐在办公室，望着面前正襟危坐的评委们，有个声音告诉她，放弃还来得及，在还没开口说话之前。

嘉歆刚对上Key的视线，就急忙避开。

“我们要问的是关于爵士鼓的基本常识。”正中间的评委面带笑容，和蔼可亲，“请你回答，爵士鼓的基本组成。”

嘉歆一时六神无主，呆呆地看着他。

正中间的评委以为她紧张，再问了一遍：“爵士鼓是由什么组成的？”

嘉歆打着手语：“对不起，我不会说话。”她看到了评委眼中的惊讶与失望，以及之后的惋惜。她的心一点一点往下坠落。

起身，行礼，动作没有一丝拖泥带水，干净利落，但嘉歆刚要转身离开就被人拽了回来。

“还没答完，为什么要走？你对音乐就只有这么点热情吗？”夜景颢霸道地把她押回座位，一拍掌，门后闪出一个人，“你可以回答了，他会知道你说什么。”他随即回到了座位。

他为什么要帮她？他不是不认识她吗？

“爵士鼓由低音大鼓、踩镲、小军鼓、嗵鼓（3至7个）、吊镲（2至4面）所组成。”

那个人真的能看懂哑语！那个人在为她翻译！

接下来的问题，她都一一准确地回答了，看到评委满意地点头，嘉歆心花怒放，向Key投去感激的目光。

夜景颢只是嘴角轻扯出一抹弧度。

待定，这是她第二关的结果。

评委不是很满意她的回答吗？难道因为残缺，她就要错失机会吗？

至少，她努力了，就算失败也无遗憾！

第二天，嘉歆来到学校后，斯斯不断追问选拔赛的结果，不管上课下课，斯斯都只问她一个问题，也只说一句话："通过了没有？"

在斯斯死缠烂打的再三追问下，本不想回答的嘉歆无奈地回了两个字："待定！"

"那是通过了？"

"应该没过吧！"嘉歆给自己判了死刑。

"为什么？"斯斯不死心。

嘉歆的鼓技出神入化却没有得到认可，太没天理了，除非出现比嘉歆更出色的人，但这种几率微乎其微，除了安佑杰学长。

"可能我第二关回答问题时出了纰漏。"嘉歆扯了一个小谎。

她对爵士鼓的认识绝对没有错误……唇角苦涩的笑泄露了心底的哀伤。只因她是哑巴啊……斯斯如果知道原因，非大吵大闹，弄得人尽皆知不可。

斯斯拍拍嘉歆的肩膀以示安慰。

她失望地趴在桌子上，无精打采，就像落选了一样。

对不起，斯斯，浪费你的一片苦心！嘉歆在心中默默地说。她看向窗外，眼神游离，思绪飘远。

那天，他为什么帮她？如果他真的认识她，为什么看她的眼神如此陌生？一个个问号塞满了脑袋。

走廊上，女生们如痴如醉地望着翩翩走过的美少年，发出一浪高过一浪的尖叫。

美少年仿佛绝缘体般径直往前走，完全无视她们的疯狂。

他最后在一间教室门口停下脚步，探头往教室里看了看，目光锁定了一个哀伤的身影。

"嘉歆！"

他低沉的嗓音唤回嘉歆的思绪，她转过头，望着他："杰哥哥！"

安佑杰拉过椅子优雅地坐下，弯起唇角："鼓手争霸赛的结果怎么样？"

其实，他打过电话询问，她的去留最惹评委争议：两个派别，一个认为她的完美演奏可以弥补缺陷，一个认为鼓手应该是完美的，撇开技术而论，至少身体不应残缺。

他此行的目的，是想安慰她。

“让你失望了！”

“嘉歆，你没有让杰哥哥失望，在杰哥哥的心中，嘉歆是最完美的！”安佑杰的微笑如阳光般灿烂。

心中的阴霾一扫而过，嘉歆露出了笑容。

“嘉歆，你肯定会入选！杰哥哥向你保证！”安佑杰说得信誓旦旦，因为他早已盘算好了一切。

安佑杰，桀骜不驯的打扮与流露出的温柔始终不搭调。在别人的眼中，安佑杰是叛逆狂野的冷酷少年；在嘉歆的眼中，安佑杰却是温柔如水的俊美少年。

放学时，圣帝学院的大门口人山人海，没有人愿意移动脚步离去，都拼命挤在一起，在这酷热的夏季，更显闷热。

被围得水泄不通的弹丸之地，一名男子双手交叉在胸前，优雅地倚着一辆红色的法拉利最新款跑车。

黑色的墨镜映着一群花痴的女生，湛蓝的眸中含着一丝不屑和嘲弄。

“杰哥哥，你不用担心我，我自己一个人也可以回去。”

嘉歆不想麻烦安佑杰，她知道他等下还有一个重要的慈善义演。安佑杰是红透半边天的摇滚乐队King的队长，但这个秘密只有嘉歆知道。

安佑杰温柔的眼眸瞬间冰冷，散发出一股不容商量的气势。这样的安佑杰，嘉歆第一次见到，只好乖乖地任由他护送回家。

体育课，嘉歆的手臂无缘无故地被划出一道口子，鲜血淋漓。尽管缠上厚厚的纱布，仍隐约可见丝丝血迹。

如何弄出这一道深深的口子，嘉歆绝口不提，只是说不小心摔倒了。

安佑杰深知，这一道口子不是摔伤，而是被人用尖锐的刀子划的。那些人是冲着嘉歆来的，估计这只是小小的警告。

安佑杰轻轻摸着她的头，柔声说："嘉歆，对不起！"

嘉歆一脸迷惘地看着歉意满满的安佑杰："杰哥哥，和你没关系，是嘉歆不好。"

她的不打自招，验证了安佑杰的推测。

门口筑起的人肉围墙引起了嘉歆的注意。

刺耳的尖叫声汇成巨大的声浪，震耳欲聋。

"Key！Key！Key……"

她没有听错吗？Key来了？

安佑杰阴沉着脸，把嘉歆拉离那个是非之地。

"安佑杰！安大王子！"一个女生的尖叫暴露了他们的行踪。

原本沉浸在Key的魅力之中的花痴的注意力，顿时又转移到这边。

安佑杰冷冷地凝视着缓缓走过来的人影。

夜景颢看见他握着嘉歆的手臂，神情有些不自然，霸道地说："彭嘉歆，你给我过来！"

嘉歆怔怔地望着他，表情既迷茫又有些困惑，没有移动脚步。

夜景颢毫不怜香惜玉地将她扯过来，然后凌厉地瞪着面前那个狂傲不逊的男子。

手臂上传来的痛楚，让嘉歆吃痛地拧紧眉头。

安佑杰见状，愤然拍掉夜景颢的手，担忧地问："嘉歆，没事吧？"

他细心地挽起嘉歆的袖子，白色的纱布上透出来的血迹触目惊心——伤口又裂开了。

夜景颢非常错愕！她竟然受伤了！

嘉歆勉强扯出一抹笑，额头上沁出的细汗却泄露了她的疼痛。

安佑杰转身，扬手打了夜景颢一拳，令人措手不及。

而夜景颢毫无防备，生生受了这一拳。

在场的女生顿时失声惊呼！

安佑杰和Key！巅峰美男的对决！精彩不容错过，错过绝对是一生的遗憾！

嘉歆瞪大眼看着眼前的一幕：杰哥哥打了Key！

夜景颢抹抹嘴角的血丝，嘲弄地一笑：“下个星期一准时到场，迟到就再也没有机会了！”说完，他探身轻轻吻上嘉歆的发丝，往她的手心塞了一封信，接着转身潇洒地钻进跑车扬长而去。

那一瞬间，众多花痴少女的心碎了一地。

嘉歆全身僵硬，无法动弹。那轻柔的一吻，仿佛微风轻抚脸颊，清爽的味道似乎还缠绕在发丝中。望着耀眼的红色变成一个小点，她有些怅然若失。

她小心翼翼地打开信封……

星梦娱乐公司的录取通知！

她进入决赛了！

“怎么了？嘉歆，是不是手很痛？”安佑杰的两道俊眉皱在一起。

嘉歆把录取书递到他面前。

安佑杰神色一缓，摸摸她的脑袋：“嘉歆，皇天不负苦心人，你的努力得到了回报！这证明杰哥哥没有说大话，嘉歆要请我吃大餐哦！”

这个结果在他的意料之中，也在他的掌控范围之内。

六月末的太阳散发着热辣辣的光芒，烘烤着大地。

嘉歆循着录取通知单上的地址，依约前来。

眼前这栋欧式风格的房子，在这条繁花似锦的街道上毫不起眼。星梦娱乐公司安排的秘密训练基地就在这座简单不起眼的建筑里，不容易引起“狗仔”的跟踪和注意。

鼓手争霸赛的第三关是与K-U乐队（以Key为首组建的乐队）培养默契，与K-U成员配合练习，一个月后正式决赛。

嘉歆在门口不断为自己打气，她不能让大家失望。

在音乐训练室，她和入选决赛的选手站成一排，听着东岛先生说着行程安排和注意事项。

五位入选者，她是唯一一位女生。

嘉歆斜眼打量着身旁的四位男生，发现他们都气宇轩昂、信心十足，心中顿时充满了危机感。能入决赛的人绝非等闲之辈，全都是精英，实力不容小觑，要想胜出，一点也不能大意，更不能轻敌。

五位入选者都是初次见到K-U。

K-U的队长兼主唱是Key，还有一个女主唱翁雅玲未曾露面，吉他手白龙，人称“龙少”，贝司手邵东，称其为“少东”，键盘手别称“花花公子”，简称“花子”，这就是K-U家族的成员。

东岛先生把房间的分配大致说了，并将钥匙分发到每一个入选者手中。

两人一间的卧房，K-U成员四男一女，五位入围者四男一女，嘉歆被安排与主唱翁雅玲同一间。

在安排的卧室里，嘉歆正把衣服整齐地叠放进衣柜，门外的争吵声引起了她的注意。

“东岛，我为什么要同哑巴一间房？我不是说要单间的吗？”一个女子盛气凌人地控诉着。

“雅玲小姐，这是公司的安排！”东岛先生抹着额头上的汗，小心翼翼地说。

东岛先生，星梦娱乐公司名不见经传的经纪人，因为挖掘出了K-U这个有着巨大潜力的新人乐队而在公司名声大噪，但他对K-U成员毕恭毕敬，没有一点怠慢之意。

透过虚掩的门缝，嘉歆把一切尽收眼底。

“发生什么事？吵吵闹闹。”一个冷漠的声音闯入，夜景颢双手插着裤兜，走了过来。

“Key，我想换房，我不想和哑巴同房，不然我会闷死的！”翁雅玲娇滴滴的声音让人鸡皮疙瘩落了一地，她亲昵地挽着夜景颢的手臂撒娇。

“东岛先生，给她单间吧！”夜景颢开口说。

K-U的成员除了雅玲外，每一个人都称呼他为“东岛先生”。

“谢谢你。”一个吻落在夜景颢线条刚毅的侧脸上，那个女主唱翁雅玲吻了Key！

门缝中，嘉歆清澈的眼慢慢放大。

“这……”东岛先生无奈地指着卧室，“那她怎么办？”

“这好办，让她和我同一间！”键盘手花子插嘴道，花花公子的本性表露无遗。

而卧室早就安排好，不多不少，正好两人一间。

夜景颢瞪了花子一眼，淡淡开口：“既然花子喜欢，那就雅玲和我交换吧，我和她同房！”

话一出口，众人纷纷用看外星人般怪异的眼神望着他。

“不行！我不换了！”翁雅玲赌气地说，放任乖巧的羊在危险的大灰狼身边，就算羊多纯洁高尚，在美色面前，不能保证羊不会春心荡漾，也不能保证狼不会兽性大发。万一郎有情妾有意，那她岂不是没戏唱了？

“那是你说的哦。东岛先生，回去做你的事，花子，回房！”对上门缝中嘉歆的眼睛，夜景颢的嘴角滑过一抹邪魅的笑容。

嘉歆手足无措地蹲下，心跳失去了规律。

他一早便发现她了吗？

练习室的配合训练，嘉歆又与翁雅玲分到了同一小组。

嘉歆努力配合着翁雅玲的声音，尽量跟上她的节奏。

不知第几次的“stop”，翁雅玲对嘉歆发脾气：“你不要总是慢半拍，我的节奏和感觉都被你打乱了！”

嘉歆一脸歉意地打着手语：“对不起！”

翁雅玲讽刺地说：“哑巴，我看不懂，麻烦你说出来！”看着嘉歆泪光闪闪的眼睛，她的嘴角闪过得意的笑，“我不练了！”然后她踩着猫步，春风得意地离开。

虽然在同一间卧房，可翁雅玲从没有和嘉歆交流过，不知何故，嘉歆总感觉翁雅玲看她的眼神中夹杂着难隐的怒火，把她视为眼中钉肉中刺，欲除之而后快。

对于翁雅玲盛气凌人、高高在上、不容侵犯的嘴脸，她看不惯，但也没说什么。井水不犯河水，人不犯她她不犯人。翁雅玲时不时给她制造一点小麻烦，比如抢洗手间，偶尔的身体接触，不小心弄脏她的衣服……她都不放在心上，一笑置之。只要不太过分，她都无怨言。

现在，她的心情低落到谷底。

三天来的六次配合练习，都因翁雅玲的刻意刁难不欢而散，她的练习时间大大缩短了，还拉大了她与其他竞争者的差距。

其他入选的男生们和K-U的配合练习都圆满完成，唯独她，从没有一次在指定的时间内完成训练。

把眼泪和委屈吞回了肚子，嘉歆露出一抹苦涩的笑，握紧鼓槌，重重地敲着低音大鼓第一个音，接连的鼓声如高山瀑布一泻而下，气势恢弘。

不久，鼓声中融入了吉他、贝司、键盘的声音，天衣无缝的配合，出神入化的演奏，最后一个音吊镲收尾，声音戛然而止，曲终。

嘉歆与他们相视一笑，她好久没有这样畅快淋漓地大敲鼓音，他们是很棒的合作者。

“你的鼓声非同凡响！”花子拂起她的发丝，轻轻落下一吻。

嘉歆瞪大眼睛，惊愕地看着他。

花子，绝对可以用绝世美男来形容，他的美貌连绝色美女看了也自叹不如。他是个美丽的男子，身上淡淡的范思哲男士香水味，淡雅而温馨，增加了平易近人的亲和力。

吉他手龙少开玩笑地说：“你也觉得他很美对不对？我时常在想，花子是不是女扮男装，或者根本就是个女生！”龙少托着下巴，用质疑的眼神从头到脚打量着花子。

贝司手少东嘴角轻扬，指尖轻拂花子绝美的脸：“花子，你其实就是女生，对吧？这都是为了躲避男士的疯狂追求，是吧？”

花子眼神哀怨：“你们怎么知道的？真是我的贴心人，来，亲一个！”

看到花子倒贴而上，少东嘴角抽搐，推开他，急忙撇清：“我可没那个嗜好。”

嘉歆被逗笑了，笑颜如花。

龙少，与世无争，独坐高楼的淡然；少东，玩世不恭下的清逸脱俗。两个都是难得一见的帅哥。

“谢谢你们，我心情好多了。”嘉歆比着手语。

少东略带羞涩，有点苦恼地说：“嘉歆，我们看不懂手语。”这一句话，没有嘲笑或鄙视的意思，而是发自真心的话。

嘉歆连连点头抱歉，拿出手机，迅速地敲着手机键盘：“认识你们，心情很好。”

“以后用手机来交流，有什么直接找我们，赴汤蹈火，万死不辞。”花子温柔地摸着她的脑袋，一副大哥哥的模样。

她的单纯，她的善良，她的鼓声，都深深撼动着他们的心，她的才华有目共睹，不能因为她的不完美而埋没人才。

嘉歆笑了，她因祸得福，又多了几个朋友！

音乐上的合作者，生活上的朋友！

七月的太阳真是热情如火。

嘉歆坐在空调下，汲取丝丝清凉。

突然，有人破门而入。

嘉歆还没来得及反应，一道人影以超光速闪进来，紧紧抱着她，欣喜若狂地说：“你就是彭嘉歆，那个造成圣帝学院轰动的彭嘉歆！你的鼓声太棒了，我太崇拜你了，你简直是我的偶像！”

摇摇晃晃的门还没得到喘息的机会，又被人打开了，准确来说是被踢开了。

翁雅玲阴郁着脸朝她们低吼：“走开，哑巴！”她从没有给嘉歆摆过好脸色。这次也不例外！

刚闯进来的女孩用娇小的身子把嘉歆护在身后，瞄准翁雅玲开炮：“你这老女人凶什么凶，你嚣张什么，我要你向嘉歆姐姐道歉！”

翁雅玲双手叉腰，低头斜视这个比她矮一截的小鬼头，冷嘲热讽：“哑巴带来的果然没有教养，发育不成熟的小屁孩！”

被称为“小鬼头”的女孩，脸色瞬间惨白，她最讨厌别人戳她的痛处——她的身体发育是她的遗憾。

“有种再说一次！”“小鬼头”直眉怒目，放在两侧的手握成了拳头。

是人都可以看出她此时怒气冲天，有谁那么无聊没事找事惹一头发怒的狮子，虽然是一头不足为惧的小狮子。

翁雅玲转换话题：“你是谁？私人重地不允许无关人员擅入。彭嘉歆，你不会不知道练习时期不容许外人打扰，更何况你还没有成为K-U的成员，别太放肆了！”她把矛头指向了嘉歆，把一切罪责全推到嘉歆的身上。

嘉歆欲辩解却不知如何辩解，真是百口莫辩——她不认识这个闯入者！

门被再次打开。

K-U四大帅哥有说有笑而入。

练习室内弥漫的火药味让他们的笑容瞬间冻结。

“小鬼头”转身，投入龙少的怀抱，眼泪“吧嗒吧嗒”往下落：“龙哥哥，那个凶女人欺负我！”她的芊芊玉手指着翁雅玲。

翁雅玲脸色煞白。

龙少温柔地轻拍她的背，嘴角挂着和煦的笑容：“乖，不哭不哭！是不是可希先欺负姐姐？”

怀中的“小鬼头”一直摇头。

少东惊讶得张大嘴巴，断断续续地说：“龙……她……是……是……你女……朋友？”因为龙少对她温柔得出奇。

“她是谁？”嘉歆也想知道，还没人敢这么义愤填膺地顶撞翁雅玲呢……

龙少微笑道：“可希，不要闹了，破绽太多！”

“小鬼头”愤愤地离开他的怀抱，嘟着嘴：“每次都这样，不好玩！”

“小妹妹，你是谁？”花子唇角勾勒出杀伤力极强的微笑。

“小鬼头”忘情地沦陷在花子国色天香的美颜中，喃喃轻语：“我叫易可希，明年就读于圣帝学院，因为喜欢彭嘉歆姐姐所以央求爸爸让我来看一看。”说完还吐吐舌头，可爱极了！

“你爸爸是谁？”少东插嘴。

“我爸爸就是你们的老板啊！”

老板？嘉歆托着下巴冥思苦想。

夜景颢轻轻敲了一下她的脑袋：“笨！就是星梦的老总！”

“哦。”嘉歆茅塞顿开，傻呵呵地笑。

“姐姐，你真的不会说话吗？”易可希用手指点着下巴，认真地问。

K-U四大帅哥阴沉着脸，君子协定，不许在嘉歆面前提到有关声音的问题，不能刺激嘉歆，“哑巴”一词是个禁忌。谁都不愿伤害纯净如天使的嘉歆！

嘉歆嘴边的笑容苦涩而伤感。

不知情的可希，继续发言：“姐姐，没有声音不要紧，你的想法都能透过爵士鼓传达到我的心里！姐姐好厉害！”

可希的话化解了场面的尴尬，嘉歆回以纯美的微笑。

四大帅哥悬着的心才安定下来。

可希滔滔不绝，像机关枪一样接连开枪。她可是打开了话匣子就不会轻易关掉的人。

“姐姐，在来圣帝学院之前，我就听说你是圣帝学院的风云人物，还有安佑杰哥哥！”可希一副花痴的表情，“安佑杰哥哥可是超级霹雳无敌的帅气，少女杀手！”

听到安佑杰的名字，夜景颢的脸色瞬息万变！那个揍了他一拳的家伙！强劲的情敌！他的眼神突然变得冷冽，转身悄无声息地独自离开。

可希拉着嘉歆坐在三个帅哥中间，兴致勃勃地大谈嘉歆在圣帝学院的“丰功伟绩”，中间还穿插着安佑杰的辉煌事迹。

可希喋喋不休，少东和龙少不时大发议论，论长论短，花子听得津津有味，捕捉着每一字每一句，不愿错漏。

翁雅玲一直没有离开，坐在角落中佯装看书，斟酌着可希说的每一句话。

被可希奉为神一样的安佑杰挑起了他们的兴趣，都想看看安佑杰到底有几斤几两重。

“哎呀，我要回家了，不然下场会很严重！姐姐，下次我再来找你！”可希匆匆忙忙飞奔离开，像阵风一样无影无踪。

“好。”嘉歆揉着被蹂躏的耳朵，可希聒噪了整整四个小时，她的耳朵都起茧了。

几分钟后，她漫步在中心花园，感受着阵阵花香扑鼻，清新馥郁。

突然，她发现不远处的长椅上躺着一个人，修长的刘海遮住了那双紧闭的眼睛，黝黑的睫毛轻轻地颤动。

嘉歆小心翼翼地靠近，蹲在长椅前，撑起花伞，为他遮挡热气，带来一片清凉。

然后，她轻轻起身离开。

许久，夜景颢缓缓起身，伸了一个懒腰，嘴角带着淡淡的笑意。

“Key，Key……”少东气喘吁吁地跑过来。

看着少东眉宇间浓重的焦急，夜景颢的心猛地一缩：“怎么了？”

“嘉歆……嘉歆……”少东气息不稳，后半句哽在喉咙中发不出来。

夜景颢伸手帮他顺顺气，紧张地问：“嘉歆怎么了？”心里不由得升起了不好的预感。

“嘉歆中毒昏倒了！”总算把话说出来了，少东长长地嘘了一口气。

中毒？她刚刚不是帮他送来小花伞吗？怎么一眨眼的工夫……

夜景颢以超光速奔向医务室，在走廊碰到花子抱着脸色苍白的嘉歆，他的心坠下去了，一把夺过花子怀中的人，温柔地抱着她，好像捧着世间罕有的珍宝，一路狂奔到小乌的卧室。

小乌，K-U的专属随身医生。

“她到底怎么了？为什么中毒？”夜景颢迫不及待地问。

小乌表情古怪，似乎不知如何说才好。

花子沉住气，道：“小乌，有什么不妨直说，没有关系！”

小乌皱眉，说：“事有蹊跷，她是食物中毒！”

食物中毒应属平常，何来蹊跷？夜景颢点了一下头，示意小乌继续往下说。小乌问着意识模糊的嘉歆：“你今天吃过什么特别的东西没有？”

龙少刚想说嘉歆不会说话，便被小乌阻止：“我看得懂唇语！”他便是那天帮她翻译的人。

嘉歆眼神涣散，迷糊地回答几句。

“这就对了。”小乌沉吟半晌，道，“她是油煎鸡蛋中放糖精导致中毒。”

小乌的话刚一出口，众人不禁倒抽了一口冷气，鸡蛋也可以导致中毒，太可怕了。

夜景颢握紧拳头，额上青筋冒出，咬紧嘴唇，竟然有人下毒害她。

花子怔怔地看着躺在床上终于安心睡熟的人，心中隐隐作痛。

“龙少，你留下来照顾嘉歆，少东去检查厨房，小乌你随我去卧室。”夜景颢吩咐完，走出小乌的卧室。

门口，他撞到了闻风匆匆赶来的翁雅玲，却正眼没瞧便越过她。

翁雅玲忽视掉他的冷漠，着急地问：“嘉歆，她没事吧？”

跟在后面的小乌回答：“没事，休息几天就好了！”

“这我就安心了，我去看看她！”翁雅玲径直走向小乌的卧室。

夜景颢冷淡地说：“龙少会照顾她，不用你操心！还有你们……”凛冽的目光扫视着前面四个慌忙跑来的人影，“这件事情你们最好没参与，否则后果自负！”说完，他就留给他们一个渐行渐远的身影。

翁雅玲低垂着脑袋，垂在身侧的双手微微颤抖，尖锐的指尖深深扎进白嫩的肉中。

CHAPTER 02 第二章

他要取代哥哥在她心中的地位，成为她的唯一

U ARE IRREPLACEABLE

夜空深邃，月光柔和。

嘉歆凝望着窗外的寂静夜色，闻着残留在身上的淡淡的香水的清香。

她昏迷的时候，Key抱过她吗？那种被人小心翼翼地捧在手心的甜蜜感觉，是来自Key吗？对她说着“不要害怕，有我在”的话的人，是Key吗？Key，为什么有时冷淡，有时热情过度呢？

嘉歆看着漆黑的夜色，漫天的星辰，不知道现在是几点几分。她掏出口袋里的手机，用力一按，手机没有反应。

原来手机已关机了。重新开机之后，她看了一眼手机，深夜1点，夜原来已经这么深了。

她竟然睡了那么长的时间。她开始打量着房间，这不是她的卧房，似乎是小乌医生的房间，她霸占了小乌医生的床，真是过意不去。

门口发出一些细微的声音。

嘉歆提高了警觉，静静地聆听着门把转动的声音。

这么晚，不会是鬼吧？恐惧袭上心头，她拽紧手中的被子，拉过头部。

门开了。

嘉歆的心提到了嗓子眼。

人影慢慢地靠近。

耳边响起的脚步声越来越近。

她该怎么办？

圣母玛利亚，千万保佑她！如来佛祖，观世音菩萨，各路大罗神仙，金光照照，妖鬼蛇魔快快走开，走开走开！

根本不奏效！

那人影已走到床前。

缩在被子里的嘉歆，全身瑟瑟发抖。

“嘉歆，怎么了？还很难受？”花子担忧地扯过被子。

原来是花子，吓死她了！嘉歆这才把脑袋探出被子，瞪大眼睛看着他。

“我怕，睡不着！”在不熟悉的环境下，她需要一个过渡期来适应。她也不知什么原因，很喜欢向花子撒娇，或许因为花子身上有种哥哥的味道。

“乖！”花子温柔地拨过她额前零乱的刘海，“我会陪着你，安心地睡吧！”花子的嘴角露出一朵灿烂的微笑。

嘉歆在花子柔和的安眠曲中安定地睡了。

黑夜中，花子一直守着她，轻握着她的手，口中细细呢喃：“嘉歆，你知道吗？其实你和我……”

他还不时小心翼翼地帮她掖被子，担心她着凉。

天空泛起鱼肚白，黑夜远去了。

花子不舍地望了床上熟睡的嘉歆一眼，起身离开。

嘉歆醒来后，小乌医生说她的身体无大碍，可以回房休息了。她回到自己的房间，目瞪口呆地看着满卧房的慰问品，水果、鲜花、补品……

翁雅玲不屑地说：“如此劳师动众，劳民伤财，奢侈！”

可希双手叉腰，气势汹汹地说：“你这个歹毒的巫婆！”满屋子的慰问品可是她送给嘉歆姐姐的礼物。

翁雅玲没有答理她，直接闪人。

可希亲切地挽着嘉歆回床边：“姐姐，你身体没事了吧？今天一早过来，就听说你病了，都把我急哭了。”她的眼泪迅速涌出眼眶。

“没事。”嘉歆摸着她的头，细心地擦掉她脸上挂着的泪水。

“万岁！姐姐没事！”可希高兴地跳起来，在唯一空着的地方转了一个圈。

突然，可希的脸色变得很凝重，她警觉地观察四周，确定没有人在偷听，便附在嘉歆耳边细语：“姐姐，厨房的厨师被辞退了，你的事情也被爸爸压了下来，鼓手入围者董军被判出局了，据说因违反规定，不听指挥，擅自行动。”

“董军被踢出局了？”嘉歆脸色苍白。

可希认真地点头：“这样也好，姐姐胜出的概率就更大了！”

嘉歆满腹疑问，只是问可希也不会得到答案。

“姐姐，我们去看龙少哥哥的练习吧！”没有得到嘉歆的回应，可希一厢情愿拉着嘉歆往练习室走去。

练习室门口。

嘉歆阻止了可希踏进练习室的脚步：“不要打扰他们练习。”

她突然意识到一点，可希看不懂手语，于是拿出手机，敲下她要说的话。

“姐姐，我看得懂手语，以前做义工的时候学过！”可希和煦地微笑着，“姐姐，你很迟钝哦，交流几次了才发现！”

嘉歆不好意思地咂咂舌。

“坐在门口等他们吧。”

坐在练习室门口，嘉歆靠着墙壁，听着K-U成员和入选者的配合练习。

她好想好想握着鼓槌尽力宣泄，好想好想把自己淹没在鼓声之中，好想好想和K-U练习。

忽然，Key悠扬的歌声从练习室飘出，仿佛注入了魔力，让人无比舒心。

可希听着听着，靠着她的肩沉沉地睡了。

嘉歆静静地听着，享受着歌声的美妙。

这还是她第一次听到回来的Key的歌声。

突然，歌声戛然而止，“哐当”一声巨响，玻璃破碎的清脆声音传入耳朵。

嘉歆透过门，望着一地狼藉的碎片，视线往上，接着便看到了受伤的夜景颢。触目惊心的血，一滴滴染红了他那件纯白的衣裳，其中一个叫立卫的入围男生坐在地上，身子瑟瑟发抖，嘴角渗出了几缕血丝。

脑袋瞬间便失去了思考的能力，嘉歆嘴唇煞白，这种场面，她是第一次见到。

可希被嘈杂的声音惊醒了。

她们推门而入。

可希凄厉地惨叫一声：“Key哥哥，你的手——你的手——流血了！”估计她也是第一次看到如此暴力的场面，源源不断涌出的鲜血，让她惊慌不已。

龙少安抚可希莫名躁动的情绪：“可希，哥哥带你出去吃拉提米苏！”他带着可希退出了暴动现场。

嘉歆固执地牵着夜景颢的手，执意要把他带到小乌的卧室。

夜景颢用没有受伤的左手遮住嘉歆的眼睛：“不要看！”他不想让她看到让人惊心的鲜血。

嘉歆点点头，乖乖地闭上眼睛。

夜景颢冷冽的眼神瞪着地上惊恐的立卫：“少东，你和花子负责把这里清理干净！”言下之意，就是要他们和入选者好好谈谈。

少东会意地点点头。

花子默然。如果不是夜景颢快一步出手，估计他也会忍不住要揍立卫。

这个恶劣的没品男，竟然诋毁嘉歆！

“睁开眼吧！”夜景颢牵着嘉歆出去后，嘴角露出冰雪融化的笑容。只要看到嘉歆，莫名躁动的情绪就会平静，再冰冷的心也会变得暖暖的。

小乌的卧室空无一人，他有事外出，幸好卧室的医疗物品齐全。

看着那个血肉模糊的拳头，眼泪在嘉歆的眼眶中打转。她咬着嘴唇，逼迫自己保持镇定，用镊子小心地把细碎的玻璃从血肉中拔出，抬头看着夜景颢眉头紧皱，他肯定很痛很痛，于是她低头柔柔地吹气，泪水涌出，滴落在他的手背上。

那么漂亮的手，如果留下疤痕，多么可惜啊！

夜景颢用没受伤的左手抬起她的下巴，让她与他的视线相对：“嘉歆，不哭，我不痛！”她的泪，比手上的伤更让人心痛。

毫无征兆地，他在她额头落下轻轻的一吻，如同羽毛般轻柔。

嘉歆震惊，脸上泛起潮红，夜景颢的声音在耳边荡开，魅惑地说：“我喜欢你——彭嘉歆。”

她的心充盈着满满的幸福……她的景天，又回来了！

嘉歆打着手语：“不要受伤了，我会心痛。”她忽略了他受伤的原因。

夜景颢一脸茫然。

嘉歆掏出手机，飞快地输入：“拜托你，好好照顾自己，不要受伤了！”

夜景颢微笑着伸手摸摸她的脑袋，修长的手指抹去她脸上的泪水：“嗯！”

手机屏幕瞬间在他眼前放大：“你答应了，不许反悔，反悔是小猪。”

看到他微微点头，嘉歆轻快地笑了。

夜景颢霸道地夺过她的手机，看着电话本的联络人，看着快捷键上的名字，K-U的其他成员均排在数字2、3、4号键，甚至于安佑杰这个强劲的情敌，也只排在第六，他的嘴角不自觉地扬起更高的弧度，擅自把他的号码设在了1号键，他希望能取代她心中的NO.1，成为她生命中的NO.1，在她心里画上他的名字，但是，他犹豫着，最后还是选择存入了“Key”这个名字。

“有事直接拨1号键，我会随传随到！”夜景颢握紧她的手，好像担心下一秒她会凭空消失。真实的触感，不是梦，真真切切的她，他不是在做梦。好想握着她的手，一路走下去……

三年前，她也许应该遇见他，而不是夜景天，他的双胞胎哥哥。在英国的那两年，他时常会思念她，一个把梦想给了Key的女孩，她在他的生命中播种生根发芽，茁壮成长。

第一次相遇，他为没有认出她而懊悔。后来，他全力帮她，关注她，他的视线因她而停留，他要帮她找回音乐的梦想。是金子总会发光发热，他相信她的才华与实力！

以前，因为哥哥夜景天的关系，他不得不把对她的喜欢和好奇埋在心底，独自承受着矛盾与痛苦。刚刚那一瞬间，她的泪击溃了他构筑的围墙，他的爱流淌而出。他要取代哥哥在她心中的地位，成为她的唯一。他不想继续隐藏爱情，他要做她的守护天使，一生守候……

夜景颢拉过嘉歆，嘉歆顺势落入他的怀中。

他收紧手的力度，紧紧地拥抱他的挚爱！

他要成为她百分之一百的命中注定……

门口，闻讯赶来的翁雅玲目睹了两人情意浓浓拥抱的过程，撕心裂肺的痛苦让她咬牙切齿，血腥的味道在口腔蔓延，接着，她转身愤然离去……

会议室，投影仪射出一道白光，荧幕上映出一群畏畏缩缩的脑袋，那是惹人厌的狗仔队。每个脑袋上方都标注着其所属的娱乐公司，八方娱乐报社、娱乐追踪社、明星大揭秘报社……五花八门的娱乐记者在秘密基地的门口齐聚一堂，仿佛一个娱乐记者的聚会。

嘉歆嘴角抽搐，娱乐记者也太拼命了，为了挖掘有价值的新闻，竟然在门口苦等，以天为被地为床，与虫子同床共枕。

经纪人东岛先生正襟危坐，一脸严肃。K-U的帅哥们嬉嬉闹闹，毫不理会经纪人东岛先生铁青的脸色。

嘉歆担忧地看着东岛先生，憋着怒火很容易得内伤，真替他捏了一把冷汗。

“最近门口多了很多八卦记者和狗仔，相信他们已经得到你们在这里特训的消息，你们的一言一行都在他们的监视范围，不要做出有损公司声誉的事，如有违反严惩不贷！”东岛先生拔高声音，额角青筋直跳，眼睛瞪着几位大帅哥，“特别是你，花子，没事不要乱对人放电，曾经就有人控告你乱放电导致娱乐记者从树上摔下，骨折住院！”

花子倾国倾城的美貌，能经受住的人寥寥无几，何况春心动荡的凡夫俗子。

花子无辜地睁大眼睛，委屈地说：“我哪有乱放电，人家本来就这样！”

东岛先生摆摆手，无可奈何地扯出一抹笑容，不再纠缠这个问题。

花子最致命的武器就是他的笑和泪，哭则让人招架不住，笑则令人神魂颠倒。

嘉歆屏息望着花子，他的妖艳，他的邪魅，的确令人无法轻易移开目光。

龙少和少东不约而同地轻笑，这种戏码他们看多了。

自会议开始后，翁雅玲连头也没有抬过，自顾自地低头摆弄手指，无视东岛先生的严肃神情。

夜景颢眼神深幽，眉宇中透露着隐约的愤怒。嘉歆竟然一直看着花子，他的心中像打翻了醋坛子，酸酸的，涩涩的，苦苦的……

东岛先生看向嘉歆，说："嘉歆，等下你和K-U一起练习，把最近落下的练习补上！"转头看着剩下的三位入选男生，"你们也要注意，别犯和董军一样的低级错误！星梦娱乐公司向来对有过失的选手严惩不贷，直接出局！"

这一消息让嘉歆的心情很愉悦。

她兴奋地握着鼓槌用力敲响第一个音，鼓是她的第二生命。令她兴奋的还有一个原因，她可以和K-U一同做配合训练，不用一个人敲闷鼓了。那次无意的配合练习，让她回味无穷，她好想再次找到音乐的快感。

她看向夜景颢，读懂了他的眼神，他肯定她的实力！花子的笑容也给她信心。

龙少起音，接着少东配合，夜景颢低沉的声音配合着翁雅玲甜美的声音，花子的琴音柔美，嘉歆的心高度亢奋，她敲着鼓，感受着音乐的魅力，将水平发挥得淋漓尽致。

强烈的节奏，震撼的效果。

终了，看着大汗淋漓的K-U成员，嘉歆的嘴角噙着满满的笑意。

门口响起了一阵掌声。

"嘉歆姐姐，若不是亲耳听到，我绝对不会相信天底下有这么完美的鼓声！"可希给了她最高的评价，纯净的鼓声中没有一丝做作和虚伪，像流淌的小溪般清澈见底。

"你怎么来了？"龙少问她。

"当然是有事才来的！嘉歆姐姐，有一个人非常非常想见你！"可希莞尔一笑，让出了一条道。

可希说得神秘，吊起了在场的人的胃口。

夜景颢两眼发狠地盯着门口，到底谁有那个胆，敢想他的嘉歆！

一身黑色休闲装，黑色墨镜，黑色鸭舌帽的男生，嘴角勾起张扬的弧度，迎面走来。

“杰哥哥！”嘉歆扑进他的怀抱。

夜景颢紧张地站起来，直勾勾地盯着嘉歆抱紧安佑杰的手。

安佑杰！那个让他想较量的对手！

东岛先生毕恭毕敬地行礼：“你好！”

众人跌破眼镜（虽然都没近视）。

东岛先生竟然向他行礼，看来他的来头不小。

安佑杰微微颔首。

东岛先生理了理领子，十分正式地对K-U的成员说：“你们都要好好向安队长学习，他可是King的队长！”

其他人都石化了，神情非常复杂，惊讶！崇拜！羡慕！安佑杰是King的队长！那个风靡世界的摇滚乐队！

King，可是K-U的奋斗目标，更是K-U的偶像。

顿时，崇敬之情油然而生。

偶像就在眼前。

他们争先恐后地自我介绍。

少东说话有点结巴：“我……我……”

龙少激动得无法言语：“我是龙少……”

花子倒是显得格外的平静，静静地站在一边。

立卫也插语道：“我是……我是立……卫……”他连名字也说不清楚。

奇伟眼睛瞪得圆圆的，嘴巴张得大大的。

剑气语无伦次：“剑……气……气剑……”

夜景颢阴沉着脸，看着大家把安佑杰奉为神，心生不爽！

安佑杰扯下墨镜，低声温柔地问着嘉歆：“嘉歆，告诉杰哥哥，他们是谁？”

嘉歆一脸微笑：“吉他手白龙，贝司手邵东，键盘手别称“花花公子”，主唱翁雅玲和Key，还有和我同样入选的立卫、奇伟、剑气。”

可希气鼓鼓地说：“还有我，易可希，安佑杰哥哥竟然是King的队长，如果被外界知道，肯定闹翻了天！”毕竟安佑杰很少在媒体面前露面。

安佑杰轻轻敲了可希的脑袋，食指放在唇瓣：“秘密！”嘴角扬起优美的笑容，把可希电得神魂颠倒，频频点头。

夜景颢一脸郁闷地站在角落，为什么他崇拜的King的队长是安佑杰，为什么安佑杰对嘉歆柔情似水，为什么安佑杰是他的偶像？超级郁闷！

东岛先生宣布：“练习到此结束，剩下的时间交给你们，和安队长好好探讨如何玩转摇滚，多多取经！”

说完，东岛先生闪人了。

年轻人的世界就该年轻人来交流。

三年一代沟！他和年轻人之间有两个代沟！

安佑杰走后不久，东岛先生怒气冲天地把嘉歆叫进会议室。

夜色漆黑，没有月亮，没有星星。

会议室门口，K-U成员全都到齐，外加几个入围者，表情各异，翘首静待。

会议室里面，气氛诡异。

“嘉歆，相信我已三令五申不厌其烦地告知了你们狗仔增多的事情，你也听烦了。可还是有人放消息给狗仔，你可知道此事？”东岛先生微眯着眼睛，闪出一道犀利的寒光。

他们怀疑她？嘉歆挺直腰杆，打着手语：“那关我什么事？”

东岛先生用征询的目光看着旁边的小乌：“她说什么？”

“她说，与她无关。”小乌原封不动地翻译。

“有人密报，是你把消息告知你的好友，再由你的好友卖给娱乐报社。”东岛先生冷漠地瞪视她。

“这对我有什么好处？”

“增加你的曝光率，就算你没有进入K-U，你的上镜率可以为你积聚人气，一样可以进入娱乐圈。”东岛先生说得有条有理，理所当然。

“你们不相信我，我说再多只是废话。”嘉歆嘲讽地轻笑。

小乌凝视着嘉歆，他突然钦佩这样一个淡然自若的女子，她有刚毅的性格，不屈服的个性。

东岛先生指着桌面的一沓照片，嘉歆瞳孔收紧，照片上那个熟悉的影子揉碎了她的心。不可能，斯斯不会出卖她的！斯斯不是这种人，她绝不相信，除非是斯斯亲口承认，说什么她也不会相信，一定是他们冤枉斯斯，照片是他们伪造的！他们费尽心思，只有一个理由——就是要她离开，自动弃权。

“那么可以请你离开吗？K-U不需要一个城府如此深的人，今天的事我们可以当做没发生，可以不计较，只要你遵守约定对外宣布弃权，并保证不把K-U的事爆料给娱乐记者。”东岛先生的眼中发出针芒般锋利的光芒。

一时之间，嘉歆失去了所有的力气，心口像千万把刀在戳绞。要离开吗？离开Key，离开K-U，离开梦想……她有得选择吗？既然认定是她做的，有理也说不清，真是百口莫辩。

嘉歆默然应允，黯然地开门走出。

蜂拥而上的人，关切的眼神，更让她无法割舍，无法安心离开。

“到底什么事？”少东按捺不住好奇问道。

嘉歆轻轻摇头，避开了夜景颢探寻的目光。

小乌代她开口：“嘉歆因为爆料给娱乐杂志，而被取消参赛资格。”

震惊！这是K-U四大帅哥的唯一反应。纯净如白纸的嘉歆会爆料，那么猪也会上树。他们宁可相信猪会上树，也不会相信嘉歆出卖他们。

“是不是哪里弄错了？”夜景颢抓着小乌的袖子，急切地问。他凝视着小乌漆黑的眼眸，想从里面找到玩笑的痕迹。

小乌无奈地回答：“是嘉歆的朋友干的，不关嘉歆的事，她只是被连累了！”他也不想这么优秀的鼓手因不公而被埋没。

嘉歆倔犟地昂起头，把委屈的眼泪吞回肚子：“谢谢你们的照顾！”她向他们深深鞠躬。

夜景颢拽着嘉歆的手，把她拖到身后，冰冷的眸子瞪着东岛先生：“不关她的事，为什么处罚她？”他不会让她轻易离开他的身边。

东岛先生双手抱膝，理由充分地说：“是她让她朋友做的！理所当然她是罪魁祸首！”

“有什么证据？”龙少插话道。

东岛先生扬起手中的照片，他有绝对的理由绝对的证据相信是嘉歆所为：“她必须得走！”坚定的语气，没有商量的余地。

“她走，就不会再有K-U！”花子嘴角的笑容如淡淡的月光，眼神却寒冷如冰。

翁雅玲嘴角阴邪的笑容瞬间冻结。

“我们支持花子的决定！”少东附和，把手搭在花子的肩上。

他们，同进退，力保嘉歆。

K-U是一体的！

东岛先生慌张起来，镇定自若的表情和威严荡然无存，额头渗出微微细汗，声音颤抖：“你们说真的？”

花子的语气笃定，心意毋庸置疑。

“我请示一下总裁！”东岛先生走到角落，打电话给星梦总裁，声音细弱如蚊。

嘉歆泪眼盈盈地望着K-U众人：“这样值得吗？”

花子轻轻地拂着她的青丝，柔声说：“嘉歆，我们相信你！”

感动，除了感动还是感动！嘉歆低头不语，滚烫的眼泪滑下脸颊。

“总裁回复，淡忘这件事！”抹了抹额头的汗，东岛先生战战兢兢地宣布最后的结果。

星梦娱乐公司的宗旨，可以不惜一切代价开罪任何人，唯独K-U绝不能得罪。没了K-U，就没了滚滚财源，没了赞助商和合作伙伴，更不用说在娱乐圈立足。K-U，有绝对的权利可以把星梦娱乐公司逼上绝路。

“我们会给公司一个交代的！”夜景颢发下话，事情的原委他们会调查清楚，还嘉歆公道。绝不能让人冤枉嘉歆，给嘉歆抹上污点。

夜，愈来愈深。

躺在床上，嘉歆睡意全无，听着虫鸣，看着天花板发呆。

翁雅玲没有入睡，思量着该如何开口。

她知道嘉歆没有睡，借着淡淡的夜色，她幽幽开口：“彭嘉歆，你的出现扰乱了K-U的心！”

翁雅玲继续道：“K-U从没有像今天这样顶撞星梦娱乐公司的总裁，虽然平时他们看起来痞痞的样子，散漫，对经纪人东岛先生的劝告左耳进右耳出，但从没有像今天这样提出解散K-U的决定！”她赌上了她的未来，赌嘉歆对K-U背景的不了解。

漆黑的深夜，只有翁雅玲一个人的声音在回荡。

讲者有心，听者入心。

“K-U因拥有共同的梦想而聚集，K-U的魅力无可抵挡，他们是一块宝石，只要给他们闪亮的舞台，他们定能发光放热，成为亚洲甚至于全球的巨星。他们是娱乐界缓缓升起的新星，他们承载着宝宝们的期待与梦想，不能因为你让K-U成为流星而陨落，让宝宝们伤心绝望！你不可以这么残忍！”

等了一年，星梦娱乐公司才把K-U推出市面，让K-U站在华丽的舞台，套上亮晶晶的光环。她，好不容易排挤掉众多新起之星，爬上K-U女主唱的地位，绝不能让人毁了K-U，毁了她的金光大道。

“K-U与星梦娱乐公司签约三年，如果K-U解散，那么星梦娱乐公司会索赔，违约金不是作为歌手的他们可以承受的。以K-U的名气，就算别的娱乐公司肯签下K-U，替他们付巨额的违约金，K-U也会背上背信弃义的骂名，是星梦娱乐公司让K-U圆梦，是星梦娱乐公司一手栽培K-U，当真要K-U为了你而遗臭万年，相信这也不是你想看到的结果！你若真的喜欢K-U，请别做伤害他们的事！”翁雅玲说得振振有词，她相信，嘉歆本性善良，只要她再多煽动一下，嘉歆的心会摇摆不定。

的确，翁雅玲的一番话深深拨动着嘉歆心底那根弦，她望着天花板的眸子如一潭死水，空洞迷茫。

“嘉歆，你的才气有目共睹，不需要耍手段引起注意，或者想靠曝光率出名。就算你不可以说话，但以你的美貌，凭你的实力也可以从鼓手选拔赛中脱颖而出，成为新秀！”翁雅玲的话咄咄逼人，暗含讽刺。

翁雅玲也以为她是为了出名而不择手段的人？嘉歆的嘴角泛起苦涩的笑容。名和利对她来说一点都不重要，她只不过想待在Key的身边，想和K-U一起实现梦想。哑巴就没有自尊，没有梦想，没有追求吗？

夜，漫长，寂静。

黑暗中，翁雅玲的嘴角勾起狰狞邪恶的笑容，她的话如果没有让嘉歆选择离开，至少可以使嘉歆犹豫。她达到她的目的了！

第一次，翁雅玲不吝惜地对她说了这么多，表面说为了K-U着想，其实还是怕K-U解散而毁了她的前途。她明白翁雅玲话中的深层次含义。她不能剥夺别人追求梦想的权利！

翁雅玲说得有理，若星梦娱乐公司执意追究她的过失，若K-U要保她，巨额的违约金会让K-U身败名裂！

嘉歆迷茫了！

她，该如何抉择？

她，真的给K-U带来困扰了吗？

她不知道！

接下来的练习，嘉歆的鼓音失去了劲道，软弱无力，节奏凌乱，使整个配合练习无法进行。她失去了激情，失去了笑容，整个人都无精打采。

翁雅玲的话荼毒着她的心，吞噬着她的思想。

看着她失魂落魄的样子，看着她憔悴的面容，夜景颢担忧不已。他恨不得把那个祸害嘉歆的罪魁祸首揍得像烂泥，爬也爬不起来。

翁雅玲得意地偷笑，显然她“苦口婆心”的话，在嘉歆的心里产生潜移默化的作用了。

在嘉歆第十一次走音的时候，东岛先生重重地叹了一口气：“今天的练习到此为止，彭嘉歆，希望你能调节好情绪，明天我不想看到你再以这种落魄的状态出现。”

嘉歆抬起呆滞的眸子，她又犯错了吗？

“对不起。”第十一次的对不起。

没有跟K-U训练的三个入围男生狠狠地瞪了一眼呆若木鸡的嘉歆，悻悻地离开。

翁雅玲满意地看着满脸愁云的嘉歆，压抑着心中的兴奋，堂而皇之地走人。

门口，可希狠狠地瞪着那个趾高气扬的女人，她讨厌翁雅玲目中无人的高傲。

看着嘉歆姐姐失魂落魄的样子，可希不知道发生了什么事，昨晚离开的时候还好好的，但肯定跟那个女人脱不了干系，看那个讨人厌的女人嘴角隐约的得意就知道嘉歆的失常与她有关。

“嘉歆姐姐，你的鼓音听起来软弱无力，生病了吗？”可希关心地伸出手，试探着嘉歆额头的温度。

嘉歆勉强扯出一抹笑容，摇摇头。

“嘉歆姐姐，我带来了好多的糕点，很好吃，快尝尝！”可希手忙脚乱地在茶几上摆放着各种各样的西式糕点。

可希递给嘉歆一块拉提米苏，可口的蛋糕散发着诱人的味道。

嘉歆细细品尝一口拉提米苏，巧克力外加椰丝的味道，口感滑嫩，香甜可口。

“很好吃！”

可希笑逐颜开：“龙少哥哥，你也尝尝，这个可是可希自己做的哦！”

可希把一小碟的小米酥捧到龙少眼前。

龙少轻尝一口，点点头，说：“可希的手艺不错！”

听到龙少的称赞，可希欣喜若狂。

“你们都不要客气，都来尝尝！”可希招呼其他人一起吃，练习室俨然成了糕点店。

有可希的地方，就有欢声笑语。

嘉歆心中的阴云被吹散了一点。

嬉戏吵闹的可希在星梦总裁的万般催促下，心不甘情不愿地回家。

“嘉歆姐姐，明天我还会给你带好吃的！龙少哥哥，再见！”可希抛了一个飞吻给龙少，像个兔子似的蹦蹦跳跳地走了。

喧闹的练习室，少了可希聒噪的声音，瞬间变得冷清。

嘉歆的心情也随着可希的离开而开始往下沉。

龙少和少东在夜景颢的示意下拍拍嘉歆的肩膀也离开了。他们还有任务在身！

花子紧抿诱人的双唇，眉宇间有着一丝担忧，嘉歆的落寞揉碎了他的心，他轻轻摸着她的脑袋：“不用担心，一切都会水落石出！”

嘉歆露出一丝苦涩的笑容，点了点头。

看着两人之间的暧昧，夜景颢很不满，他刻意拉开他们两人的距离，霸道地牵着嘉歆的手离开。

中心花园。

长椅上，夜景颢轻拥嘉歆入怀，温热的气息在她耳垂掠过：“想哭就哭，不要忍着，想发泄就发泄，不要憋着！”

他的话像有魔力般，嘉歆点点头，泪水再也遏制不住，如洪水般泛滥，濡湿了他胸前的衣裳。

哭久了，心累了，她趴在他的怀中沉沉地睡了。

看着她沉睡的容颜，夜景颢温柔地将她那被风吹乱的发丝别到耳后，冰凉的指尖轻轻滑过脸颊上的泪痕，当他看到她眼下浓重的黑眼圈时，不由得皱紧了眉头，她昨夜失眠了？

时间一分一秒流走。

电话的铃声突兀地响起，把嘉歆吵醒了。

她揉着惺忪的睡眼，用探究的目光望着笑意盈盈的夜景颢，什么事让他如此开怀？

夜景颢在她的额头上轻啄一下，便拉着她往会议室走去。

接下来，嘉歆听到了事情的始末，她耿耿于怀的真相。

立卫，其中一个鼓手入围者，因为嘉歆是他最具有威胁性的选手而选择对她下手，利用了长相与李斯斯极其相似的双胞胎妹妹李思思混淆视线，以假乱真，达到他的目的。只是没预料到K-U……

斯斯没有背叛她，斯斯没有出卖K-U，嘉歆喜极而泣。

立卫，被get out,这是事实！

看着立卫狰狞的面孔，眼底恨不得把她生吞活剥的愤怒，嘉歆的心一点一点往下沉。

这个圈子，为了达到目的不择手段，娱乐圈真的适合她吗？

梦想就这么难以实现吗？

那一夜“促膝长谈”后，翁雅玲没有再和嘉歆多说一句话，她搬出了这间房，住进空出的房间，两人形同陌路。

嘉歆现在独住一间，翁雅玲的搬离，让她心里有些许失落的感觉。

入夜。

月光皎洁。

两人席地而坐。

花子坐在嘉歆的对面，嘴角噙着如花的笑容：“丫头，快投降，你没棋了！”

对弈五局，连输了五局，一子不剩，嘉歆郁闷地嘟着嘴，捣乱棋盘毁棋：“不玩了。”

对于手语，花子大概可以看懂了。为了与她沟通，夜深人静时，他窝在床头学手语，甚至通宵达旦。

“呵呵。”花子揉着她的头发，眼中柔情似水。

门口，传来一阵敲门声。

嘉歆闻声起身开门，花子默然垂下眼帘，不用猜也知道是谁，除了他，别无他人。

夜景颢霸道地闯进卧室，表情阴郁地看着花子：“花子回房！”

“你晚上睡觉打呼，我不要和你睡，我和嘉歆睡！”花子一把搂过嘉歆，故意忽略夜景颢眼中燃烧的熊熊烈火。

夜景颢把嘉歆夺回怀中，怒视着花子灿若桃花的笑容，他的东西谁都不能夺走，即使是最好的朋友。

争夺拉锯战正式上演，谁也不愿退一步。

沉默，死寂般的沉默，卧房中的气氛慢慢凝结，让人窒息。

夜景颢做出了大胆的决定，一只手环着嘉歆的纤纤细腰，另一只手托着她的脑袋，吻上了她诱人的樱唇。看到花子惊愕的神情，他得意地加深了这个吻。

在嘉歆快窒息的时候，他依依不舍地放开她，嘴角上扬的弧度渲染着幸福。他用挑衅的目光扫了一眼花子，宣告了他对嘉歆的所有权。

嘉歆的脑袋石化了，无法思考，全身的力气被抽走了一般，软软地倒在他的怀里。

花子轻笑，却笑得怪异：“我睡觉，你们继续！”他说完躺在原来属于翁雅玲的床上，盖上被子，他的心在滴血。

想起方才的吻，嘉歆的脸颊飘过两朵红云，嘴角挂着羞涩的笑容。

“去我的卧房睡吧！”夜景颢推着她离开，他是自私的，他是霸道的，他是专制的，他不想属于他的东西被人抢走。

看了一眼月光下花子孤单的身影，夜景颢默默地说：“对不起，花子，唯独嘉歆不可以给你！”声音很轻，很轻，轻到只有他自己一个人听到。

夜景颢把卧房让给了嘉歆，他则回嘉歆的卧房与花子同眠，花子落寞的背影散发着忧伤的气息，他无奈地叹了一口气。

CHAPTER 03 第三章

YOU ARE IRREPLACEABLE

为了让他留在你身边，你宁愿说谎骗我

YOU ARE IRREPLACEABLE

练习室内，空调孜孜不倦地工作着，带出丝丝清凉。

烈日仍然毒辣刺眼，热气腾腾的空气弥漫在街头。

嘉歆尝试玩贝司，却不小心被贝司锋利的琴弦划伤。花子见到这一幕，没想太多，冲上前握住她的手，轻轻吮吸着指尖沁出的血丝。

夜景颢正好捕捉到如此暧昧的一幕。“花子，我说过要你离嘉歆远点的，你当我的话是耳边风吗？”他怒气冲冲地拽着花子的衣领，幽深的眼眸隐藏着危险的信号。

空气凝结成冰。

战火在练习室弥漫，甚至可以闻到浓浓的火药味。

少东和龙少不安地来回望着生气的夜景颢和默然的花子，一刚一柔的对决。

花子用力掰开夜景颢的手，淡然一笑，转头，柔柔地摸着嘉歆的脑袋：“不用担心！”

毫无预兆，夜景颢挥出一拳打在了花子绝美的容颜上，晶莹白皙的肌肤印上了红色的痕迹，却依然无损花子的美丽。

花子与嘉歆的暧昧远远超过了夜景颢所能忍受的限度，花子看嘉歆的眼神柔情似水，花子摸嘉歆的脑袋轻柔如风，花子对嘉歆的关心超乎寻常，花子去逗嘉歆开心，去嘉歆的卧房，他都隐忍着醋意，但花子过火到吮吸她的指尖，挑战了他的忍耐极限。

嘉歆瞪大眼睛看着夜景颢，他打了花子？

花子抹了抹唇角流淌的鲜血，笑得妩媚：“嘉歆不是物品，你没有所有权，她的事不需要你来管！”

“你……”夜景颢的怒火重新被点燃，但落下的拳头却因为嘉歆的阻拦而悬在了半空中。

嘉歆张开手臂，护住身后的花子，脸上竟无一丝恐惧，唇瓣一张一合。她知道他懂她说什么。

夜景颢为了她学习了唇语。

“你叫我不要伤害他？”夜景颢的身子微微颤抖，心被撕裂般疼痛，到底是谁在伤害谁，“让开，今天我一定要教训他！”

嘉歆执拗地挡在花子前，一步也不退让。

“你当真不让开？”夜景颢放在身侧的手收紧，泛白的指甲一点一点陷进肉中，丝毫感不到疼。

嘉歆坚决不让。

看着挥来的拳头，嘉歆闭上了眼睛，静待它落下去的疼痛。

千钧一发之际，拳头在离她的脸颊一厘米处转变了轨道，挥落在旁边的空气中。

“你……好！”夜景颢恨得咬牙切齿，心像刀割般一下一下地抽痛。

他怒瞪了花子一眼，愤愤地转身离开。

嘉歆的泪水流淌而下，模糊了他离去的影子。

少东、龙少无奈地摇了摇头，爱情是别人插手不来的事情。

没有赶上看现场直播的真人秀，剩下的两位鼓手与翁雅玲一头雾水地感受着这次练习时令人窒息的沉默。

真是一波未平一波又起！

东岛先生青筋暴跳，拽紧手中的杂志，狮子般的怒吼震慑着会议室：“我说过多少次，让你们注意自己的一言一行，现在你们已今非昔比，举手投足间都成为注目的焦点，你们一个不经意的举动就可以成为别人茶余饭后的谈资……”

他喋喋不休的教诲，在K-U那里根本不起作用。

少东掏掏耳朵，慵懒地说：“花子，你又成了绯闻主角！”他的目光落在那张绝美的容颜上。

花子笑得温婉动人："最近本少爷安分守己，该不会是……"说完，他的眼睛飘向熟睡中的龙少，他正在熟睡，嘴角还洋溢着浅笑。

少东的目光随着花子的话落在"疑犯"上，龙少却浑然不知他此时的睡颜尽收他人眼底。

众人各自暗中揣测，各怀心思。

夜景颢的视线飘落在嘉歆精致的小脸上，心隐隐泛疼，她的脸色憔悴，黑眼圈又加深了一层，他放在桌子下的手紧紧握成了拳头。

嘉歆抬眼，与东岛先生的视线在空气中不期而遇，东岛先生犀利的眼神紧紧逼着她，那一刻，胸腔像被掏空般异样与不安。

东岛先生把杂志狠狠甩在桌子上，愤怒地说："不要猜测了，这次的主角是彭嘉歆！"大家的视线全转向嘉歆。

《明星大揭秘》的娱乐报刊上，嘉歆的脱衣照登在了头版头条，尽管脸部被马赛克模糊掉了，却依稀可辨认出脱衣的女孩是嘉歆，因为旁边附带了嘉歆卧房的原版照片。

嘉歆惊恐地望着手中的杂志，那个女孩的确是她，一样的卧房，一样的摆设，一样的内衣。只是，为什么杂志社会有这张照片？为什么她换衣服会被偷拍？为什么她一点察觉都没有？

好多的为什么充涨着脑袋，愈充愈涨……

夜景颢的拳头狠狠地打在了桌子上，他把杂志甩在一边，淡蓝的眸子里有嗜血的冲动。

花子抱着瑟瑟发抖的嘉歆，温柔的嗓音在她耳畔停留："嘉歆，乖，没事的，我会把肇事者送入地狱，这件事会被冲淡的！"

花子用寒气逼人的眸子冷冽地瞪着东岛先生："不管花多少钱，这件事都给我压下去，把伤害降到最低！"谁都不能伤害嘉歆！

嘉歆紧紧依偎着他，像飘浮在茫茫无际的大海上的人抓住了救命稻草，她的无助，她的脆弱，此刻都显露了出来。

坐着静观其变的翁雅玲，笑意从眼角到达唇边，看着嘉歆崩溃的样子，胜利的快感让她全身的血液都沸腾起来。

夜景颢受伤的眼神中充满着无奈，嘉歆应该在他怀里哭泣，如果他肯认错，那么现在她的无助应该由他来容纳，而不是由花子来安慰她，他的心像千万只蚂蚁在啃噬般疼痛。

天，依然很蓝；云，依然很白。

嘉歆独自坐在中心花园的长椅上，仰望着湛蓝的天空中层层叠叠的白云。

心情好压抑啊！为什么要刊登她的更衣照呢？娱乐圈到底有多可怕？她开始迷茫了，这个圈子真的适合她吗？

“嘉歆，怎么了，闷闷的！”安佑杰很担忧，看到传得沸沸扬扬的《明星大揭秘》上的女主角是嘉歆时，就感到事情不对头了。

“杰哥哥，你怎么来了？”看到安佑杰时，嘉歆的眼里闪过一丝讶异。

“傻瓜，当然是担心你啊！”安佑杰看着嘉歆恍惚的神情，心头涌起酸楚的味道。

“担心我？”嘉歆露出苦笑，“没什么好担心的！”

“嘉歆，别把委屈吞回肚子，很容易得抑郁症！”安佑杰怜惜地摸着她的头。

“你看到了？对不对？所有人都会看到的，对不对？然后他们就会来嘲笑我，不自量力，不知自爱，对不对？”寒气从脚底往上蹿，寒冷的感觉使她觉得无助而痛苦，泪水跟着涌出眼眶。

安佑杰把她抱入怀中，双臂紧紧箍住她无助的身子。

他第一次看到如此脆弱的嘉歆，仿佛陶瓷的娃娃一摔就碎。

“嘉歆，娱乐圈就是这样，如果想放弃，杰哥哥帮你！”安佑杰一字一句地说。

嘉歆的身子僵在安佑杰的怀里。

放弃？她从没有想过的字眼，放弃鼓手争霸赛，就意味着她要认输，输给那些不择手段要她离开娱乐圈的人！更意味着她要放弃她的爱情，离开Key！

“杰哥哥，我不能放弃，放弃就意味着我输掉了这场人生梦想的比赛。”

“这才是我所认识的嘉歆！”安佑杰放开嘉歆，“嘉歆可以为了梦想而勇往直前！”他做了一个幼稚的前进动作。

嘉歆破涕为笑：“杰哥哥好幼稚！”

躲在草丛后偷听的可希高兴得大叫一声：“我就知道安佑杰哥哥有办法让嘉歆姐姐开心！”龙少不客气地赏给可希一个栗暴。

可希扭头瞪着龙少，不满地抱怨：“龙哥哥，你打我做什么，很痛呢！”

“笨蛋！”龙少瞪了可希一眼，“嘉歆，我们……不是有意……”龙少搔搔后脑勺，思量着该如何解释偷听一事。

嘉歆笑笑，摆摆手，龙少和可希只是担心她而已。

“任务完成！我该回去录制专辑了！”安佑杰拍拍裤子，站起身。

“杰哥哥！”嘉歆感动得一塌糊涂，他为了她在录制专辑时半路出来。

“嘉歆，记住，杰哥哥永远在背后挺你！”安佑杰摸着嘉歆的脑袋，认真地说。龙少和可希也附和说：“我们也会挺你的！”

嘉歆看着他们，笑了。

调整好状态后，嘉歆回到练习室。

翁雅玲悠闲地看着手中的杂志，其他的入选者在一旁研究爵士鼓。

嘉歆看了一眼，径直向爵士鼓走去。她要用十二分的劲道去练习，把浪费的时间给补回来。

翁雅玲仍然专注于手中的杂志，冷嘲热讽地说：“没想到有这么不要脸的狐狸精，竟然还让《明星大揭秘》刊登更衣照，看看身材挺好的，真是诱惑男人的绝佳武器！”

在一旁研究的两位男生斜眼看着嘉歆，嘴角偷偷扬起笑容。

嘉歆直接无视翁雅玲的嘲讽，把她的话当耳边风。

翁雅玲继续道：“看看这张惹人怜爱的脸，好像在哪里见过，到底在哪里呢？”

嘉歆坐上鼓凳，拿起鼓槌，平稳着心中的情绪。

“有这种女儿，妈妈大概也是一只专勾男人的狐狸精！”翁雅玲的嘴角闪过一抹阴笑。

一声闷雷的巨响，吸引了他们的视线。

吊镲颤抖地上下震动着。

嘉歆横眉怒目，手中的鼓槌直指着坐在沙发上的翁雅玲："有种再说一次。"

"哑巴，我听不到你的声音！"翁雅玲嘴角的笑意更深了。

奇伟胆怯地翻译："她要你再说一次！"

"哦！原来这样啊！"翁雅玲故意提高声调，"母亲和女儿都是狐狸精！"她毫不留情面地重复一次。

一眨眼的工夫，鼓槌零距离接触翁雅玲粉嫩的脸颊，然后笔直落在她手中的《明星大揭秘》上。

嘉歆怒火冲冠，冲上去，全身的力气集中在手掌上，"啪"地一声，砸在翁雅玲的脸上。

瞬间，伴随着翁雅玲凄厉的惨叫声，她的脸上显出鲜红的五指印痕。

夜景颢匆忙地推门而入。

"怎么了？"翁雅玲柔弱地扑倒在他的怀里，带着眼泪攻势，"嘉歆……嘉歆打我！"

夜景颢托起她的下巴，仔细观察着那明显的五指印痕："这……到底怎么回事？"他瞪着在旁边看戏的两个男生。

"她打她！"奇伟指着嘉歆说，剑气频频点头附和。

夜景颢推开翁雅玲，走到嘉歆面前，直视着她清澈的眼眸："为什么？"他绝对不相信嘉歆会没有缘由地打人。

"没有原因！"嘉歆倔犟地回答。

"你……"夜景颢扬起的手停在半空中，迟迟没有挥下去，"到底为什么！"

躲在背后的翁雅玲看着两人的僵持，嘴角扬起更高的弧度。

"与你无关！"

“向雅玲道歉！”夜景颢坚持。

“我不会道歉的！”嘉歆倔犟地昂起头，直视着他的眼睛，她没有错，为什么要道歉。

“别怪我无情！我不容许任何人无理由欺负我的队员！”话音刚落，夜景颢打了嘉歆一巴掌。

嘉歆愣愣地望着他，任由泪水静静地滑落……

她转身冲出了练习室。

手掌火辣辣的感觉随着血液在身体中流过，夜景颢慌乱地看着自己的手掌，他竟然打了嘉歆！

心像被刀划过一般，血淋淋的……

嘉歆把自己反锁在卧房内。

当最后一抹阳光消失在地平线上，卧房的门被敲响了。

“嘉歆姐姐，快开门，开门！”可希的声音在门的那一边传来。

嘉歆快速抹掉眼角的泪痕，整理了一下零乱的衣服。

“可希怎么了？”

“嘉歆姐姐，事情查清楚了！”可希急急地说。

嘉歆疑惑地看着她。

可希拿出娱乐报纸，指着头版说：“这是花子哥哥让《娱乐周刊》加印出来的！”

嘉歆一字一字阅读着《娱乐周刊》的红色大标题，眼慢慢地睁大。

“嘉歆姐姐，《娱乐周刊》澄清裸照为一场无端猜测的误会，裸照中的女子是某艺术大学电影系的学生，长相与嘉歆姐姐有几分相似，为了出名而走了歪路。姐姐别再伤心了！”可希安慰道。

嘉歆瞪圆眼睛听着可希解释的一切。

可希继续说：“裸照事件被压了下来，《明星大揭秘》的社长及牵连在内的十几人一夜之间人间蒸发，无影无踪，从此再无《明星大揭秘》。”

手中的杂志陡然落地，嘉歆的眼神空洞迷离，替代？这只是一种变相的说明，只有她明白，那个杂志中的女主角的确是她。

可希没有注意到嘉歆的异常，兴奋地道：“嘉歆姐姐，是别人误会你了，利用你来炒作新闻！现在一切澄清了，也还了嘉歆姐姐的清白！”

嘉歆勉强扯出一个笑容。

可希眨着天真的眼睛，说：“事情终于圆满落幕了！累死我了……”

可希倒在床上呼呼大睡，忙了一天太累了。

看着可希纯真的脸，嘉歆心中的阴霾还是无法消散。娱乐圈，真是一个无底的黑洞，在吞噬着人的灵魂吗？

这天夜晚，嘉歆望着窗外的雨，第六次唉声叹气。

“怎么了，嘉歆？”花子第六次关心地询问。

窗外，雷声鸣鸣，闪电划破了寂静的黑夜，豆大的雨点从高空往下坠落，拍打着透明的窗户，演奏着欢快的雨中圆舞曲。

嘉歆又重重地叹了一口气：“总觉得心里很失落。”她说不出个所以然来。

“是因为空穴来风的裸照事件，还是因为Key打你？”对于夜景颢打了嘉歆一事，花子已经有所耳闻。

“花子哥哥，你知道了？”嘉歆落寞地垂下眼帘。

“你为什么要动手打雅玲？”

“雅玲污蔑我母亲，花子哥哥知道吗？从小我就没有父亲，是母亲一手把我拉扯长大！雅玲可以讽刺我，但绝不可以嘲讽母亲！”

“所以你就动手打了雅玲，那你为什么不跟景颢解释，白白让自己承受一巴掌？”花子不解。

“在场的人都与雅玲站在同一战线，我说的话他会相信吗？花子哥哥，你相信我吗？”嘉歆用真挚的眼神看着花子。

一抹妖娆在唇角盛开，花子点头：“嘉歆说的，我都相信！”

“花子哥哥……为什么他就不能像花子哥哥一样相信我呢？”失望爬满嘉歆纯净的脸。

花子微微一笑，轻轻揉着她的发丝，细细低语："睡一觉起来就会好的！"他喜欢把玩她的发丝，发丝散发的淡淡香味，沁入心脾，清爽自然。

帮她掖好被子至肩头，花子婉转地唱着睡眠曲，等她睡着后，他看着那张熟睡的面容，倾身向前，在她的额头上轻轻一吻，柔声说："晚安，妹妹！"

这天早上，急促的敲门声在门外响起，赶走了嘉歆的瞌睡虫。

她起床打开门，门外站着的几人蜂拥而入。

少东第一个开口，郑重其事地拜托她："嘉歆，Key病了！如果再高烧不退，他就会有生命危险，只有你能点燃他的意志，就算你再怎么恨他都好，请别那么残忍地对待他！"

龙少接着补充道："他也是因为你才会弄成这样！就算你不爱他，也拜托你劝劝他。他一直到现在都不吃不喝，就算铁打的人也会垮的！"

他的话深深震动着嘉歆的心弦。

她不爱他吗？就算天崩地裂，她依然爱他，她的心里只有他。

花子与夜景颢闹翻后，就在嘉歆的卧房过夜。花子与嘉歆之间上升的暧昧让人误以为两人有非比寻常的关系。

他不吃不喝，还发烧了……这就是他这两天从未出现的原因吗，为什么没有人提起？

"为什么没有人告诉我！"嘉歆把手机伸到龙少面前。

龙少把目光放在少东的身上："你没告诉嘉歆他生病的事吗？"

少东茫然地摇了摇头。

花子轻扯出笑容："我以为你们告诉她了！"

原来，是每个人都以为她知道。

"我们都以为你知道了，以为你的心里再也没有他，原来，一切都是误会……"

龙少话音未落，嘉歆已经像离弦的箭冲出了门口。

嘉歆站在夜景颢的卧室门口徘徊，犹豫着进不进去。

他与她的距离，一门之隔。

心意已决，嘉歆轻轻推开虚掩的门。

夜景颢静静地躺在床上，呼吸微弱。

“吧嗒”一声，嘉歆开了灯，卧房瞬间一片通明。

突如其来的刺眼光线令夜景颢有些不适，他微微睁开眼睛，伸手挡着耀眼的光芒。

嘉歆来到床边，伸手轻抚他凹陷的颧骨，拂过干裂的嘴唇，最后停在额头上，滚烫的感觉令她不寒而栗。

夜景颢看着面前朝思暮想的身影，黯淡的眼里闪过一丝奇异的光芒。

嘉歆拿起床头冷却的药，忍着苦涩的味道，轻轻含在嘴里，然后吻上他干裂的唇，把口中的药缓缓送入他的口中，看到他咽下去后，才满意地笑了。

接着，她盛了一盆温水，将毛巾打湿，温柔地擦拭着那张憔悴的脸庞，最后放在滚烫的额头上。

她坐在床边守着他，寸步不离。

夜景颢露出了这两天来的第一抹笑容，他伸手轻轻摩挲嘉歆的脸颊，感受着真实的触感。

嘉歆握过他放在脸上的手，放在唇边，温柔地吻着。

“嘉歆，为什么你前晚没有出现在中心花园？”夜景颢颤抖着声线问。

“什么中心花园？”嘉歆一头雾水。

“我留了纸条在你卧房，晚上8点，中心花园不见不散！”夜景颢一脸讶异的表情。

“我没有看到。前晚下很大的雨，你在雨中等了很久？”

他在雨中等了她三个小时，加上不吃不喝精神颓靡，才导致他体力不支倒下。

这么说，她没有不理他！

“嘉歆，永远留在我身边好吗？”他害怕幸福的短暂，嘉歆像随时会飞走的天使，尽管她在他的身边，他的心仍感到不安，他想她也给他承诺。如果能用承诺锁住她，他恳求她许下诺言。

嘉歆微笑，却沉默着。

“嘉歆……”夜景颢受伤的眼神黯然无光。

嘉歆摸着他的额头，感受他的温度，似乎没有那么滚烫了，悬着的心落下了。“嘉歆，原来你……”他的脑海里飘过嘉歆与花子嬉笑的画面，难道她心有所属之人真的是花子，心被撕裂般疼。他望着天花板，不再出声。

下一瞬，嘉歆柔软的唇轻轻覆上去，蜻蜓点水般一掠而过，这就是她的答案。

时间一点一滴在指缝中溜走。

她，在床边悉心照顾着他。

他，安心地沉沉睡了。

天，微微发亮，透过蓝色的窗帘，渲染一屋子的暧昧。

夜景颢带着灿烂的笑容侧卧，目光紧紧锁住嘉歆的脸，他伸手搂着她的腰，拉近了他与她的距离。

嘉歆睁开睡眼，一张桀骜不驯的脸庞在眼中瞬间放大，她的脑袋无法运转，意识到两人同床而眠，夜景颢的手还搂着她时，脸上立即晕出两朵红云。

夜景颢的嘴角噙着满满的笑意，怀中的人乖巧得像只小猫。

嘉歆抬头，不小心碰触到他的唇，灼热而滚烫，娇羞地又垂下了头，思忖着如何解开心中的疑问。

“我昨晚见你趴着睡太辛苦，就抱着你睡了。”夜景颢看着她说。

“那你可以让我睡花子的床。”嘉歆稍微拉开了距离，抬头注视着他。

卧房中的另一张床，冷冷清清，没有一丝的温度。

“不要，我就喜欢抱着你睡，花子的床有花子的味道，我不喜欢！”夜景颢霸道地说，手一用力，又拉近了两人的距离。

他，又打翻了醋坛子。

“不要和花子闹别扭了，好吗？”嘉歆用期许的目光望着他。

“你说好就好！”低头，他准确地捕捉到她的唇，缠绵地吻着。

好一会，他才依依不舍地离开她的唇，她，只能专属于他。他微笑地说：“嘉歆，你也不要和花子太过亲近，我这里……”他指了指心脏的地方，“很痛！”

看着他，嘉歆咬了咬牙，坚决拒绝：“不可以。”

“为什么？”夜景颢搂着她的腰的手加重了力道，把她捏得生疼。

“他是我亲哥哥！”嘉歆说出了事实，这是一个埋藏在她心中的秘密。

夜景颢无比震惊！

“为了让他留在你身边，你宁愿说谎骗我？别忘了，我认识花子的时间比你长，他没有妹妹，他是独子！”他的脸色瞬间苍白如纸，像受伤的野兽般低吼。

说完，他推开了嘉歆，她措手不及，直接从床上摔倒在地上。

夜景颢伸出手，却停在了半空中，怔怔地望着她。

花子推门而入，正好赶上这一幕，他上前扶起嘉歆，看着她手上擦破皮的地方沁出血丝，他抬头冷冷地说：“你发什么疯，就算发疯也不要拿嘉歆出气！”他把她捧在手心当宝贝，却被人不知珍惜地摔到地上糟蹋。

夜景颢沙哑着声音咆哮，透着绝望的沉痛：“我听到有史以来最大的笑话，她竟然说她是你的亲妹妹，你说可笑不可笑？”

花了低头怔怔地看着嘉歆痛苦的神情，清澈的眸子里源源不断地淌出泪珠，他的胸口翻绞着撕裂般的剧痛。

“她说的是真的！”

花子的话如一道晴天霹雳，狠狠地击中了夜景颢。

“你也和她一起骗我，对不对？明明月云集团只有你一个继承人！”夜景颢的唇色越发苍白，眼中万分的痛苦。

“彭嘉歆确实是我的亲妹妹，被妈妈带走的亲生妹妹！”花子一字一句，幽怨的眼神中带着丝丝的痛楚。

当他知道嘉歆是自己的妹妹时，他心里的震惊丝毫也不亚于夜景颢！

雨停了，太阳出来了。

卧房内，死气沉沉，空气冻结。

五人屏声静气，没有人愿意开口打破这一份沉静。

窗户被阳光照射，反射着耀眼的光亮，令人晕眩。

风撩起蓝色的窗帘，轻轻舞动。

龙少推推花子的手肘，让他诉说那段不为人知的过往。

花子扯出一抹极淡的笑容，娓娓道来：“十三年前，当时嘉歆只有五岁，有一天，我放学回家，妈妈和嘉歆突然人间蒸发，没了影踪。”

“这个为什么我没有印象？”

“嘉歆你别打断花子，让花子继续往下说！”少东阻止嘉歆的提问。

花子宠溺地摸着她的脑袋：“那时你还小啊！”

龙少不耐烦地说：“先别叙旧了，继续。”

“床头上留有遗书，因为认为爸爸不忠，妈妈伤心欲绝，要和嘉歆去另一个世界。派出去寻找的人都无果而回。某一天，海边发现了两具尸体，因海水浸泡而腐烂，看不清面容，唯一可以知道的是那是一对母女，从死亡的时间来看，正好就是妈妈离开的那一天，所以，我们便认为那就是妈妈和嘉歆。事实上爸爸并没有不忠，那时生意刚上轨道，有许多事情需要打点，也有很多应酬，难免进入一些烟花之地，身上带回一些女子的脂粉味。”

嘉歆颤抖地哭着，原来这就是她失去完整家庭的原因。

夜景颢轻轻拥她入怀，柔声呵护着。对刚才的怀疑，他抱着百分之两百的歉意，愤怒冲破了理智，做出疯狂的举动，幸好一切都还可以挽回，幸好没有铸成大错。

“那你怎么知道嘉歆是你妹妹的？”龙少问出大家心中的疑惑。

“初次见到嘉歆，我大吃一惊，嘉歆与妈妈非常相似，便命人查了嘉歆的背景，后来确定，她真的是我的妹妹。我不想打扰她平静的生活，就想一直守在她身边算了，可没想到……”花子眸子里带着幽幽的笑意，流露出一丝苦涩和无奈。

“其实，那天中毒后，晚上你来照顾我，虽然我有些迷迷糊糊的，但你对我说的话我大部分都听见了。”嘉歆也解释着，当时她的意识并没丧失。

花子漂亮的眸子里闪过一抹惊讶，原来这些天她对他的亲近，是因为她知道他是她的哥哥。

“误会解除就好，这样就雨过天晴了！”少东欢呼，K-U又是完整的一体了。

“对不起花子，对不起嘉歆，我为我无厘头的吃醋道歉！”夜景颢万分诚挚地道歉，标准的九十度鞠躬。

没有浓浓的爱意，怎么会有那么大的醋劲！

嘉歆爱他，当然不会怪他；而花子也为有这么一个人守着妹妹而欣慰。

“呸，别来这一套，不符合你的行为，怪肉麻的！”龙少抖抖身子，抖落全身的鸡皮疙瘩。

少东爽快地笑了，龙少也为这笑声配上快乐的节奏。

“只要你好好对嘉歆，我别无他求！”花子莞尔一笑。

夜景颢温柔地吻在嘉歆的额头上，挑了挑眉说：“请你们见证这爱的誓言！”

嘉歆脸上露出幸福的笑容。

门外，翁雅玲面容狰狞，她无法接受一个灰姑娘平白无故变成了公主，一个残缺的人凭什么可以得到众人的追捧，得到幸福！她恨得咬牙切齿，尖利的指甲深深嵌进白嫩的肉中。

她会摧毁她的幸福。

流言蜚语似暴风雨般席卷了整个娱乐圈，铺天盖地的娱乐八卦杂志爆出惊人的鼓手争霸赛内幕。

彭嘉歆是月云集团董事长失散多年的女儿，月云集团是星梦娱乐公司的最大赞助商，月云集团董事长为了让女儿踏进娱乐圈，筹办了这一次的鼓手争霸赛。

其实最大的争论点是鼓手争霸赛的冠军人选已内定，鼓手争霸赛是一场不公平的比赛。

讨伐声、争议声如汹涌的浪潮，一层一层袭来，广大民众的情绪极度高涨。召开记者会，澄清一切是最好的解决方法。

月云集团的记者招待会。人满为患，座无虚席。

一个戴着墨镜的高贵妇人坐在媒体记者当中，视线紧紧追随着一个挺拔的身影，岁月夺走了他的霸气，留下了沧桑，却依然帅气逼人，妇人两手惴惴不安地拽紧手中的提包，十几年过去了，她的心里依然有他。

那男子有着风华绝代的面容，坐在发言席的他，宛若天地间最亮丽的一道光芒。直到花子出现，才夺走了所有人的视线，花子有着和他一样的五官，只是花子更年轻，淡淡一笑，倾国倾城。

在夜景颢的护卫下，本次事件的女主角嘉歆闪亮登场，蓄势待发的记者立即蜂拥而上，闪光灯不停地闪动着。

“请问彭嘉歆小姐，你知道你父亲为了把你捧红而举办鼓手争霸赛的事情吗？”

“请问彭嘉歆小姐，月云集团暗中操纵鼓手争霸赛的事，你知道多少？”

“请问彭小姐，你对于父亲爱女心切的这一做法有什么感受?”

……

尖锐的问题如浪潮般一波接着一波涌来，直击核心人物。

夜景颢的眉宇间飘荡着淡淡的担忧，他不赞成嘉歆去面对这一群如狼似虎的记者，他们是一群吃人不吐骨头的恶魔。

爽朗的笑声响起，记者把镜头对准了月云集团的董事长木来云，他粗犷的声音透过麦克风准确地传入众人耳朵：“各界媒体朋友，稍安毋躁，有什么问题请直接问我，何必为难一个十几岁的小女孩呢！”

嘉歆初入社会，不知险恶；木来云，商业界爬滚多年，应对记者如鱼得水。对于这个失而复得的女儿，他不想她受到伤害。

“木董事长，彭嘉歆是你的女儿，请问你赞助星梦娱乐公司举办鼓手争霸赛，是为了让女儿踏进娱乐圈吗？”一个记者把握住机会开始提问。

“请容许我说一个故事。”木来云的眼神深邃不可捉摸。

满场寂静，静待下文。

“事业没起色前，我原本有一个幸福的家，有一个深爱我的妻子，一个懂事的儿子，一个乖巧可爱的女儿，我们一家人过得很幸福。下班回家，妻子做好饭菜，孩子等着开饭，其乐融融。妻子体贴入微，打点家中的一切家务和繁琐的事情，让我做事无后顾之忧，孩子们听话懂事，从不让我操心。可是，如此幸福的家却瞬间崩毁了。那时月云集团刚进入轨道，有许多事情要忙，我很难抽出时间陪着妻子和孩子，妻子的内心开始惶恐不安，害怕我出轨，胡思乱想之际，带走了五岁的女儿。于是，家不再是家，冰冷而令人窒息……”

会场一片静默。

“我记得，那一天，天气晴朗，警察打电话告知海岸发现两具女尸，让我前去认尸。我原本抱着一丝期待的心，瞬间掉进一个无底的黑洞。当我到达海边时，尸体因腐烂而模糊不清，发出阵阵恶臭，我绝望地连看也不敢看，便悲观地认定了那具女尸是妻子。我伤心，绝望，后悔，如果能让时间倒转，我不会让这一切发生！我会好好跟我的妻子交心，消除她的疑虑。幸福唾手可得，却又容易失去。我爱我的妻子，她是世间最好的妻子，我爱我的女儿，她乖巧玲珑，我爱我的儿子，他陪我走过这么多年寂寞的岁月。我觉得最对不起的是嘉歆，小小年纪她就承受着非常人的生活，她生活在一个单亲家庭中，我很想弥补嘉歆失去的十二年父爱，可是鼓手争霸赛不是我弥补她的方式，我要用我的爱深深地包围她，让她享受缺失的父爱。”木来云顿了顿，润了润嗓子，喉结轻颤，“父爱不是物质上可以弥补的，物质只是虚无，只有用心，真心去营建父爱，她才会感到温暖！”

木来云深情地望着嘉歆，眼中包含着歉意与怜惜。

各界媒体记者忘我地放下手中的摄影机、话筒，沉浸在这个爱的世界中，家庭之爱，夫妻之爱，父女之爱……

木来云的深情和他的忏悔、他的悲伤，感染着每一个听者的心。

底下，花容月貌的女子——嘉歆的母亲彭慧，墨镜下的眼睛泪水盈盈，她捂着纸巾不停擦拭着涌出的眼泪。因为她的猜忌，让女儿失去了父亲，让儿子失去了母亲，让丈夫失去了妻子，她的疑心让家不成家，让幸福随风而逝。

木来云向台上的嘉歆，向各位新闻工作者，向电视前的观众深深地弯下挺拔的腰杆：“对不起！”嘶哑的声音里有着诚挚的歉意，“请大家铭记我的教训，不要让妻子猜疑，相爱的两人都要彼此坦白，不要等到后悔了才想到弥补！”

现场一片哗然！

一个月云集团的董事长，一个领导几千员工的成功男人，一个年过半百的沧桑男人，虽然他不再英俊潇洒，不再玉树临风，不再霸气十足，但他坦然承认自己的错误，让人不得不敬佩。

掌声响起来，送给这位伟大的父亲，负责的丈夫。

花子扶着木来云，突然感觉心中一直伟岸的父亲一下苍老了许多，心中感慨良多。

“女儿！”木来云张开双臂。

嘉歆落入一个宽大温暖的怀抱，父女相认的场面，感人而温馨。闪光灯接连亮起，记录下这感人的一幕。

突然之间，会场黑漆漆一片，媒体记者们陷入恐慌之中，有人不安地尖叫。“各位新闻媒体朋友，等下请你们免费观赏一出戏。”花子狡黠一笑。

音乐缓缓流淌而出，伴着粗狂略带青涩的嗓音，一道粉色光束落在月云集团董事长木来云的周围，随着他的步子而移动，他握着话筒的手布满皱纹，微微颤抖着，仿如一个不经世事的少年，眼底闪着不安和羞涩。

另一道粉色耀眼的光束打在一个高贵的妇人身上。

木来云用青涩的声音唱着他们的定情之歌《知心爱人》。

彭慧看着慢慢走向她的爱人，手上的提包不知几时滑落在椅子边，他还记得他与她的定情歌曲，他的心里依然有她。

记者识趣地让开一条道。

当两束粉色光融合的时候，旋律停止，木来云深情款款地看着依然花容月貌的爱人，单膝跪下，从西装裤子中掏出一枚戒指，缓缓套入她白皙纤长的手指，然后轻轻一吻落在手背上："请原谅我！老婆，跟我回家吧！"

"哇！"

回过神的新闻媒体记者纷纷举起摄影机、照相机对准光束中的那对恋人，捕捉此时此刻甜蜜的情景。

这绝对是明天的头版头条！

彭慧怔怔地望着单膝跪着的昔日老公，钻戒闪着耀眼的白光，切割着她所有的思想。

木来云的视线灼灼逼视着她，额头微微渗出细汗，他怕她拒绝！

等待答案的时间是漫长的，也是痛苦的。

彭慧沉默不语，只是静静地站着。面对这突如其来的一幕，她不知该作何反应，心里乱糟糟的！

众人屏住呼吸，等待着她的回答。

"答应！答应！答应！"K-U的成员率先起哄，一边鼓掌一边带动气氛。

接着，在场的所有人，记者、摄影师、来访的朋友，包括工作人员都随声附和着："答应！答应！答应！……"

震耳欲聋的声音把会场的气氛推向了高潮。

彭慧优雅一笑，轻轻点头，脸上晕出一抹羞涩的红。

木来云起身，拥她入怀，失而复得的爱情让他更加珍惜。

掌声响起来，为他们的爱情而鸣！

粉色的光束中，木来云忘情地抱着彭慧转着圈圈。

《知心爱人》的旋律再次响起，头顶上的粉色大气球"嘭"的一声破成碎片，片片飘落的七彩花瓣带着淡雅的花香，轻盈起舞。

一切都是事先准备好的！

彭慧有种被骗的感觉，但心里的幸福却骗不了自己。那是一种甜蜜的幸福！

一切误会随着兄妹的相遇而化解。

嘉歆欣喜地笑着，孤单寂寞的妈妈找回了失去的幸福。她抬手抓住从天而降的花瓣，摊开手，一片红色的玫瑰花瓣躺在手心，轻轻握紧手，幸福就掌握在她的手中。她好想好想为爸爸妈妈敲下幸福的鼓音。

眼角的晶莹如夜空中星星的光芒，冰凉冰凉，却被一只手温柔地拭去。

嘉歆望着微笑的花子，终于喊出：“哥哥！”她握着他的手，掌心的温度如炙热的太阳般滚烫，让人觉得温暖。

花子笑容浅浅，魅惑的眼眸里忧伤流转，他拨开她额前的刘海，轻轻一吻。夜景颢隐忍着发怒的冲动，压下心中蹿升的醋意，将视线落在粉色光束中未来的岳父岳母大人身上。他忍了！只有一次，下不为例！

会场的大灯亮起，木来云拉着娇妻走上发言席，打了一个响指，音乐戛然而止，他喜悦地说：“感谢各位新闻媒体朋友百忙中抽空来参加此次记者会，希望今天的新闻能帮到各位朋友，没让各位空手而回！”接下来，他笑得深沉，“小女的事得到各位朋友的关注，真是非常感谢，小女的实力，日后定能让今天的流言蜚语不攻自破，敬请各位期待！”

记者会圆满落幕！

一时之间，木来云成为男人中的模范，好男人的形象为他赢得了好评，不久通过提名成为了慈善大使。

对于月云集团暗中操作鼓手争霸赛一事，大家似乎将它遗忘在了脑后。

取而代之的是月云集团的家事变迁，夫妻破镜重圆成为人们茶余饭后的谈资。

CHAPTER 04 第四章

为什么你们明明相爱，又要彼此折磨

这天，嘉歆在走廊与东岛先生不期而遇。

她有礼貌地点头打招呼便打算擦身而过。

东岛先生急切地制止了她前进的步伐："嘉歆，等一下！"

嘉歆站定看着东岛先生，等着他接下来的话。

"三天后就是决赛了，你准备好了吗？"东岛先生微笑着问。

嘉歆，飞上枝头成了凤凰。她是月云集团的千金，木来云的掌上明珠，而月云集团是星梦娱乐公司最大的赞助商之一，得罪不起，更不能得罪。这是星梦娱乐公司总裁对员工下达的命令。

这一变故，导致经纪人东岛先生甚至于幕后工作人员对嘉歆的态度来了个一百八十度大转变，奉承的意味浓厚。

人，就是这么现实。特别是背负整个星梦娱乐公司未来的易总裁。

东岛先生的态度与之前判若两人，但嘉歆并不以为意。

"决赛的时候加油！二十分钟后在会议室开会，我先去整理材料！"

二十分钟后……

会议室。

东岛先生道："鼓手争霸赛进入最后阶段，将于三天后举行决赛，结果由评委定夺，现场直播，你们不要受媒体报刊的影响，鼓手争霸赛绝对公平公正，我们举办鼓手争霸赛是为了选拔人才，望剩下的三位鼓手再接再厉，向最后的冠军宝座冲刺，期待你们的精彩表现！"

阳光，梦寐以求的舞台。

站上阳光，离梦想就只有一步之遥了。

嘉歆十指交握，不停地搓揉，惊喜、紧张、害怕啃噬着她的心。努力了那么久，三天后就是检验成果的时刻。

“这个是当天的行程安排，你们要看清楚了！”东岛先生把当天的安排表发到每一个参赛者手里。

嘉歆盯着安排表上的出场顺序，她是最后一个！

“阳光，作为音乐人来说是最重要的舞台！当天要全力以赴，不要留下任何遗憾！决赛那天，会有很多知名的音乐人做评委，你们都是通过了层层选拔的选手，实力不容小觑，即使拿不了冠军，但若被哪个音乐人盯上，一样前途无量！”

东岛先生说得他们蠢蠢欲动，拼劲十足。

终于，终于，最后的时刻来临了……

鼓手争霸赛的总决赛现场。

阳光的舞台，紫色和粉色的气球装扮着会场，一团团，一簇簇，美轮美奂，五彩缤纷。舞台中央，摆放着一个架子鼓，亮丽耀眼。

透过幕帘，嘉歆看着台下座无虚席，黑压压一片，紧张得心怦怦直跳。

主持人是当红影星美子小姐，她为这场鼓手争霸赛增加了不少亮点。

美子小姐用优美柔和的声音介绍着出席这场鼓手争霸赛的评委以及特邀嘉宾。

嘉歆倒抽一口冷气，天，竟然全是世界知名的鼓手或制作人或音乐家。

站上舞台，她的鼓音将会由他们来评价，她的心情雀跃，心潮澎湃不已。

时间一分一秒地过去，坐在后台十指紧紧相扣的嘉歆，听着剑气超常发挥的鼓声，赢得评委好评和阵阵掌声，使得她坐立难安，紧张不已。

出去透透气，或许可以放松紧张的心情。

会场外。

月朗星稀，空气清爽宜人。

嘉歆倚着粗大的树枝，低头玩着手机。

忽然，远处穿着黑色礼服匆匆而入的女生引起她的高度注意，那张侧脸似曾相识！

后台门口，东岛先生提高嗓子喊道："嘉歆，下一个是你出场了，快去准备！"

心一下悬在嗓子口，下一个就是她出场，她会有什么表现呢？她会不会也超水平发挥，赢得满堂喝彩呢？还是会因失误而落败呢？

虽然赛前K-U全体为她加油打气，爸爸妈妈鼓励她，她也大言不惭地夸下海口，要让他们听到最美的声音。可当她站在后台，她的身体就不听话了，全身都在颤抖，信心一点一点褪去，胸口空荡荡的一阵冰凉。

美子小姐甜蜜地说："现在有请最后一位参赛者——彭嘉歆小姐，她为我们带来的是《罗密欧与朱丽叶》！"

会场响起雷鸣般的掌声。

嘉歆迈着沉重的步子一步一步登上金色的舞台。

黑暗中的舞台，只有聚光灯照耀下的架子鼓，闪着明亮灿烂的光芒。

脚猛然踩空，她摔倒在了舞台的边缘。

一个男孩用稚气的声音说："妈妈，你看姐姐像不像狗吃屎啊？"

会场一片笑声，嘲讽的笑声。

稚嫩的声音，幼小的孩子，无意的话却像一把利剑刺穿嘉歆的心脏。

嘉歆不知所措，茫然地坐着。她该怎么办？好迷茫，好无助！

坐在底下的夜景颢，看到她的无助，很想不顾一切地冲上去，把她紧紧抱在怀里："嘉歆，站起来！"

嘉歆努力平复着心情，仿佛看到戴着光环的夜景天坐在架子鼓前，对她微笑："嘉歆，小小挫折不要畏惧，在哪里跌倒就要在哪里站起来！"

对，她不能放弃，不能放弃最爱的音乐！

嘉歆站起来，理了理白色蕾丝的公主裙，优雅地行礼，微笑着面对台下的人。美子小姐从突兀的意外中回魂，佩服地说："嘉歆小姐真是好修养！"

以她在娱乐圈多年的摸索，一般人遇到这种情况会阵脚大乱，嘉歆却非同一般，个性固执不服输。

嘉歆坐定，闭目养神，调整紊乱的呼吸，脑海中浮现《罗密欧与朱丽叶》的音谱，落下第一个音。

激昂的鼓音，铿锵有力，不是万马奔腾的恢弘气势，不是黄河水汹涌翻腾的波澜壮阔，而是细腻的爱情，凄美哀怨的爱情故事，一丝幽怨，一丝哀伤，一丝怨恨，一丝无助，一丝悲哀……技巧娴熟，富于变化，勾人心魄。

嘉歆沉浸在鼓音中，沉浸在异世界的爱恋中。

《罗密欧与朱丽叶》，摇滚版的罗密欧与朱丽叶。

以小军鼓收尾，一曲终了，嘉歆大汗淋漓，心中畅快极了。

会场寂静如死水，波澜不惊。

舞台中央，嘉歆谢礼。

难道她的鼓音就这么失败，大家连一点掌声也吝于给她吗？

但她依然甜美地微笑着，纯纯的笑容没有一点瑕疵，心中固然失落，但至少她努力完成了这首曲子，她也让上万观众看到了她的演出，听到了她的鼓声。

她再无遗憾，即使落败，也只能说技不如人。

突然，如雷贯耳的掌声穿破了她的耳膜，观众默契地齐刷刷站起来，用力拍手。

美妙的鼓音，凄凉的爱情，让观众深陷其中，久久不能回神。

嘉歆捂着嘴，眼泪盈眶，难以置信地看着评委席上的知名音乐人竖起了大拇指。

美子小姐甜美的嗓音再次响起：“有请彭嘉歆小姐后台休息，我们等候最后的结果。在这中间，我们插播一首歌曲，有请神秘嘉宾为我们带来优美的《蓝色幻想》！”

舞台陷入一片黑暗！

蓝色幻想！King！

当光束在舞台上再度闪亮的时候，King的全体成员在舞台上奏响了《蓝色幻想》。

后台，嘉歆听着安佑杰低沉婉转地演唱着心中那份悲凉又触摸不到的爱情，心中冰凉冰凉。

悠扬的歌声，曼妙的旋律，打动着众人的心。

《蓝色幻想》，King未对外发表的新曲。

座位的最后一排。

黑暗中，一个人影偷偷抹掉眼角落下的泪水，消失在了黑色的夜幕中。

美子小姐重新出现在舞台上："有请三位参赛者！"

舞台，三位参赛者面向观众，排成行。

比赛的结果在美子小姐的手上。

美子和观众打着哑谜，晃着手中的结果："结果就在我的手上，在揭开之前，能否告诉我，你们心目中的冠军人选是谁！"

"彭嘉歆！彭嘉歆！彭嘉歆！"混乱中的声音汇成一致的喊声。

美子小姐的目光有意掠过嘉歆，微笑："看来你们都支持嘉歆，那么，看看冠军是不是你们心中所选？"美子小姐缓缓打开贴有封条的信封，笑靥如花，"激动人心的时刻到了……"她故意拉长声音，吊起众人胃口。

嘉歆放在身侧的手拽紧裙摆，手心沁出的细汗渗进白色蕾丝中。

"众望所归，冠军是彭嘉歆小姐！"

美子小姐话音刚落，全场欢呼声一片。

舞台上最亮的光束落在嘉歆身上，她，此时是视线的聚焦点，也是摄影机和闪光灯的目标。而接下来的颁奖嘉宾竟是月云集团的董事长，她的父亲。

嘉歆有种受宠若惊的感觉！

水晶制成的奖杯，水晶的架子鼓，奖杯的底座，用隽秀的字迹镌刻着：鼓手争霸赛冠军。

"嘉歆，你是最棒的！"木来云欣慰地笑了。他女儿的才华有目共睹，得到了大家的认可。

嘉歆捧着沉甸甸的奖杯，喜极而泣。

星梦娱乐公司的总裁上台，宣布K-U的成员名单：主唱——Key和翁雅玲，鼓手——彭嘉歆，吉他手——白龙，贝司手——邵东，键盘手——花子。

完整的K-U！

台上的他们，俊美，妩媚，清纯，淡然，清逸，惊艳，各具特色，各有气质。

真是一支俊男美女的乐队。

结束了鼓手争霸赛，嘉歆便匆匆赶往会场外的空地，不安地来回踱着步子，低头细数着走过的脚印。

月光柔和地一泻而下，照映出一个淡淡的影子。

“嘉歆，怎么了？接到你的短信我就赶过来了！”安佑杰抹着头上渗出的汗水，拉了拉紧贴后背的衣裳。

“杰哥哥，我……”嘉歆似乎有难言之隐。

安佑杰看到嘉歆紧皱的眉头，问：“出了什么事？”

“杰哥哥，我好像——似乎看到风冷迷了。”距离太远，她看得不清楚，隐约的轮廓似乎是她。

“迷？”安佑杰的心抽痛着。

那个始终占据着他的心的女孩，那个淡漠一切的女孩。

“她应该是过来看你演出的，《蓝色幻想》后她哭着走了！”嘉歆捕捉着安佑杰每一个表情细小的变化。

“迷！”安佑杰又呢喃了一声。

“杰哥哥，那个风冷迷的故事可以告诉我吗？”嘉歆一直都知道一个叫风冷迷的女孩扎根在杰哥哥的心里，但对于他们如何相恋的过程始终不知。

安佑杰拉着嘉歆坐在空地边缘的草地上，回忆着那段痛并甜蜜着的恋爱。

“我和她是在一个商业舞会中认识的，第一次见到迷，便被她那清澈而疏离的眼神所打动，她穿着黑色的职业正装，但仍掩藏不住身为女人所独有的气质和姣好的身段。我深深地被她所吸引，主动去接近她。迷似乎并不排斥我的接近，我们也相谈甚欢。后来，我们试着交往，逛街，看电影，去游乐场……凡是情侣之间的相处方式我们都尝试过了。当妈妈知道迷的身家背景时，逼迫我和迷分手。一个是生我养我疼我的母亲，一个是我今生的挚爱，哪一边受伤都不是我想要的结果！可是，我依然做出了选择，伤害了迷。”

安佑杰的眼角噙着一汪泪水……

“杰哥哥……”嘉歆有点同情这个故事的主人公。

“两年了，迷一直住在我的心里，无人能取代，这就是我一直拒绝相亲的原因！”安佑杰望着前方的眼神中充满着深情与迷茫。

“杰哥哥，风冷迷什么样的家庭背景，让伯母不接受？”那个和蔼可亲、温婉动人的安伯母不会因对方的家庭而要挟自己的儿子。

“迷……是当今风神集团总裁的女儿！”安佑杰说得无奈。

“风神集团？”嘉歆不解。

躲在草丛中偷听的花子心中泛起层层涟漪，其他偷听者直接想倒地不起。嘉歆竟然单纯到不知道风神集团，那个常常上新闻头条、恶名远扬的大财团。

“风神集团不择手段扩大自己的产业，而风神的父亲就是害死我外公的人！”安佑杰说出了事实背后的残忍真相。

杰哥哥和风冷迷好像她刚刚演奏过的曲子《罗密欧与朱丽叶》，家族的仇恨，拆散了一对有情人。

草丛后传来一阵喷嚏声。

“龙哥哥，你捂着我的嘴做什么!”可希不满地瞪着龙少。

大家阴沉着脸，异口同声地说：“笨蛋！”

“出来吧！”安佑杰笑嘻嘻地看向背后的草丛，“刚才都听到了吧！”万分肯定的语气。

“都是你，笨蛋！”龙少狠狠推了一下可希的脑袋。

“成事不足败事有余！”夜景颢不留情面地打击。

“嘉歆姐姐！”可希哭丧着脸一蹦一跳地躲进嘉歆的怀中，“我做错了什么？”她依然不知道她错在哪里。

“可希没有错！可希你这两个星期跑去哪里了，怎么都不见人影？”

龙少代替她解答：“可希被星梦总裁锁在家里温习功课，谁让她功课烂到掉渣！”

“可希向我们求援，今天是我和龙少去向星梦总裁说情，好说歹说才放了她一马！”少东接腔。

“安佑杰哥哥，你的故事真感人，好像电视剧中的情节。你们私奔吧，这样就没有人阻止你和风冷迷姐姐的恋情了！”可希说出了一个天方夜谭的笑话。

私奔，谈何容易！

大家不理会可希疑惑的眼神，都闪到一边，散场了。

暑假在鼓手争霸赛的热潮中风风火火地过去了。

圣帝学院的报到日。

白色的教学楼前，人群熙熙攘攘。

“嘉歆，嘉歆，这里，这里！”斯斯的大嗓门连喇叭都可以省了。

“斯斯，好久不见！这是K-U全体的签名照，还有少东的私照！”嘉歆偷笑地把照片递给斯斯。

“天啊，真的是K-U……”斯斯的大嗓门真是怕别人不知道，“嘉歆，你们真厉害，短短一个月的时间就荣登榜首，占据了摇滚乐的半壁江山。首张专辑大卖，我也买了哦！”

嘉歆及时捂住斯斯的嘴：“小声点，你想让我们成为众矢之的吗？”抬头才发现，根本没有一个人注意她们，而是把视线放在门口走进来的人影上。

“嘉歆姐姐！”一阵风扑进她的怀里。

“可希？你们……”

夏末的阳光炫目得令人晕倒。

是幻觉吗？

“可希开学，我们作陪读！”龙少耸耸肩解释。

在震惊中回魂的女生，发出了划破天际的尖叫声，使整个校园都沸腾起来。

“天，是K-U啊！”

“没有出现海市蜃楼吧，真的是K-U吗？”

“快看，是少东，他在对我微笑，不行了，我快晕了！”

“龙少，龙少！”

……

他们，备受众人瞩目。

夜景颢郁闷地皱着眉头：“讨厌的女生！”

花子嘴角弯弯，勾勒出完美的笑容，迷倒众多女生。

嘉歆带着他们突破重围，跑到社团休息室。

“你们为什么会出现？”嘉歆一副母夜叉的样子问道，“雅玲呢？”她没发现翁雅玲的影子。

“龙少不是说了吗，陪可希念书！”夜景颢掏掏耳朵，刚才花痴们的尖叫声差点毁了他的耳朵。其实他想陪的人是嘉歆，可希只是一个借口，“雅玲不用念书，她有专门的教师团队！”

“哥哥是专程来陪嘉歆念书的！”花子揉了揉嘉歆俏丽的头发。

“我是拗不过可希，她非要我转学陪她不可！”龙少瞪了一眼得意的可希。

“我是没办法，他们都转学来了，我也不能落单！”少东摆摆手，无奈地说。“少东，你好，我是斯斯！”斯斯双眼变桃花，亮丽的桃花，“我是你的铁杆粉丝，超级喜欢你……的贝司！”

“是吗？谢谢！”少东露出清逸的笑容。

少东本人站在她面前，比照片上帅多了，有真人，照片可以扔了。少东对她微笑，微笑！斯斯陷入了梦游状态。

“这样好吗？记者会围堵学校！”嘉歆很担忧。

“没办法，我是舍命陪君子！”少东无所谓。

嘉歆目光落在一直在角落沉默的男子身上。

“你是谁？”她指着他问。他身上好像有寒冰，让人不寒而栗。

花子淡雅一笑：“他是风泽！”

“为什么他也来？”嘉歆不明所以。

风泽抬起迷离的眼光，答案极其简单：“花子！”

有花子的地方，就会有风泽。花子，是最能触碰他内心的人，最好的朋友。嘉歆的眼神定在风泽的后面：“风冷迷？”

花子看出嘉歆的疑惑，解释说：“她是风泽的妹妹，也是陪读！”

嘉歆会意地点点头，不再纠结这个问题，他们要来，她也没办法阻止，况且既成事实，无法改变！

她无奈地叹了一口气，摆摆手，算了。

祈祷未来的日子没有大的风波才好！

休息时间，二年级（2）班热闹非凡。

窗口，拥挤的花痴，口水一滴一滴往下落。

嘉歆第一百次瞪着没事的人，不耐烦地再问了一次：“为什么你们要和我同班？”

龙少回答：“因为在圣帝学院只有你一个熟人！”

少东和夜景颢倒在桌子上呼呼大睡。

龙少一个人应付着门口大排大排的花痴，不断放电。

“怎么不去跟花子或可希同班？”

龙少转过头，说：“没办法，谁让可希才一年级，花子是三年级了，就你在二年级啊!”

嘉歆真想一头撞墙，她座位的前面是少东，左边是龙少，后面是Key，她被夹在中间，她讨厌花痴们那异样的眼光和嫉妒的眼神。

她望了一眼门口流口水的花痴，无数的闪光灯绽放出一道道白色的耀眼光线，使人头晕目眩，加上花痴的疯狂尖叫，再待下去，眼睛会瞎掉，耳朵也会聋掉，嘉歆忍无可忍地站起来，穿过众花痴扬长而去。

嘉歆晃到了百花亭，寻到一处静谧的角落，这里没有花痴的吵闹声。

天气微微转凉，秋天的凉爽慢慢地取代夏日的炎热。

混着花香的空气，让人心平气和。

“对不起！”柔美的声线惊醒了发呆的嘉歆。

透过婆娑的花花草草，她看到一个熟悉的身影。

风冷迷！

“为什么要说对不起？”安佑杰苦笑。他从没想过他们之间重逢的第一句话竟然是“对不起”。

杰哥哥！

嘉歆屏住呼吸，让她担心不已的两大主角登场了。

“我……”风冷迷欲言又止。

安佑杰揉揉酸疼的眉心：“迷，过去的就让它过去吧！”那是他们无法逾越的鸿沟，该如何遗忘？

“真的对不起，我不知道该如何赎罪。”风冷迷眼神幽幽。

“迷，那是你父亲的错，不是你，为什么上一辈的恩怨要我们这一辈来承受！放开你自己，不要执著于你父亲的过错！”安佑杰颤巍巍伸出的手停在了半空中。

低垂脑袋的风冷迷，两滴泪水从眼里滑落……

“可是，我放不开自己！”风冷迷依然低垂着脑袋。她不敢看他，那个让她迷恋的男生。

“迷……”安佑杰茫然地不知所措。

“是我痴心妄想了，安！”风冷迷昂起头，冷淡地说。

“迷……”

“我在风神家只是一个不被重视的女儿，我配不上你！”风冷迷美丽如星辰的眼睛瞬间变得比冰还冷。

躲在花草后面的嘉歆十分震惊，风冷迷在家族的地位很低吗？

安佑杰眉头紧皱，他不愿用身份去衡量他们之间的爱情。

“父亲的错我来承担，我会用一切办法弥补父亲带给你们安家的伤害，甚至于我的命！”

风冷迷深深地鞠躬，然后决然地转身，准备离去……

花草中隐藏的嘉歆，泪水像开闸的水龙头，哗啦哗啦地流淌……

泪水中，她看见杰哥哥无力的身躯在微风中飘摇，她看见风冷迷脆弱崩溃的神情，她不假思索地冲出来，挡住了风冷迷离开的身影。

“嘉歆！”安佑杰怔怔地看着前方的影子。

“为什么你们明明相爱，又要彼此折磨？”

风冷迷不解地望向被抛在身后的安佑杰。

“她说，为什么你们明明爱得深刻又要互相推开？”夜景颢从安佑杰身后闪出来，他只为了寻找嘉歆而来，谁让这小妮子失踪了整整一个小时，他才不在意他们之间复杂的感情纠葛。

夜景颢越过安佑杰和风冷迷，径直走到嘉歆的面前：“怎么不跟我说一声呢，害我担心死了！”他看了看表，“你失踪了一个小时又十二分二十六秒！”他说着霸道地把外套披在她的身上。

“我只想静一静。”嘉歆羞愧地低下脑袋。

风冷迷幽幽地说：“你们什么都不懂，为什么要这么说？”她突然好羡慕他们，曾几何时，有一个人也这样担心她，关心她，疼爱她。

“当局者迷，旁观者清。这么简单的道理都不明白吗？”夜景颢的视线依然落在嘉歆的脸上。

“难道你们的爱情真要被世俗的仇恨所禁锢吗？抛开身份，抛开仇恨，你们不是深爱着彼此吗？那为什么不轰轰烈烈地去爱一场，让自己没有遗憾呢？为什么要为别人而活，而不能真正为自己活一次呢？”嘉歆痛心地说，她希望每一对恋人都长长久久。

夜景颢逐句翻译，末了，他加了一句：“上一辈的仇恨不应该由你们来承担！”

“我可以吗？我可以获得幸福吗？”风冷迷颓然地滑落在地。

“可以，冷迷，你不可以活在父亲的阴影下，你可以去争取你的幸福！”从旁边闪出的风泽扶起风冷迷。

“少爷！父亲是可怕的，是恐怖的，他绝不会放过我！”风冷迷的眼神充满绝望。

“冷迷！我说过不要叫我少爷，只要你放开自己内心的恐惧，哥哥愿意帮你！”这是风泽第一次对她说出“哥哥”二字。

“哥哥！”风冷迷第一次感受到亲情的温暖。她紧紧缩在风泽的怀中，汲取着多年来失去的亲情。

风泽望向几步外的安佑杰：“安佑杰，你可以给冷迷百分之百的幸福吗？”

安佑杰上前几步，从风泽的怀中抢过风冷迷，低头温柔地抚摸她的发丝：“迷，你可以不顾忌你的父亲，和我一起吗？”

花子靠在风泽的身上，璀璨地笑着：“安佑杰，如果当真走上私奔这一步，你可以抛弃身份，抛弃家庭，抛弃现在所拥有的一切荣华富贵，一走了之吗？”

安佑杰深情款款地看着怀中的风冷迷，肯定地点头。为了爱情，他可以不顾一切！

“希望你记住今天你许下的承诺，若是你负了冷迷，天涯海角我都会找到你！”风泽冷漠的眸子逼视着安佑杰。

“哥哥，父亲那边不会放过我们的！”风冷迷担忧地说。

“冷迷，放心，若当真你们要私奔，我们会让你们无后顾之忧地离开！”风泽的嘴角勾起冰冷的弧度。

“杰哥哥，嘉歆站在你们这一边！”嘉歆对着安佑杰竖起大拇指。

“当然少不了K-U的支持！”龙少笑嘻嘻地说，赶来时只看到下半场。

可希蹭到安佑杰的身边，抬起水汪汪的大眼睛：“安佑杰哥哥，可希也会全力以赴帮助你们逃跑的！”

“你们……谢谢！”安佑杰感激地道一声谢。

“我们可以在一起了吗？”风冷迷难以置信地问。

“嗯！”

“一辈子在一起吗？”

“嗯！”

“我也可以得到幸福吗？”

“嗯！我会给你百分百的幸福！”

安佑杰低头，吻上了风冷迷的唇。

龙少紧张地遮住可希的眼睛：“少儿不宜！”

可希用力扯过龙少的手，眼睛盯紧龙少：“我不是小孩了，我已经十八岁，成年了！我也可以！”说完，她用力拉下龙少的脖子，轻轻吻上他的脸，又拂过他的唇。

龙少瞪圆眼睛看着可希，他没有想到可希如此大胆。

可希的初吻，就这样在龙少糊里糊涂被强吻中浑浑噩噩地结束了。

嘉歆倚在夜景颢的怀中看着打打闹闹的他们，她希望每一个人都可以如此幸福。

太阳的光芒投射在这一群青春四射的年轻人身上，让人觉得年轻真好。

为了让一对恋人幸福，他们接下来进行了一次大讨论，并有了一个重大决定！

夜深人静。

月光极淡。

车子奔驰在城郊的高速路上。

车内，静悄悄。

嘉歆望着幽深的天空，黑色的玻璃倒映着她脸上淡淡的忧伤。

与杰哥哥的往事一幕幕在脑海中盘旋。

杰哥哥要走了，这一走，不知何时才有见面的机会。

郊外五十公里远的一个僻静小镇。

空气里充斥着离别的味道。

“安佑杰，这里有十个锦囊，里面有十条路线，上面有联系电话，他们会知道怎么帮助你们！”花子递给安佑杰十个做工精美的锦囊。

可希惊呼：“花子哥哥，这就是风泽哥哥说的我们都不知道的路线吗？真厉害！”风泽补充道：“这是我和花子经过深思熟虑后筛选出的十条路线，你拆开哪一个我们都不会知道，更不用担心有人会暴露你们的行踪或出卖你们！”

“哥哥，谢谢你为我们所做的一切！”风冷迷眼波盈盈，激动得快要哭了。

“傻瓜，哥哥心甘情愿！”风泽的嘴角扬起可以融化冰雪的笑容，他轻轻摸着风冷迷的头，宠溺的眼神中闪过不舍。

“偶像，后会有期，期待我们能再一次合作！”龙少握成拳头的手轻捶了一下安佑杰的胸膛。

安佑杰也笑着还了一击，很轻很轻……

少东拍拍安佑杰的手臂，诉说离别的衷肠：“你是我唯一佩服的人，我的偶像，一路保重，无论天涯海角你都可以听到我们所创作的音乐！”

安佑杰笑着点点头。

“安佑杰，第一次见面，我误把你当成了情敌，所以对你的态度极不友善，请多多包涵！”夜景颢后退一小步，一鞠躬，“谢谢你把嘉歆带到我身边！”他深情款款地望着身边的嘉歆。

“呵呵！”安佑杰牵起嘉歆的手放进夜景颢厚实宽大的手掌中，“嘉歆是我最宠爱的妹妹，现在就把她交给你来守护，不能欺负嘉歆，否则后果自负！”

“杰哥哥！”

安佑杰不舍地说：“嘉歆，继续你的音乐梦想，杰哥哥永远站在身后支持你！”他倾身向前，轻吻她的额头，那是一个哥哥对妹妹的离别之吻。

“杰哥哥，好好和迷姐姐生活，你们会幸福的！”嘉歆的眼泪不受控制地落下。

“傻瓜，说好不哭的，怎么可以哭呢？”安佑杰轻柔地摸着她的头。

嘉歆抹干脸上的泪水，压抑着心里翻涌的泪水：“杰哥哥，一路保重！”

“好了，你们让开，轮到我与杰哥哥话别！”可希推开挡在她前面的人，挤到安佑杰的前面，“安佑杰哥哥，我刚进圣帝学院，你却与我天各一方，不公平，有了风冷迷美人姐姐后，安佑杰哥哥肯定会忘记可希的！”

可希的泪水哗啦哗啦流个不停。

“乖，可希不哭，杰哥哥会永远记得可希的，一个聪明乖巧的女孩，天底下最可爱的女孩！”安佑杰温柔地拭去可希脸上流下的眼泪。

“真的吗？”可希立即止住眼泪。“嗯！”安佑杰好笑地盯着这个泪水说来就来、说停就停的女孩。

“安佑杰哥哥万岁！”可希忘情地吻上安佑杰的脸颊。电话不合时宜地响起。嘉歆紧张地瞪着手机，仿佛拿着一个烫手山芋。

“怎么办，是安伯母！”嘉歆看着大家。

花子接过烫手山芋，优雅地问：“你好，请问有什么事吗？”

“请问嘉歆在吗？”那边的女声焦急不已。

花子看了一眼嘉歆：“嘉歆在我身边，我是嘉歆的哥哥，有什么事，请说吧！”

“请你问下嘉歆有看到安佑杰吗，他留书离家出走了，家里乱成一团！”

花子似模似样地问嘉歆，然后回答说：“嘉歆说她没有看到安佑杰，如果我们一有安佑杰的消息，马上联系你，这样可以吗？”

“谢谢！”安妈妈挂断了电话。

花子呼出一口气，把电话交还给嘉歆：“不要浪费时间了，争取时间快走吧，安家已经派人去找你了！”

风冷迷不安地看着安佑杰：“现在后悔还来得及。”

所有人的目光全落在安佑杰身上……

“迷，走吧！”安佑杰握紧了风冷迷的手，登上了私人飞机，开始了私奔之旅。

“再见！”机舱内，安佑杰和风冷迷挥手告别。

轰隆隆的飞机声敲响了分别的声音……

离别的愁绪覆盖着每一个人的心……

看着飞机一点一点脱离视线，他们才依依不舍地离开。

CHAPTER 05 第五章

YOU ARE IRREPLACEABLE

跟着心走，它会告诉你怎么做的

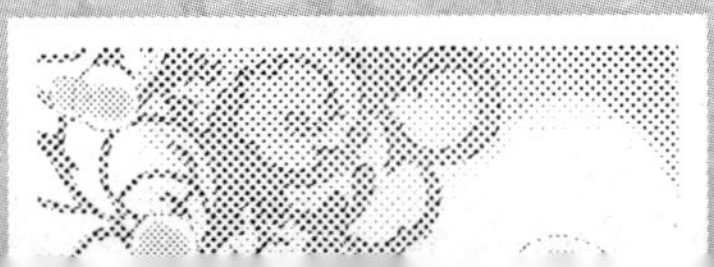

隔天一早，安佑杰失踪一事被曝光，闹得圣帝学院沸沸扬扬。

斯斯紧张地拿着报纸问嘉歆：“嘉歆，报纸上登着安佑杰学长神秘失踪，你知道吗？”

嘉歆摇摇头。

斯斯穷追不舍地逼问，凭着嘉歆与安佑杰的亲密关系，她敢肯定失踪一事和嘉歆有关：“你肯定知道什么，那段时间学长和你们神神秘秘地在社团练习室密谈，还不让人打扰。说，是不是你把安佑杰学长藏起来了？”

“用你的猪脑袋想想，杰哥哥那么大的人了，我怎么可以把他藏起来呢！笨蛋！”嘉歆无奈地辩解。

“你才笨蛋呢！”受到打击的斯斯返回座位。

嘉歆心虚地呼出一口气，继续趴在桌子上，听着花痴女传播的八卦新闻。

“看新闻了吗？安学长失踪了！我的白马王子失踪了，我也想去了……”

“你说安学长是不是被人绑架了？”

“是不是被某个色女盯上，然后就玩起失踪的游戏？”

“难道是被变态盯上，为了让那变态知难而退，而对外公布失踪的消息？”

“有可能！安学长狂野不逊的外表，任谁看了都会为他沉沦！噢……”

一群傻瓜！嘉歆郁闷地翻翻白眼，想象力真丰富啊！

她侧耳倾听，又是另一群花痴女的无端猜测。

“斯斯，你去问下嘉歆，安学长为什么失踪了？”班长何莉莉问，她可是安佑杰的后援会副会长，当然极力获取第一手消息。

斯斯斜眼看着嘉歆的方向，失望地说：“嘉歆也不知道，这次学长是打算彻底消失了吧。”

知道了也不能告诉你们！嘉歆默默回答。

“没有其他内幕消息吗？”另一个女生宋林萍接着问。

肯定没有，不用问也知道的！嘉歆心里接着回答。

斯斯绝望地摇了摇头，想到以后都不能见到安学长，心里有种失落感。

“安学长以后真的消失了吗？”何莉莉重重地叹气。

是彻底消失了！嘉歆继续解答。

“不是还有K-U吗？振作起来！”林婉儿拍拍何莉莉的肩膀。

多多支持K-U吧！嘉歆扬起唇边的弧度。

宋林萍仿佛看见黎明的曙光，重新恢复精力：“K-U的帅哥们可以继承安学长的衣钵，带领圣帝学院的女生们走向光辉灿烂的明天！”

晕倒！嘉歆的头不小心磕到了硬邦邦的桌子，光辉灿烂的明天？K-U是神吗？

“不行，我要守着学长的后援团，等待学长回来，我相信学长不会忍心抛下支持他的安迷们的！”何莉莉双手合十，望着天花板泪眼盈盈地说。

有毅力！但愿你能守得云开见月明！虽然概率是微乎其微的！嘉歆轻轻回答。

安迷？好贴切啊，当她们知道杰哥哥和风冷迷在一起的时候，是不是也能这样坚决支持杰哥哥呢？

嘉歆不经意地看了看旁边空荡荡的座位，龙少去哪儿了？

她透过窗户看着楼下，那个人是……龙少？那么他面前那个高挑性感的女生又是谁？

就在此时，上课铃声敲响了，她只得收回目光，没法继续关注他们了。

夕阳西下，最后一抹阳光消失在天际，拉开黑夜的帷幕。

路边的街灯闪着零零星星的光芒。

嘉歆欢快地走在回家的路上，欢度百年校庆，放假一周，再也没有比这更让人高兴的事了。

龙少？

嘉歆眼尖地发现迎面走来的龙少，努力地挥手。

然而龙少没有看到她，擦身而过。

嘉歆就这样看着失魂落魄的龙少从身边经过。他怎么了？

嘉歆轻手轻脚地靠近他，突然蹦到他的面前，对着他做了一个鬼脸。

“嘉歆？”龙少的脸上没有一丝波澜。

“龙少，你怎么了？”嘉歆担忧地看着他。

对于基本的手语，龙少已经能看懂了。他失魂地摇摇头。

“和今天的女子有关，对吗？”嘉歆不放弃地追问。她看到龙少有些孩子般无助的神情，她不能置之不理。

龙少惊讶地抬头：“你知道？”

“我无意中看到你和她出去了，一直都没有回来！”

“哦！”龙少像斗败的公鸡般垂下脑袋。

“可以跟我说说吗？我保证不会跟别人说。”嘉歆把手机递到龙少眼前。

夜色降临，银色的月光下，小花园显得出奇的宁静，只有两个人影相对而坐。

“她回来了！晴天回来了，她为什么要回来，当初走得是多么的坚决，残忍到摧毁我最后的自尊！”龙少痛苦地趴在石桌上，不断敲打着石桌。

从他零乱的话中，嘉歆知道了那个女子的名字——晴天，她就是龙少一直深爱的女人。

晴天原来就是那个晴天娃娃！

“她跪下来求我，求我回到她的身边，求我回到相爱的原点！可是我却无情地推开她，看着她的泪水，我莫名地锥心绞痛。我还爱着她！为什么当初我跪下恳求她不要离开的时候，她却狠心地抛弃了我，丢弃了我们的爱情回忆，为什么，为什么……”龙少眼中溢出泪花，“两年了，为什么要在我选择淡忘的时候出现！”

他憔悴的眼神中更多的是无奈。

“女人心海底针，嘉歆，告诉我，到底女人的心里在想些什么？”龙少抬起眼眸盯着嘉歆。

嘉歆摇摇头，她也摸不透女人的心。

“可以告诉我，你和晴天的故事吗？”嘉歆真的很好奇，当初如此绝决的女人为何回来苦苦哀求龙少回到她身边。

“我和晴天是青梅竹马，两小无猜。我一直认为我和晴天是天底下最相配的一对，我们之间没有过争吵，相处融洽，她就是我的晴天娃娃！两年前，晴天告诉我她要去英国留学，我和她之间的爱情也彻底结束了。在飞机场，我当众跪下，乞求晴天留下，可是晴天连看都不看我一眼，狠心地决然登机！我的晴天娃娃走了，消失了！”龙少回忆着他们之间的点点滴滴。

温馨而美好的回忆，覆盖了痛心的伤疤。

“龙少，那你会心软吗？”嘉歆不确定地问。

“我不知道，看到她的委屈，我怕我会忍不住回到她的身边，我怕自己会原谅她，抹杀掉她曾经对我造成的伤害！”龙少深呼吸，压抑着内心的泪水。

“龙少，既然还爱着她，你不给她机会吗？”

“嘉歆，我该给她机会吗？”龙少殷切地等待着嘉歆的回答，仿佛抓到救命稻草般有一丝欣喜。

“龙少，跟着心走，它会告诉你怎么做的！如果她真的值得你去爱，那么再多的伤害，也只是在考验你们的爱情！”“跟着心走？嘉歆，我知道该怎么做了，谢谢你！”龙少恢复以往的淡然，看了看手表，“很晚了，我送你回家！”

“龙少，看到你的笑脸真开心！”嘉歆嘴角溢出灿烂的笑容，“我们从明天开始放假一周哦。”

“是吗？又可以好好睡一觉了！”龙少伸伸懒腰。

回家的林荫道上。

月光淡雅。

星星眨着眼睛。

嘉歆和龙少并排走着，海阔天空地闲扯。

“龙少，谢谢你，明天也要开心哦！”

门口，嘉歆与龙少话别。

“嘉歆，今晚谢谢你，再见！”说完，龙少独自一人原路返回。

看着龙少孤单悲凉的背影，嘉歆心里涌出一股惆怅。

每个人的背后，都有一个不为人知的秘密！

放假就是好，一天到晚都不用上课。

宁静的下午。

白色欧式风格的私家别墅里。

木家夫妇为了弥补错过的十二年时间，去环球旅行了。

嘉歆捧着咖啡坐在沙发上，转动着手中的遥控器，盯着电视，脸色惨白。

“大家好，我是南方娱乐的记者玉芬，我后面的这栋建筑物就是K-U所属的经纪公司——星梦娱乐公司，网上流传着K-U的鼓手彭嘉歆小姐是哑巴的消息，经有关人士证实，这个消息的真实性，比珍珠还真。现在，星梦娱乐公司门口人山人海，媒体记者和宝宝们围堵门口，场面壮观。K-U遭受着来自四面八方的声讨，星梦娱乐公司四面楚歌。宝贝们联合签名，到处发帖，疯狂声讨，运用舆论压力逼迫彭嘉歆离开Key，离开K-U。现在，门口的娱乐记者都在等着K-U和星梦娱乐公司的高层领导出现，我们也会尽力获取最新消息，第一时间向各位观众放送！”

嘉歆担忧的事终成现实，宝宝们无法接受她的残缺，宝宝们无法接受完美的K-U存在缺陷。

她拿起外套飞奔而出。

花子追着嘉歆出去了。

星梦娱乐公司大门口，被娱乐记者、新闻媒体和K-U的粉丝们围堵得水泄不通。

办公室里，东岛先生揉着太阳穴，想着补救办法，K-U的人气每况愈下，这样发展下去，K-U迟早被毁。他一手捧红的K-U，是星梦娱乐公司的心血和顶梁柱。如果K-U毁了，星梦娱乐公司就名存实亡了。

星梦娱乐公司忙作一团，为了应付记者的电话，工作人员都筋疲力尽，疲惫不堪。然而记者却精力旺盛，不断骚扰。

嘉歆和花子通过秘密通道进入星梦娱乐公司总部。

可希一眼便发现赶来的嘉歆："嘉歆姐姐，该死的爸爸逃跑了，丢下这么一个烂摊子无人收拾！我最讨厌爸爸了！"

可希的眼泪直泻而下……

星梦娱乐公司总裁美其名曰外出开会，其实去国外避难。

可怜的星梦公司无人领导。

嘉歆低头认真擦拭着可希的眼泪："可希，老板也有他的难言之隐，学会体谅父亲。星梦娱乐公司还有K-U，他们会处理好的！"她相信K-U，四大帅男会解决好的。

看到嘉歆信任的眼神，夜景颢站出来，放下豪言："我会想办法尽快解决，K-U不会解散！"星梦公司背后还有着月云集团和夜氏帝国撑腰，如何会垮。

星梦，一手栽培K-U的地方，K-U不会放任星梦不理的。

夜景颢的豪言壮志激发起星梦员工的士气，誓与公司共存亡。

东岛先生仿佛抓住救命稻草般看着夜景颢，这年头失业率节节攀升，工作不好找啊。

K-U的地位如神般存在，K-U是星梦娱乐公司的顶梁柱。

夜景颢镇静地下达指示，各项安排有条有理。

星梦公司旗下的明星影星按照安排好的通告或档期继续工作，剩下的则留守公司，以备不时之需。

"眼下最需要解决的问题是宝宝们和加加们的斗争。要如何化解这一场无意义的战争还需下一番工夫。等下开会的时候再商讨！"花子看向K-U的其他成员，"少东，你去调查看看谁在煽动闹事。"加加是嘉歆粉丝团的简称！

少东收到花子的指示，便从后门走了。

"雅玲还在意大利拍写真，你们就不要告诉她，以免造成那边的骚乱！"

少东嘱咐星梦娱乐公司的员工。

全体人员有默契地点点头。

“可希，我陪你回家安抚你妈妈，让她不用担心，公司有哥哥们顶着！”龙少转过头对可希说，然后把目光放在K-U其他成员身上，“公司就拜托你们了！”

可希用力点点头，随着龙少出去了。

嘉歆拉过夜景颢：“我能做什么？”

夜景颢把她按回椅子上：“坐着，什么都不用做！”

“Key，过来开会！”花子在会议室门口喊着。

“收到！”夜景颢回头，看着花子的方向，“嘉歆，乖乖坐在这里，不用担心，我们会想到办法解决的！”

他轻柔地吻在她的额头上，便走向会议室。

时间一分一秒地走过。

会议室的大门紧闭。

嘉歆看着忙忙碌碌的身影，看着来来回回奔走的员工，她却无能为力，一点忙也帮不上。公司懂手语或唇语的人少之又少，她的帮忙无非是增添更多的麻烦。宝宝和加加的争端起因于她，按道理她更不能袖手旁观，置身事外，更不能要K-U甚至星梦公司上上下下几百名员工陪葬。

一切的祸源是自己，自己却好像局外人一样，闲着没事坐在旁边，明明是她的错，今天的局面是她一手造成的！

一股酸酸的感觉冲上鼻子，她有种想哭的冲动。

一个小时过去了。

会议室的门依然紧闭。

突然，一声清脆的尖叫响起：“龙少因打架进警察局了！”

嘉歆愣住了，周围其他忙碌的人也暂时停下了手中的工作。

所有人的视线聚焦在刚才尖叫的主人身上。

被人注视的女子哆哆嗦嗦，紧张地说：“龙少……进……进……”估计这一辈子，她也没试过让这么多人盯着。

会议室的门“砰”的一声向两边撑开。

“说什么？”夜景颢怒吼一声。

女子闭着眼，快速地大声说：“龙少因打架进警察局了！”

龙少出去一个多小时的时间，竟然被送进了警察局。

夜景颢闷哼一声，问题真是一浪接一浪席卷而来。

花子挂断电话，眼神阴郁：“龙少被人送进警局，我让风泽和少东去保释了，争端好像是因为嘉歆！”他不安地瞅向嘉歆。

又是因为她？ 眼泪不受控制地滑下嘉歆的脸颊……

夜景颢抱紧她：“不是你的错，不要哭！”

嘉歆的泪濡湿了他的肩头，湿漉漉的衣裳贴着肌肤，冰凉冰凉……

“乖！不哭不哭！”夜景颢柔声安抚。

他就那样抱着她，直到她不再哽咽……

半个小时后。

风泽和少东从警察局把龙少保释出来。

看着龙少的嘴角微微肿胀，紫青的颜色刺伤了嘉歆的眼睛，好不容易止住的泪水又汹涌而下。

“对不起，对不起，对不起。”

龙少疲惫地扯出一抹笑容，温柔地抚摸她额头上飘落的发丝，声音嘶哑地说：“嘉歆，怎么了？我没事啊，我不是好好地站在这里吗！来，笑一个！”

嘉歆泪眼婆娑地望着龙少，他的眉宇间蕴出月光般的光华。

“遥远的东方有一条龙，他的名字叫白龙，天不怕地不怕的白龙，战胜敌人一流……”龙少沙哑地吟唱着改编了歌词的《龙的传人》，加入了怪声怪调。

嘉歆“扑哧”一声笑了。

“笑了！呵呵！”龙少也傻傻地笑着，“嘉歆，天不怕地不怕的龙少，就怕女人的眼泪！”

夜景颢轻柔地拭去嘉歆脸上残留的泪痕："又哭又笑，大花猫！"

嘉歆不悦地嘟着嘴。

"撅着嘴更像一只猫！"夜景颢取笑她。

嘉歆一拳打在他的肚子上，看着他捂着肚子嗷嗷叫痛，她带着得意的笑容扬长而去。

"唯小人与女人不可得罪！"夜景颢脸部都拧在一起。

龙少、少东双手抱膝，跷着二郎腿在旁边观战，不时评头论足。

"你认为，景颢是个老婆奴吗？"

"嘉歆嫁给他，估计以后的日子有他受的！"

"看他平时挺冷的，想不到竟是老婆奴！"

嘘声四起！

噼里啪啦的疯言疯语钻进他的耳朵，点燃心里的一把火。

"噼""啪"两声，两本杂志应声落地。

谈论的声音戛然而止。

两位帅哥的脸上均挂彩了。

这天下午，花子用眼神示意几人进会议室，然后对嘉歆柔声说："嘉歆，哥哥们有事开会，你去练习室钻研一下爵士鼓，别辜负了安佑杰对你的期望！"

刹那间，门被紧紧地扣上了。

嘉歆郁闷地盯着关闭的门，又把她排挤在外，心里充满各种委屈，她这一回直接把自己关在家两天。

当龙少打电话给她，她才了解到事情的严重性，星梦和K-U正遭受着前所未有的打击！她一口气奔到了星梦娱乐公司的练习室。

阴暗的角落，夜景颢把脑袋深深地埋在两膝之间，身上散发着让人忧心的疲惫……

嘉歆一直站在门口，默默看着角落里孤独的身影，时间一分一秒地过去，她不知道她站了多久，看了多长时间……

她很想上前安慰他，可是，她的脚、她的身体、她的心，像灌了铅般沉重，一动也动不了，连思维也变得迟钝。

星梦遭遇了前所未有的打击，整个星梦的未来和几百员工的生计重担压在他的肩上，他肯定很累，很累……

她能做什么呢？她什么也做不了，像个废人一样无能。她不能说话，不能帮忙解决事情，不能当说客，不能外出协商或协调。

没有声音，她一无是处。

残缺的她，如何配得上完美的他？

不知过了多久，夜景颢发现了门口的嘉歆。他笑得温柔："怎么都不说话？"然而唇角的温柔瞬间凝结，他竟然忘记了嘉歆不能说话。

"嘉歆！"他心头闪过一丝不安。

该死！他恨不得赏自己一个嘴巴。宝宝和加加的斗争，嘉歆比任何一个人更介意自己不能说话，她比任何一个人更渴望可以用语言交流。她的心，比任何人都痛！

如果时间可以倒转，他一定不会说那句话。

嘉歆摇摇头，笑笑，笑意却未达眼底。

夜景颢看在眼里，痛在心里。他轻轻把她拉进怀里，动作温柔得出奇："对不起！"

他的气息萦绕在她的发丝间，使得她全身的每一个细胞都变得异常的敏感。

她伏在他的胸口摇头。

夜景颢紧紧地抱着她，她是他的力量源泉！

练习室，一片寂静，唯一的光线来自窗外的银色月光。

嘉歆依偎在他的怀里，静静地眺望着远处不停旋转的摩天轮，装饰的彩灯发出淡淡的紫色光辉，美丽而浪漫。

亮闪闪的手机屏幕在夜景颢的眼前放大。

"你在烦恼什么？我可以替你分担！一份快乐两个人分享，就会变成两份快乐，一份烦恼两个人分担，就会变成一半烦恼。”尽管她不能贡献什么力量，但至少她可以做个合格的倾听者。

夜景颢的嘴角噙着一抹温柔：“娱乐圈在封杀K-U，不仅仅是K-U，凡是星梦旗下的艺人都受到了牵连。星梦的损失与日俱增，这只是一个小问题。可怕的是有人故意陷害K-U，陷害星梦，想让K-U身败名裂，一蹶不振，让星梦破产倒闭！”

他不想隐瞒她，隐瞒只会换来更大的伤害。

嘉歆倒吸了一口冷气，全身冰冷。

有人要害K-U，有人恨K-U，有人要K-U永远消失……

嘉歆转过身，面对面深深地注视着他。

黑夜下，淡淡的月色落在他俊美的脸上，让人着迷。香水融合在空气中那清新的香味，让人心境平和。

夜景颢被她那样深情地盯着，浑身不自在，轻轻笑着：“嘉歆，怎么了？”

“那怎么办？”嘉歆的眉间凝聚着担忧。

他拨着她额前细碎的刘海，低声说：“不用担心，星梦员工的工资四大家族会负责，至于那个幕后黑手，我们一定会揪出他的狐狸尾巴！就算懂得七十二变的孙悟空也难逃如来佛祖的五指山！”

星星环球公司老总韩老头，得罪K-U就是自寻死路！至于风泽的父亲，先隔岸观火吧！

他嘴角染出的阴冷，让嘉歆毛骨悚然。

脑海中闪出的影子与眼前的男子重叠，那个冷若冰霜的风泽身上的杀气与夜景颢散发的寒气相互吻合。

空气出奇地寒冷，冰冷一点一点渗进骨髓……

无意中她知道了风泽的冰冷从何而来，他是“风神集团”的继承人，一个从小在血雨腥风中摸爬滚打的人。他的寒冷是他一种自我保护的方式，就如变色龙用皮肤颜色的改变去适应周围的环境而隐藏自己一样。

但是夜景颢的寒冷令人颤抖。他不能成为第二个风泽，不能成为像风泽那样自以为生杀大权掌握在手的阎罗王，不能成为恶魔！

“答应我，不管有多恨一个人，都交给警察，由法律判决，不要妄自行动，不要把人命当儿戏！”嘉歆眼神执拗。

夜景颢抓着她的双手放在唇边，轻轻啄了一下：“好的！”

只要是她的要求，他都会答应。就算她要天上的星星，他也会想办法摘给她。

嘉歆笑了，像个得了糖的小孩般笑得天真无邪。

“嘉歆，你认为我是那种草菅人命的刽子手？”夜景颢佯装生气。

“我担心你成为第二个风泽！”

夜景颢嘴角上扬的弧度恰到好处，多一分累赘少一分欠缺。他绝不会成为风泽第二，百分之百的绝对！“傻瓜！”

对啊，Key是最有善心的，最温文儒雅的翩翩贵公子，怎么会和风泽一样，看来是她多心了。

嘉歆打从心底笑了。她笑得柔美，唇角的弧度光盈璀璨。她在他温暖的怀中找了一个舒适的位置沉沉睡了。

夜景颢低头亲吻她的发丝，轻轻道一声：“晚安！”

当清晨第一缕阳光洒下光辉。

突兀的铃声打破了美梦。

嘉歆揉着惺忪的睡眼，望着窗外。

天亮了！

她低头寻找到那个摔在地上的手机，按下通话键。

“Key，我找到了可以和风神谈判的条件，用月云集团在城西的空置地作为交换的条件，换回花子、风泽、龙少、少东的命，甚至于星梦娱乐公司全体员工的生命。但你必须与嘉歆取得共识……”那边的人沉默了一下，“那块地现在已经转移到嘉歆的名下！”

手机陡然从嘉歆手中滑落，摔得四分五裂。

什么意思？小乌说的是什么意思，为什么她一点也听不明白。

嘉歆迅速发了短信给小乌，然后怔怔地望着晨曦。

十分钟后。

练习室的门被匆忙赶来的人推开了。

“嘉歆，为什么Key的手机在你身上……”看到地上摔得粉碎的手机，小乌有些明了。

“小乌，怎么回事？”嘉歆焦急地开口询问。

“什么怎么回事，嘉歆你想问什么，我听不懂！”小乌打算打哈哈蒙混过去。

“小乌！”嘉歆阴冷的眼神盯着小乌。

小乌避开嘉歆的视线，望向电子琴的方向。

时间一分一秒地迫近。

嘉歆与小乌僵持着。

小乌决定弃械投降，再这样与嘉歆浪费时间，只怕他们几人性命不保。

小乌拉过嘉歆便往门口走去：“车上我会详细告诉你发生了什么，现在要做的是去律师行把合约拟好！”

车内，小乌幽幽地望着窗外的风景，转过头，轻叹一口气：“或许真是命中注定要你去化解这一场浩劫！”

嘉歆不明所以地看着小乌。

“风神，风泽的爸爸，已经知道是K-U和风泽放走风冷迷与安佑杰的事情了，他联合星星环球公司的老总陷害K-U，让K-U身败名裂。风泽已被风神禁足了，花子为了风泽单身匹马前往谈判被软禁了，少东和龙少为了解救花子潜入风神的私人别墅也被抓了，最后，没想到连Key也去了……”小乌静静地说。

“那为什么说我手上握有谈判的筹码？”

“你手上拥有城西的那块价值连城的土地的使用权，而那块土地是风神梦寐以求，不惜一切代价也要得到的！如果拿这块土地的使用权作为交换条件，相信有商量的余地。只是，你愿意吗？”小乌用复杂的眼神看着她。他已经告诉她，那块土地价值不菲，那她还愿意吗？但他有十足的把握。

“如果拿一块对我毫无用处的土地可以换回大家的性命，我愿意。”他们都是因为帮助杰哥哥而招来的麻烦，她不能坐视不理。

“那快去办好手续，办好让渡书，多一秒他们就多一分危险，能争取一秒是一秒。”小乌低头看了看时间。

嘉歆点头。

利基律师事务所。

一切手续就绪，就等签上嘉歆的大名。

利基指着合约的空白位置，诱导道：“嘉歆小姐，只要在这里签下你的名字，这份合约就此生效了！”

嘉歆想都没想就签下了她的名字。

小乌的嘴角抹过一丝不易察觉的阴笑：“嘉歆，你先回公司，我去和风神谈！”

嘉歆倔犟地摇头：“我也一起去。”

“嘉歆，多一个人就多一分危险，我保证会把完整无缺的K-U带回来！”小乌信誓旦旦地说，一副胸有成竹的模样。

嘉歆失落地垂着头：“我去下洗手间。”

水哗啦啦地流淌过手指，嘉歆失神地看着。

突然，走进来的两位女子的谈话内容引起了她的注意。

嘉歆闪进一间空着的洗手间，她不知道她为什么要闪，只是一种直觉。

“今天，老板又大赚了一笔，不知乌黑西去哪里骗来一个无知的少女，竟然把城西那块土地使用权让给他，让老板赚取了一笔不菲的佣金。”一个浓妆艳抹的女子继续往脸上抹厚厚的粉底。

“天底下怎么还有这么一个白痴呢！”洗手的女子尖笑的声音非常刺耳。

直到那两个人影消失在洗手间，嘉歆才从洗手间走出来，放在身侧的手一点一点收紧。

利基的办公室。

嘉歆摆出一副忧心的表情："小乌，我好像把我的英文名字写错了，如果这样就不能生效了。"

小乌紧张地拆开公文袋，仔细查看。

嘉歆把握机会，夺过合约，一脚踩在小乌的左脚上，再往上一带，踢中小乌的肚子。小乌痛得哇哇直叫，脸部纠结在一起。

嘉歆抱着合约匆忙离开利基律师事务所。她必须抓紧时间，K-U和风泽还在风神的手上做人质。

小乌，这笔账也给你记着，若是这份合约无法救出K-U的话，你也一定会做陪葬品。

几十分钟后，嘉歆定定地看着一栋古色古香的建筑物，这便是风神的家了。

门口，凶神恶煞的门卫拦住了她的去路，她只能坐在风神家对面的阶梯上，目不转睛地望着风神家的大门，怀中紧紧抱着能搭救K-U性命的筹码。

秋日的凉风吹扬起她零乱的发丝。

落叶打着圈儿绕过她的脚踝。

"嘉歆小姐，你怎么坐在这里？"一个穿着职业西装的女孩站在她面前。

嘉歆抬头迷离地看着她。

女孩轻轻咳了一声："嘉歆小姐，我是泽的保镖，冷迷的妹妹风冷音！"

好运真的降临在她的身上了。

嘉歆抓住女孩的手，张口说话。

看她一头雾水，嘉歆才反应过来，她没有声音。

她拿出手机迅速敲下五个字——"风神在哪里"。

"父亲？他不在家，他去了公司好几天了！"风冷音说。

"你可以带我去见他吗？我有急事！"

"嗯！"

嘉歆随着风冷音上了一辆停靠在风神家门口的车。

只有她能救出泽了。风冷音赌上自己的性命，让嘉歆上车。她把希望全寄托在嘉歆的身上。

风神大厦，风神家族的公司就在这里。

金灿灿的阳光照射着这栋威严的建筑。

门口，侍者打开了车门。

嘉歆抬起头微眯着眼睛打量着这幢欧式风格的玻璃建筑。除了建筑物基本的构造是采用水泥外，其他一切都是由玻璃制品构筑而成。

入口，四个全身黑色系装束的大男人整齐划一地弯腰行礼，异口同声地说：“音小姐好！”

风冷音冰冷地点点头。

风冷音体内流淌着同样的血液，怪不得身上散发的寒气与风泽如出一辙。

踏进这栋大厦，诡异的寒冷猛烈地撞击着嘉歆的脊梁，冷飕飕的，很恐怖。

碰见的都是穿着黑色西装面无表情的男人，每一个都冷冰冰的，仿佛一具行尸走肉。

她感觉来到了人间炼狱。

电梯一步一步往上爬，嘉歆的心一点一点提到嗓子口。

“叮咚”，电梯把她带到最高一层。

她就要见到传说中那个为人冷酷、阴沉、手段狠辣，对背叛他的人赶尽杀绝，奉行绝对极权主义，喜欢操控一切，不许有人违逆他的决定的风神了。

心像闯进了一只兔子，失去了以往稳定的跳动频率。

“嘉歆小姐，父亲就在里面，请……做好心理准备！”风冷音提示她。

嘉歆咬着唇瓣，用力点头。

厚重的红木门被打开了，里面黑漆漆一片，非常阴森恐怖。

如果风神大厦是人间炼狱，那么风神便是邪恶的撒旦。

嘉歆小心翼翼地迈着步子，紧紧抱着手中唯一的筹码。

“小姑娘，听说你找我，所为何事？”一个阴沉冷暗的声音从空旷的办公室传来。

同时，办公室灯火通明。

嘉歆终于看清这个办公室的模样，大得出奇，却空荡荡的。她静静地看着风神那只放在转椅扶手上的手，手指微微一抖，夹在指缝间的烟灰就掉落下去。

“为什么不说话？”幽幽的声音再度响起，仿佛来自地狱。

嘉歆有说，只是他听不到，看不到。

当下，嘉歆想都没想便冲到他面前，直视着他。突然，胃中一阵翻滚，有种想吐的感觉翻涌而上。她迅速地避开视线，不再看那张令人作呕的脸。

风神脸上深深浅浅的疤痕触目惊心，它在得意地叫嚣，像在炫耀它曾带来的辉煌。

换一种思维，嘉歆才明白他如何在血雨腥风的年代创下基业，如何叱咤风云统领风神集团，她竟有点可怜眼前五十而知天命的男人。

这次她没有避开他的视线，把手机递到他面前：“我要跟你谈判！”

“小姑娘，你很有胆量，竟敢单枪匹马直闯虎穴，不错不错！”风神欣赏她的勇气。

他把转椅转正，她就站在他面前，风神笑笑：“小姑娘，说吧，你要跟我谈什么？”

年过半百的他，竟然和一个十几岁的女孩谈判，说出去肯定笑掉大牙。

谈判守则之一：气势上要绝对性地压倒对方。

嘉歆把写好谈判内容的纸压在风神的面前，眼睛一眨也不眨地直视着他。

风神唇边浮现出令人毛骨悚然的森寒笑意，布满伤疤和老茧的手将纸张捏在大拇指和食指之间。

顿时，嘉歆感到一股寒意从脚底往上冒，使她不住地打哆嗦。她还是惧怕这个恐怖的男人，这个仿佛来自地狱的魔鬼。

“你想用这块地换K-U的安全？”风神阴沉地笑道。

嘉歆在纸上刷刷地写着：“不，是所有人的安全，K-U、风泽、安佑杰和风冷迷，还有星梦娱乐公司的全体员工。”

“那你呢？”风神从心底佩服这个女孩的胆量，欣赏她的个性。

“不重要！”

“小姑娘，若是我不答应呢？这笔交易可不公平，你用一块地来换那么多人的生命，我不是亏本了吗？”风神的笑意逐渐变得柔和。

“你会答应的！”嘉歆自信地回答。

“为什么？”她的话成功地挑起了风神的兴趣。

谈判守则之二：自信心十足，握有的筹码要百分百。

“因为那块地是你必须要得到的，你要用那块地来拓展你的地盘！”

“我也可以用非常手段去欺骗你,例如……”风神打了一个响指，门缓缓打开，走进来一个人。

“小乌医生，你为什么在这里？”嘉歆惊吓地看着慢慢走进来的那个人。

“您好！”小乌双手垂在两侧，腰弯成90°朝风神鞠躬行礼。

嘉歆顿时明白了，小乌是风神的人。

“小乌会替你翻译，不用再写了！”风神云淡风轻地说。

“原来小乌是你的人，那么早上的局，也是你设计的!”她百分之百地肯定，一切都是风神在搞鬼。

“你已经成功让我签下那份合约，为什么要让我轻易地逃走？”嘉歆不明白，小乌是个有武功的人，她的花拳绣腿对于小乌来说，简直是以卵击石。

“只想看你会怎么做。”风神简单利索地回答，“你手上的文件已经被掉包了，那份文件是假的！”

嘉歆急忙翻查手上的文件，确实是假的！她连唯一可以谈判的筹码都已经没有了，她连一点胜算也没有。

几时掉包的？难道……在她抢回小乌的文件时已经是假的吗？她真是一个笨蛋！嘉歆不停地责怪自己。

门又被打开了，进来的黑衣人架着一个小女孩。

“放开我，你们这群大坏蛋！”被钳制的小女孩奋力挣扎。

这个熟悉的聒噪声，让嘉歆立即回头，却看到可希被人架着走进来！

嘉歆冲上去用力推开两个黑衣人，把可希抱在怀里。

两个黑衣人没注意，踉跄跌倒在地，立马站起来，要把嘉歆抓住，在看到风神的指示后，退出房门外候着。

“可希，你怎么在这里？”嘉歆揉着她的额头，可希的额角肿了好大一个包。

“嘉歆姐姐，我听说哥哥们被一个大坏蛋抓了，就偷偷溜进来，谁知道被刚才那两个人逮个正着！”可希说着说着，眼泪纷纷滑落……

不知天高地厚的小鬼头……

“小姑娘，我手上可是又多了一个人质哦？”风神故意拉长声调，视线落在可希的身上。

他在打可希的注意！

嘉歆像母鸡保护小鸡一样把可希护在身后，眼睛直勾勾地瞪着风神。

“你要我怎么做才肯放过他们？你引我来的目的不是要我应允你什么条件吗？”嘉歆依然气势十足。

谈判守则之三：即使没有筹码，在气势上也不能输，要另辟谈判筹码。

现在，她只能赌，赌他的目的，赌她是她仅有的筹码。

风神原本的计划只是取得那块土地的使用权，无意伤他们的性命，何况有一个还是他的儿子，待小乌让嘉歆签下合约后，便放了他们。不知为何，他改变了原本的计划，他想见见这个敢放走风冷迷的孩子。至于风冷迷的事，他不再追究，用一个心已不在他这边的棋子换取更大的利益，何乐而不为。

风神改变主意了。

“你——做我儿媳，嫁给风泽！”风神语出惊人。

嘉歆，有那个能力坐上“风神集团”第一夫人的位子。

CHAPTER 06 第六章

只有被彻底伤害，才能选择放弃

阳光静静地跳跃着。

风静静地吹着。

办公室静静的，只有呼吸声。

嘉歆难以置信地看着风神，她没有听错吧，风神要她做他的儿媳？

“可希，有听到他说什么吗？”嘉歆低头向可希求证。

“嘉歆姐姐，这个老伯伯要你嫁给冰块风泽哥哥呢！”可希指着风神，讶异地复述他的话。

“为什么要挑中我？”嘉歆指着鼻子问他。

“没有为什么！答应的话全体没事，不答应的话全体下地狱！”风神面露凶光。

“嘉歆姐姐，他好可怕啊！”可希害怕地躲进嘉歆的怀中。

“如果我答应，你就放过他们吗？”条件一定得谈妥，免得他后悔。

“是！”

嘉歆回绝：“不可以，我不爱风泽，所以我不能嫁给风泽。若是嫁给风泽，痛苦的将是两个人，你要牺牲掉风泽的幸福，来达到你的目的吗？”

嘉歆深知，风神看中的只是她的家世，他想利用她的力量进入金融行业。她不能让爸爸的公司牵连进来。

“那么，他们就得——死！”风神犹如鬼魅的声音回荡在上空。

她，是第一个敢拒绝他的人。

风神对她的欣赏更深一层。

“死就死了，有什么大不了！”嘉歆轻松地说。

死有轻于鸿毛，重于泰山。死也没什么可怕的！

“你死是没什么关系，你想让他们都替你陪葬吗？”风神轻笑。

“他们会理解我的！”嘉歆笑着说。

“来人！”风神喊道，门口立刻冲进来一大批黑衣人。

“把她们带下去解决掉！”风神下了命令。

嘉歆和可希的眼睛上被蒙上了黑色布条，一下子全陷入黑漆漆的世界。

风神意味深长地笑了，即使她不爱风泽，可命中注定她还是要成为他的儿媳。

嘉歆被人牵着一步一步地走，她不知自己被带往何方，只希望能和K-U在一起。

“嘉歆姐姐，我怕！”可希带着哭腔说。

嘉歆握紧她的小手，把力量一点一点传给她。

走走停停，嘉歆能感觉进了电梯，瞬间失重的感觉很明显。

大约十分钟过去了。

她听到了沸沸扬扬的人声。

突然，黑布被扯开了，刺眼的阳光闯入眼帘，她的眼睛又重获光明。

身边，已经没有令人害怕的黑衣人了，可希也安安稳稳地躺在她的身边。

“她怎么了？”嘉歆紧张地扯过小乌的衣服。

“她受了点惊吓，睡一觉就没事了！”嘉歆悬着的心放下了。

轿车奔驰在宽敞的马路上。

嘉歆用疑惑的眼神看着小乌。

小乌解开她的疑惑：“老板并没有要取你们性命的意思，他只是在开玩笑，K-U包括少爷已安全送回家，你不用担心！”

“风神，为什么放过我们？”嘉歆始终不明白。

“对于老板的行动，我也琢磨不透。或许他真的打算要你嫁给泽少爷，只是你不从，他也不能来硬的！”小乌继续说。

这个可恶的家伙！害她担心半死！

“嘉歆，最后一件事，老板愿意收你为干女儿，如果愿意，我回去复命！”小乌说。

“我拒绝！我不喜欢他，像死神一样！”嘉歆一口回绝，她不喜欢像地狱的风神大厦，不喜欢像鬼魅般的风神。

小乌轻叹，她果然是个与众不同的人！能得到风神的注意是多少人梦寐以求的事，抢破头就为了风神能多注意一下，风神都没正眼瞧过一个外人，何况一个黄毛丫头。

“嘉歆，对于我是风神成员的事，请你务必对其他人保密，我保证绝不伤害任何一个人！”小乌拜托她，他还有他的任务！

嘉歆点点头，小乌也是一个不错的人。

听着录音机播报的午间新闻，嘉歆的嘴角扬起一抹笑容，K-U的危机解除了。

“新闻30分”正在报道：“星星环球的董事长韩荣光，涉嫌逼迫旗下女艺人从事卖淫与贩卖毒品的交易，于昨晚9点10分在星星环球公司本部被警方当场抓获。根据负责此次行动的黄警长透露，昨天下午大约4点钟，警局接到一位市民的密报，晚上9点整韩荣光会在星星环球公司的办公室会晤泰国毒枭，进行毒品交易。黄警长把消息反映给上级领导，等待指示。大约傍晚6点钟接到上级通知，查证了泰国毒枭有入境记录，也证实了消息的可靠性，经过部署，在星星环球逮捕了参与此次毒品交易的一干人等，其中还抓获了毒品黑名单上的几个大毒枭，查获一大批海洛因，这是近年来破获的最大毒品交易案。星星环球的董事长韩荣光交由警方处理，案件现在在进一步审理当中。同时，警局接到多名受迫害的女性的控诉电话，愿意出庭作证指控韩荣光人面兽心的不耻行为，我们会继续跟踪报道韩荣光的案件，敬请关注。在此，黄警长借新闻媒体感谢不愿透露姓名的良好市民，协助将毒贩一网打尽。呼吁广大市民与警察合作，共同维护社会的安定。以上就是本次新闻的重要内容，欢迎……”

娱乐八卦界增添新成员，星星环球公司的董事长兼总经理韩荣光成了新闻媒体娱乐圈的封面人物。

回到星梦，嘉歆看到K-U全都平安地站在星梦娱乐公司总裁办公室里，悬着的心落下了。

刚醒过来的可希似乎已经忘记在风神大厦发生的事，正在指责他的父亲：“爸爸，你太不负责任了，公司遇到危难你却临阵脱逃，把这个烫手山芋丢给K-U哥哥们，我对你失望透顶！”

“我没有，我此行是为了拓宽K-U的音乐领域，是为了给K-U更广大的舞台！我特地去找了音乐界的权威柯老师，商量K-U开巡回演唱会的事情，你看，合约都拟好了，只要K-U点头同意签下合约，那么巡回演唱会的事就此敲定！”总裁易中天把合同摆在台上，等着可希验证真假。他，天不怕地不怕，就怕宝贝女儿生气。

“真的？哥哥们可以开巡回演唱会了！”可希一扫先前的怒气，鼓着掌蹦得老高。

总裁吁了一口气，抹掉头上的虚汗，幸好这一招可以哄好女儿。

东岛先生领着翁雅玲进来：“总裁，人全到齐了！”

易中天转过身，说：“你们应该得到消息，曾经轰动摇滚界的霸主已经易主了，安佑杰的失踪让King溃不成军，不会再有任何的翻身机会，而你们将会取代King，成为摇滚界的先锋！”

“哇，K-U是最棒的！”可希笑逐颜开。

易中天瞪向可希：“你再不安静，立刻把你踢出去！”在众人面前，他要挽回残存的颜面。

可希双手捂着嘴，用力点头。

易中天继续道：“我此行的目的是举办K-U的巡回演唱会，第一站是圣帝学院！”

“为什么选在圣帝学院？”可希看到父亲拉沉的脸色后，上了链条般乖乖闭嘴。

“你们认识安佑杰，相信也会知道安佑杰是King的灵魂人物，取代King的第一步，必须先掳获圣帝学院的King迷们！”东岛先生补充。

“如果愿意开演唱会，那么请把合同看一遍，若没问题就签上你们的名字！”易中天让东岛先生把合同的内容影印后，人手一份。

夜景颢有一目十行的本领，不到十秒便阅读完合同上的条款：“在圣帝学院的演出免费？”

“这是当然的！”东岛先生理所当然地说，“圣帝学院是你们就读的学校！”

“那我们都没问题了！”夜景颢代表K-U成员说话。

易中天看向嘉歆：“你呢？”

嘉歆点头，K-U的决定就是她的决定。

“雅玲！”

翁雅玲也点头。

“既然你们都没问题，签上名之后，合同就生效了！所有的筹备工作由我们全权负责，当然还得请圣帝学院帮忙！”易中天说，“若没有问题，今天的会议到此结束，你们都回家养精蓄锐，等着一个星期后的大爆发吧！”

夜，茫茫。风，嗖嗖。

云，遮住了月色。

行驶的轿车内，死气沉沉！

“嘉歆，你为什么不问我们这几天的行踪？”花子托着精致的下巴，看向旁边沉默不语的嘉歆。

嘉歆仿佛没有听见般，视线紧随着不断后退的影子。

“嘉歆，还是你什么都知道了，而选择沉默？”花子不放弃地问，“在会议室，我就觉得你怪怪的，你的视线一直幽远而没有焦点！”

嘉歆无动于衷。

花子受不了地扳过嘉歆的身子：“嘉歆！”

嘉歆扯出一抹惊讶：“哥哥，怎么了？”

花子决定不再拐弯抹角，直截了当地问：“嘉歆，你是不是去找过风神，而且拿你名下的地产去交换？”

嘉歆选择沉默。

“看来是真的！”花子像泄气的皮球般，双手从嘉歆的手臂上无力地滑落，“风神会放过我们，是因为你和他达成的协议！”

“哥哥，我是去见过风神，是和他谈过交易，他也信守承诺，毫发无伤地让你们回来。”

“嘉歆，他没有为难你？”花子着急地检查嘉歆身体的每一处。

“哥哥，我没事！风神没有对我做什么！”嘉歆隐瞒了惊心动魄的一幕，但后面也化险为夷，啥事都没有。

“嘉歆，以后别去靠近风神大厦！”花子轻轻摩挲她的秀发。

嘉歆点头答应，风神大厦阴森恐怖得让人寒毛都竖起来了，打死她也不会去靠近死亡的地狱。

“哥哥，风泽哥哥没事吧？”风泽也是因为帮忙而牵连在内。

“虎毒不食子！风泽不会有事的！”花子溢出一丝倦怠的笑容。

“哥哥，风神对你们做了什么？”失踪的两天里，风神不可能一点行动也没有。

“什么都没做，只是喝茶聊天！”花子说得轻松，“我们几个不是没有伤痕吗？”

其实，风神只是想警告这群血气方刚的年轻人，冲动是魔鬼。

“爸爸会怪我，把那块地一分不收地转让给风神吗？”嘉歆后知后觉地想起这个问题。当时情况危急，她来不及细想。

花子笑笑：“傻瓜，既然父亲把地给你了，你当然有处置的权利！”

“爸爸不会怪我？”嘉歆再三确定。

“不会！”花子唇边染出柔和的色彩。

“哥哥，我累了，借我肩膀！”

没等花子回答，嘉歆便靠着花子沉沉睡下。

“老张，车开慢点！”花子轻轻对司机说。

“是，少爷！”

车慢慢地在公路上行驶。

花子冰凉的指尖蜻蜓点水般勾勒着怀里那张精美的睡颜。

夜色宁静。

“嘉歆，晚安！”

巡回演唱会的第一站——圣帝学院。

下午5点，翔宇露天体育馆前，熙熙攘攘的人群兴奋地期待着演唱会的开始。

会场内，舞台、灯光、音响、特效、巨型显示屏，一切准备就绪！

花费巨资，只为了展现最绚丽的舞台效果。

“嘉歆，调试好爵士鼓！”夜景颢看向嘉歆，“雅玲，测试麦克风有没有问题。少东，别在舞台上和龙少打打闹闹，花子，键盘准备就绪了吗？”

追求完美的夜景颢是绝不容许演唱会存在一点差错的！

K-U忙碌地调试各种仪器，不允许演唱会中存在一丁点瑕疵。

可希在舞台下拿着照相机对着K-U成员狂拍，能这样肆无忌惮地拍K-U的机会不多，她可是要把握机会！

距离演唱会开场还有半个小时。

等候在体育馆前的观众们有条不紊地进入会场。

进入会场前，都由警察执行严密的安检。

这一切，都为了确保K-U及工作人员甚至观众的安全，也为了演唱会能顺利进行。

这一场演唱会万人期待，没有一个人想搞砸演唱会。

斯斯拿着嘉歆额外赠送的VIP票，在茫茫人海中寻找那个专属她的座位。

可希一眼便发现在低头寻找座位的斯斯，喊道：“斯斯姐姐，这里这里！”

“可希！”斯斯兴奋地抱住可希。

可希拉着斯斯坐下。

后台。

嘉歆努力调整着自己的状态。

突然，一声娇柔的声音刺进她的鼓膜。

“龙少！”

抬起头，她看见了曾有一面之缘的女子——晴天！

她来做什么？看着她亲昵地挽着龙少的手走出了后台，嘉歆想，是不是龙少原谅了她？

正在胡思乱想的时候，嘉歆遭人一记偷袭。

痛！她抬头不满地看着罪魁祸首。

“想什么，那么专心，演唱会快开始了！”夜景颢坐在她旁边。

嘉歆指着龙少离开的方向：“她是谁？”

“龙少的女朋友，晴天！”夜景颢的唇角印着温柔的笑容。

“你认识她？”

“晴天在英国留学，好像是最近才回国的！我今天才见到她！”夜景颢解释。无关紧要的消息，他不会隐瞒她，只有攸关性命的事他才会绝口不提。

嘉歆明白地点点头，晴天敢明目张胆来后台找龙少，足以证明两人关系非同一般，看来龙少还是心软原谅了她。

“紧张吗？”夜景颢轻轻地玩着她的发丝。

嘉歆老实地点点头，首场演唱会，不紧张那是自欺欺人。

突然，一个刺耳的喊声打断了两人的交谈。

“东岛先生，慌慌张张地做什么？”夜景颢问。

“雅玲肚子痛，痛得死去活来！”东岛先生慌张地说。

“什么？”在场的人都一声惊呼。

距离开场时间只有十分钟了，怎么能在这么关键的时刻肚子痛？

阴云笼罩着后台的人。

夜景颢快步走向翁雅玲的休息室，大家也一窝蜂地拥上去。

“雅玲，你可以撑得住吗？”少东关心地问。

翁雅玲咬着牙，艰难地吐出几个字：“我……可以！”

小乌推开围观的人：“让我看看！”

大家屏息地等待着检查结果。

龙少愉悦地回来，看到一堆人奇怪的脸色，心不自觉地揪紧，扑向拥挤的人群中。

小乌的诊断结果：“急性盲肠炎，必须送去医院治疗！”

翁雅玲抓住小乌的手，痛苦地说：“不……行，我……我还要……参加……演……唱会。”

东岛先生抓着头皮：“雅玲，先去医院，演唱会的事我们会解决的！”

解决？谈何容易，现在该上哪里找个人临时顶替主唱的位置？

龙少挤到前面，说：“晴天可以代替雅玲出场，晴天就读于英国皇家音乐学院的声乐系。”他把晴天赶鸭子上架，实在是情势所逼。

东岛先生仿佛看到救命稻草般欣喜若狂：“真的？快找她过来！”

“好！我打个电话，晴天应该还在附近！”说完，龙少便到角落去拨电话。

嘉歆问夜景颢：“这样好吗？”

夜景颢无奈地摇头：“这是唯一的办法！”

翁雅玲抓着他的衣角乞求：“不……不要……人……来替代我的……位

置。”

“这是能让演唱会顺利进行的办法，不能让在外面焦急期待的宝宝们失望！”

夜景颢破灭了她的希望。

不一会儿。

龙少牵着晴天的手出现在众人面前。

那是一个有着如烟似雾的美丽容貌的女子，带着点古典的韵味，如同美玉般清纯。

“大家好，初次见面，我是晴天，龙少的女朋友，请多多指教！”晴天面带微笑地做简短的自我介绍。

语出惊人！

龙少的女朋友！

在大家的眼中，可希小姐才是龙少的正牌女朋友。

现在冒出一个晴天，难道上演着三角恋情？

大家胡乱猜测着。

会场内，陷入一片黑暗。

原本喧闹的会场瞬间静悄悄的。

夜景颢看了看手表，果断地决定：“时间不多了，雅玲去医院，由晴天替代雅玲上台，你们别在这里嚼舌根了，回各自的岗位！花子呢？”他环视一周也没看到花子的人影。

嘉歆指着舞台：“花子哥哥去和主持人说节目变更。”

夜景颢对小乌说：“雅玲就麻烦你了，龙少你带晴天去准备，顺便把乐谱给她。”

翁雅玲瞪着晴天，恨不得把她生吞活剥，她夺走了她主唱的位置。

东岛先生说：“救护车快到了，快带雅玲过去！”

小乌抱起痛苦地捂着肚子的翁雅玲赶往后门。

黑暗中，只有闪亮的屏幕在倒数计时。

为了让各个方向的观众能一饱眼福，舞台周围有四个小屏幕，中央是一个大屏幕。

观众跟着屏幕上的数字一起倒数。

“五！”

“四！”

“三！”

“二！”

“一！”

舞台边上礼花齐放，在天空中绽放出一朵朵绚丽的花朵，把天空装点得亮丽多彩，夺目耀眼。

演唱会正式拉开序幕。

柔和婉转的旋律缓缓从爵士鼓里流淌出来，白色的聚光灯打在舞台的中央。

身着黑色笔挺西装的夜景颢双手握住麦克风，倾情献唱。

天籁般的声音诱惑着观众的耳朵。

曼妙的歌声带着观众进入Key的世界。

黑暗中嘉歆的视线落在舞台的中央，她从不曾想过，她可以和Key站在同一个舞台上，为他伴奏。

Key的歌声有种魔力，舒缓而轻柔，仿佛三月纷飞的樱花般魅力无穷。

嘉歆的嘴角绽放着最美的笑容。

两年前，她只能坐在黑暗中望着他，她与他之间隔着一个天涯。

两年后，她依然坐在黑暗中望着他，但她与他之间近在咫尺。

一晃而过的两年，她与他只剩下一个转身的距离。

夜景颢回头，深情地望着嘉歆，唱着《你是我今生的唯一》。

嘉歆心花怒放，嘴角的笑意越来越浓。

一曲毕了，雷鸣般的掌声震得耳朵发聋。

美子小姐穿着低胸的黑色晚礼服登场，用甜美的声音为大家献上最具诱惑力的主持："宝宝们，我们又见面了！鼓手争霸赛的情形依然历历在目，没想到这么快又和大家见面了！K-U的演唱会现场，我看到密密麻麻拿着灯牌荧光棒为K-U加油打气的宝宝们，嘉歆的鼓声是不是更进步了？Key的声音是否蛊惑了你的心，带你进入了仙境？别急，更精彩的节目还在后头。宝宝们，举起手中的荧光棒，用力呼唤你们偶像的名字，我们请K-U为我们献上《梦想》！"

"K-U！K-U！K-U！……"越来越强烈的呼唤声。

黑暗中，一切准备就绪。

爆破力十足，激昂的音乐回荡在体育馆上空。

舞台一片光亮。

晴天花了十分钟去背歌词，对于熟悉K-U的她来说一点也不难。

晴天的声音不同于翁雅玲，娇嫩中又带着一股气势，音色很独特。

夜景颢利用余光对她投去赞赏的目光。

晴天的唇角染出纯净的笑容，点点头。

龙少目不转睛地看着晴天的背影，生怕她紧张，但现在看来晴天的舞台感染力比翁雅玲更完美，根本不需要他担心。

演奏完毕。

美子小姐拉着晴天走到舞台中央："今天，翁雅玲小姐因为急性盲肠炎必须去医院，让我们默默祈祷，雅玲小姐能早日康复，回归K-U。这次代替雅玲小姐上场的是就读于英国皇家音乐学院的晴天小姐，她为我们奉献了最美的声音，让我们以最热烈的掌声欢迎晴天小姐！"

震耳欲聋的掌声噼里啪啦，响彻体育馆。

晴天，喜欢上站在舞台上被光环围绕的感觉。

接下来，K-U演唱了《梦想》等十首歌曲，中间还穿插着个人独奏。

演唱会进入了高潮，观众的情绪被带到了最高点。

演唱会持续了整整一个半小时，K-U成员们都累得筋疲力尽地躺在后台稍作休息。

舞台上，美子小姐和观众们做着互动的游戏，让他们有喘息的机会，游戏的最终奖品是K-U亲笔签名的CD。

演唱会接近了尾声。

美子小姐依依不舍地说：“时间转瞬即逝，我们走到了演唱会的尾声，最后一首歌曲《永远》，请静心欣赏！”

舞台，白色的光束中，换上白色休闲T恤的夜景颢深情地缓缓吟唱；粉色的光束随着从后台走上来的晴天移动；蓝色的光束打在阶梯上坐着的少东身上；黄色的光束落在左边的花子身上；龙少以最酷的姿势从天而降，紫色的光束也从上往下而落。

舞台中，他们五人同唱结尾的歌曲。

嘉歆在一旁伴奏。

最后的音符刚落，露天中的钢丝吊线伴着耀眼的亮光燃烧，舞台边上的礼花瞬间爆发，点亮了寂静的夜空。

K-U以“我爱你们，我爱宝宝”结束了首场演唱会。

夜，因K-U而绚烂；夜，因K-U而热闹，夜，因K-U而不眠！

首场演唱会完美落幕。

后台，K-U的成员向在幕后默默辛勤付出的工作人员一一道谢。

嘉歆趁着空闲把龙少拉到一边寂静的角落：“你原谅了她？”

“嘉歆，不是你让我跟着心走吗？我想再给我们一次机会，如果注定无缘，那么也没有强求的必要！”龙少深情地望着晴天，嘴角开出一朵灿烂的花。

“龙少！那千万不要再受伤了，心会很痛很痛！”那种痛撕心裂肺，蚀骨穿心。

龙少温柔地拍拍她的肩膀："嘉歆，谢谢你！若是真的会受伤，那么就伤得彻底一点，让我对晴天不再存有幻想！"

"他们好像要走了，我们过去吧！"龙少走向晴天，幸福地握住晴天伸向他的手。

在东岛先生眼中，晴天成了救世主。

东岛先生开心地咧开嘴："晴天，谢谢你今天解救危难！"这可保住了他的饭碗！

晴天半掩着嘴，故作羞涩："东岛先生谦虚了，龙少是我的男朋友，帮忙是应该的，不必道谢！"

东岛先生转头对龙少说："龙少，有晴天这样的女朋友真是三世修来的缘分！"

龙少的唇边闪过一丝不自然的笑容。

晴天笑颜如花般绚烂。

可希从后门进来，捕捉到晴天亲昵地挽着龙少的手这一幕，扯扯嘉歆的衣摆："嘉歆姐姐，她是谁？"

"晴天，代替雅玲出场的临时主唱。"嘉歆俯下身看着可希的眸子，微笑着解释。

"嘉歆姐姐，我知道啊，刚才美子小姐解释过了，我想问的是……"可希扭扭捏捏，犹豫不决，仿佛下了很大的决心才问出口，"她是龙哥哥的什么人？"

"女朋友！龙少心底深爱的女人！"这一答案犹如晴天霹雳，斩断了可希萌芽的恋情。

看着可希渐渐苍白的脸色，嘉歆担忧地推了推她。

泪水从可希娇嫩的小脸上顺流直下……

嘉歆顿时手足无措，紧紧抱着瑟瑟发抖的可希，把她的泪掩埋在衣服中。

“姐姐，等下你送我回家，好吗？”可希诚恳地拜托。这次她是彻底受伤了！

嘉歆用求助的眼神看向夜景颢，他会意地点点头。

东岛先生说：“雅玲脱离了危险，有小乌照顾，大家不用担心，明天再一起去探望她！”

“那我送嘉歆回家了！”夜景颢说。

“我送美子！”花子接着说。

龙少看了看旁边的人，已有所指。

少东有点委屈地说：“你们都有情人，那我……”

斯斯打断了少东的话：“你送我回去！”

少东惊讶地看着斯斯。

斯斯可怜兮兮地说：“就我没人送，多可怜！”

少东拍拍她的肩膀，哀怨地吟道：“同是天涯沦落人！”

众人失笑。斯斯与少东也是很相配的一对！

龙少这才注意一直躲在嘉歆怀中沉默的可希，柔声问：“可希，怎么了？”

一向精力充沛的小鬼头沉默不语，让他大吃一惊。

收到嘉歆求助的信号，夜景颢帮忙搭腔：“可希身体有点不舒服，等下我和嘉歆送她回去！”

“是吗？”龙少走向可希，在嘉歆摇头示意下，他伸向可希的手僵在半空中。

龙少明白地点点头：“那可希拜托你们了！”

晴天上前挽住龙少的手，娇嗔道：“龙，时间不早了，我们回去吧！”

“嗯，那我们先告辞！”

说完，龙少和晴天消失在后台。

接着一个一个都闪人了。

空旷的后台，只有三个人影。

嘉歆把可希从怀中拉出来：“可希，可以告诉姐姐发生了什么事吗？”

可希揉着微肿的眼睛，走向舞台，站在舞台中央，声音空洞地说：“我喜欢龙哥哥，不是兄妹之间的感情，而是男女之间的感情！从龙哥哥救下我那一天起，从我见到龙哥哥的那一瞬间起，我就无可救药地爱上了龙哥哥！或许你们会认为那是一种迷恋，可我深深明白，那是爱情，无可取代的爱情。”

站在幕后的嘉歆才深深明白，可希爱着龙少。

夜景颢走进舞台，幽幽地说：“龙少一直爱着晴天，从很久很久开始，晴天便是他的全部！”

可希转过身，面对着夜景颢，说：“我知道，我一直都知道，在哥哥们的眼中，我只是一个长不大的孩子，在龙哥哥眼中，我也只是一个任性的孩子，可是，孩子也想着要长大，也想着拥有一份感情！”

“那么，就暂时把你这一份感情埋在心底吧！”

“为什么，为什么我不能告诉龙哥哥我对他的感情，是不能破坏他和晴天吗？”可希痛苦地抱着头蹲在舞台中央。

“当晴天离开，龙少会更珍惜爱情！”夜景颢望着黑漆漆的座位席说。

可希的眼泪止在了眼眶中，她不解地看着夜景颢。

嘉歆也从幕后走向台前：“为什么晴天会离开？”

“因为晴天不是龙少的晴天娃娃，因为晴天不是龙少的另一半羽翼，因为晴天不是真心地爱着龙少！”他一直都深刻地明白晴天回来的意义。

“那你为什么不告诉龙少？你忍心看龙少再一次因晴天而受伤吗？”

“凡事没有绝对！或许龙少的真心会打动晴天，或许晴天会爱上龙少，或许晴天会因为龙少而留下……或许，他们注定无缘！只有被彻底伤害一次，龙少才会清醒，不再迷恋晴天！”夜景颢的眼神深远而惆怅。

只有被彻底伤害，才能选择放弃！龙少也说过同样的话，嘉歆兴许能理解话中的深意。

“Key哥哥，那我该怎么办？”可希用寻求帮助的目光望着夜景颢。

夜景颢似笑非笑地拉起可希：“可希，爱情是不能强求的，是你的就是你的，怎么也跑不掉，不是你的就不是你的，怎么也强求不来！”

好深奥！可希听得稀里糊涂。

“哥哥，什么才是你的？”可希问。

夜景颢优雅地跳下舞台，走向观众席，坐在正中央的位子上，轻启唇瓣：“有一个男孩，他有一个双胞胎哥哥，两人的感情非常好。有一天，哥哥病倒了，是很严重很严重的病，哥哥告诉弟弟，他一直有一个深爱的女孩，每天每天，弟弟都会来到床前，听哥哥讲那个女孩的事，虽然还没见过面，弟弟却发现他不知不觉也迷上了那个女孩。终于有一天，哥哥支持不住了，离开了人世。后来，弟弟遇见了那个女孩，一直守护在女孩的身边，但内心仍在爱与不能爱中挣扎、痛苦煎熬！后来，他想通了，他要勇敢去追求，即使不是他的，但至少他努力过了……”

“那个男孩是……”嘉歆迎上夜景颢一直望着她的视线。

“不重要，因为那个男孩现在很幸福！”夜景颢的嘴角洋溢着幸福。

“哥哥，我明白了，可希不会放弃的！可希会默默守护龙哥哥的！”可希重新振作，露出可爱的笑脸。

“好了，我们走吧！”夜景颢拍拍身上的尘土，率先走向门口。

可希抹掉泪痕，跑上去牵着他的手：“Key哥哥，如果我没有遇见龙哥哥，我一定折服在你的魅力之下！”

“遇上了就是遇上了，没有如果！”夜景颢纠正她话中的偏差。

站在舞台上的嘉歆，视线一直追随着那抹牵动心弦的身影，他刚才说的故事，让她的心漾起了波澜。

CHAPTER 07 第七章

为什么不相信我，难道我是那种见异思迁的人吗

YOU ARE IRREPLACEABLE

热热闹闹的首场演唱会已经落幕，今天的学院和昨天相比有点萧条的感觉。

圣帝学院，K-U集体出现在校园。

原来他们选择人烟稀少的上课时间早退了。

“你不用特地来接我，花子哥哥会送我的！”嘉歆跟夜景颢重复这句话不下十遍，一路都在讨论这个问题。

夜景颢搂过嘉歆的肩膀，用带着撒娇的口吻说：“我就是想看到你！”

龙少在旁边偷笑，抖落一地的鸡皮疙瘩：“好恶心！”

少东掩嘴笑，怪声怪气地说：“鼎鼎大名的K-U主唱光天化日之下被拒绝，头条新闻！”

夜景颢斜睨着眼瞪着他们，冷不防给他们一人一拳。

龙少轻易闪过，笑呵呵地转过头面对他附赠一个鬼脸：“打不到，打不到！”

少东痛苦地捂着肚子：“可恶，竟然来阴的！开个玩笑而已，下手这么狠！”

龙少兴奋地说：“那是你笨，这种花拳绣腿都躲不过！”

一句话，激起两个人的怒火。

少东强忍着肚子上传来的痛楚，为了挽回尊严，与夜景颢两人联手紧追在龙少的后面。

龙少大难临头了！

嘉歆有点幸灾乐祸的感觉。

花子优雅地一步一步走向门口，嘴角滑过午后阳光般的笑容。

嘉歆主动牵着花子的手，暖暖的大手，很舒服，很有安全感。

花子的笑容冻结在脸上，看着两只交握的手，再看着嘉歆。

嘉歆看着他惊艳的容貌，笑了：“哥哥的手很温暖！”

花子笑了，轻揉着她的发丝：“傻瓜！”

突然，一个西装笔挺的人挡住了他们的路。

花子微眯着眼睛，警戒地看着眼前戴墨镜的男人。

“花子少爷，风泽少爷想要见你！”男人毕恭毕敬地说。

嘉歆的视线在两人之间徘徊。

花子有点失常，问：“风泽回来了？”

男人点头应答：“是！”

第六感告诉他，风泽肯定出事了，花子挣脱嘉歆的手，柔声说：“嘉歆，我有事要出去一趟，你乖乖地待在他们的身边，知道吗？”

嘉歆还没消化花子的话，花子就随着男人上了一部黑色轿车，扬长而去。

夜景颢鬼魅般站在她身边：“那男的是谁？”

嘉歆吓了一跳：“风泽哥哥的手下！”

看着车子慢慢变成一个黑点，嘉歆产生一种不踏实的感觉，到底怎么了？

“走吧，估计老头等得不耐烦了！”夜景颢的嘴角牵起似有似无的笑容。

少东与龙少的打闹持续到来到星梦娱乐公司。

龙少不相信地揉着眼睛，扯扯少东的衣摆：“那是不是晴天？”

少东惊愕地看着龙少所指的方向。

夜景颢肯定地说：“是晴天！”

龙少迅速冲到晴天的身边：“晴天，你怎么在这里？”

东岛先生笑着解释：“晴天以后就是你们的小师妹了，请多多关照她！”

什么？龙少揉着耳朵，不愿相信这个事实。

“这到底怎么回事？”龙少有点生气地追问。

东岛先生没有注意到龙少铁青的脸色，继续解释说：“晴天的临时表演受到多家娱乐媒体的追捧，总裁看上晴天的歌唱能力，有意栽培晴天，晴天也答应以K-U小师妹的身份出道，刚刚举行了签约仪式！”

“晴天，这是真的吗？”龙少遭受了打击。演唱会上是逼不得已才让晴天顶替雅玲的位置，现在却是她自己愿意迈进娱乐圈这个是非不断的大染缸。

晴天的一句“是”打破了龙少最后的希望。

“为什么？为什么想要当歌手，你不是说你永远也不想踏进娱乐圈吗？你不是还让我抽离这个惹人厌的圈子吗？”龙少不放弃地咄咄逼问。

晴天不自然地笑着，对旁边的人说：“不好意思，我和龙借一步说话！”

龙少被晴天拉进旁边的休息室。

众人面面相觑。

嘉歆问东岛先生：“这是怎么回事？”

东岛先生意识到事态的严重性，吞吞吐吐地回答：“我现在是晴天的经纪人了！”

少东插嘴：“那我们的经纪人换成谁？”

“泠敏！”

“那个……那个……神秘的经纪人？”少东激动得说不出话来。

东岛先生双手合十，望着天花板万分崇拜地说：“泠敏，那个让King红透半边天的红牌经纪人，她可是我奋斗的目标！我立誓也要栽培出像King一样的乐队，甚至于超越King！”突然，东岛先生哭丧着脸，“这个目标还没有实现，就得转去做晴天的经纪人！呜呜呜——”

泠敏？安佑杰哥哥的经纪人！

想起远在他方流浪的安佑杰，嘉歆的眼睛蒙上一层氤氲的雾气。不知道杰哥哥和泠迷姐姐过得好不好？

夜景颢用力敲了一下东岛先生的脑袋，打破了他的美梦：“东岛先生，别做梦了！还是想想如何让晴天在这个圈子走红更实在！”

东岛先生找回自信的笑容：“放心，总裁一切都安排好了，不用担心！”

晴天就读于英国皇家音乐学院的学历，如芍药般古典韵味的外貌，加上她圆润的嗓子，只要宣传包装一下，在娱乐圈想不红也难，况且还是龙少的女朋友，K-U定会鼎力相助！这就是总裁打着的如意算盘。

少东看了一眼夜景颢，叹了一口气。

夜景颢无奈地摇了摇头，希望龙少与晴天可以沟通好这个问题。

突然，休息室的门被人重重甩开。

龙少气势汹汹地走出来，拉过嘉歆的手在众目睽睽之下往电梯的方向走去。

嘉歆茫然地跟着龙少的步伐，转过头看着夜景颢瞪圆的眼睛，看着晴天杀人似的眼神，背后蹿升起一阵阵凉意，冷冰冰、凉飕飕……

龙少，要把她带去哪里？

北雁南飞，寒蝉凄切。

凉飕飕的风顽皮地钻进衣服里，亲吻着冰凉的肌肤。

嘉歆裹紧衣服的领子，一步一步跟在龙少的后面。

林荫道上。

两个影子一前一后往前走着。

龙少双手插进裤袋，轻轻地说："嘉歆，拉你出来，真的不好意思，只有你可以听我倾诉！"

嘉歆停下脚步，望着龙少前行的方向，她看不到他的表情。

"嘉歆，刚才我和晴天大吵了一架，因为她没和我商量就签约星梦娱乐公司，我觉得我和晴天之间，心离得越来越远了，又或者说，我们的心从没有走到一起！"龙少转过身，看着不远处呆住的嘉歆。

她看见龙少眼底的水雾。

"我和晴天不应该在一起！"

一片枫叶随风飘落，轻轻落在龙少的肩头，再无力地落在地上。

"龙少，给她时间也给你自己时间，你们需要时间让彼此冷静！"嘉歆提出自己的意见。

"我跟晴天说了，这一段时间我们都需要冷静！"

“龙少，你为什么那么讨厌晴天进入娱乐圈？”嘉歆问了一直想问的问题。

龙少唇边现出一抹苦涩的笑容：“嘉歆，一路走来，你觉得娱乐圈很好混？”

从鼓手争霸赛到现在在K-U担任鼓手，一路上不断遭遇是是非非、八卦绯闻，不断地给K-U带来麻烦。

嘉歆肯定地说：“不好混！”

娱乐圈是个无底的黑洞，让人堕落的黑洞！

“我不喜欢晴天进入这个复杂的圈子！”龙少看到嘉歆复杂的眼神，急忙澄清，“嘉歆，我不是说你进入娱乐圈就是在堕落，不是，是被污染，不是，是……我也不知道是什么了！”龙少说得语无伦次，有点神经质了。

嘉歆明白地点点头。

“晴天和你不一样，你的纯真在这个娱乐圈的大染缸里是不会被污染的，你没有野心，而晴天不同，晴天野心勃勃想创造一番事业，为了成功她甚至可以不择手段，我也知道，晴天会回到我身边，全是因为我现在是K-U的吉他手！她只是想利用我的关系进入娱乐圈，利用我的关系在娱乐圈红起来，所以，我和她约定，我原谅她，只是她不能踏进娱乐圈，我不想我们之间的爱情，等同于金钱和利益关系！”龙少像个无助的孩子，娓娓述说心底最真实的感受。

嘉歆终于明白了Key的话，晴天回到龙少身边的原因，原来如此！

“可是，你知道她对我说什么吗？对不起！一句‘对不起’，粉碎了我对她的所有期望，我只是她实现野心的一个踏板，我就知道不应该让晴天顶替雅玲的位置，我就知道我和晴天之间会有这样的结果！我极力把晴天护在羽翼之下，可是晴天被舞台的光环所诱惑，她喜欢这种星光下被人追捧的感觉！我知道，我和她之间走到了尽头！”龙少眼角被某种晶莹濡湿了。

“或许她不是你一直寻找的晴天娃娃，或许你应该抽离对晴天的感情，你会发现你一直在寻找的晴天娃娃就在身边！”嘉歆暗示他。

突兀的铃声忽然响起。

嘉歆把右手五指并拢，放在头顶对龙少说着“对不起”。

手机屏幕上显示的名字是：Key。

嘉歆接通了手机。

手机的那头传来夜景颢担忧的声音：“嘉歆，你现在在哪里？我过去接你！”

嘉歆把手机递给龙少，让他代替回答。

龙少结束通话后，对她说：“我让他半个小时后过来，我还想和你多说说话，你不介意吧？”

嘉歆摇头。

龙少继续未完的话题：“等冷静期过后，我是不是该说分手了？”

“你自己看着办吧！”爱情是别人插手不了的事。

“嘉歆，给我一个明确的答案，好吗？”

嘉歆托着腮帮子，认真思考着：“龙少，如果你真的不爱晴天了，那么就请放手，给别人爱你的机会，也给别人爱晴天的机会！”

“给别人爱自己的机会，给别人爱晴天的机会。”龙少低头呢喃。

嘉歆点头。

“嘉歆，谢谢你！你一直都是我的指路明灯，拉你出来果然没错！”龙少激动得抱住嘉歆。

突如其来的一股蛮横的力气，迫使龙少放开拥住嘉歆的手。

夜景颢怒不可遏地指责龙少：“你让我迟半个小时来，是想和嘉歆私会吗？”

毫无征兆的一拳饱含嫉妒的醋意，击中了龙少的嘴角。

龙少别过头，抹抹嘴角流出的鲜红血液，勾出无奈的笑容。

嘉歆气愤不已，上前一巴掌打在夜景颢俊脸上，让他措手不及。

“你发疯也有个限度，不可理喻，为什么不相信我，难道我是那种见异思迁的人吗？”眼泪在她的眼眶中打转。

她再也没看夜景颢一眼，搀扶着龙少从他身边擦肩而过。

但是，龙少制止了嘉歆离去的脚步，说：“不用管我，他只是太在乎你才有这种反应的！”他挣脱嘉歆的手，转身走向夜景颢，“相信嘉歆对你的一往情深！好好和嘉歆道歉吧！”

然后，他拍拍夜景颢的手臂，缓缓走出林荫道。

时间一分一秒地流走。

沉默的氛围令嘉歆难受得快要窒息。

她再次选择了离开。

刹那间，一只大手从后面拥住她的细腰。

夜景颢把头埋在她的肩上，闻着令人心神荡漾的发香，道：“对不起！我不应该吃龙少的醋，我不应该怀疑你对我的感情，我不应该随意发怒！我知道我有强烈的占有欲，我知道我爱你爱得无可救药，对不起，我真的罪该万死！”

嘉歆用全身最大的力气忍住的泪，慢慢从眼眶滑下……

“你可以打我，但是千万不要不理我！”夜景颢用嘶哑的声音说着。

他的绵绵情话融化了嘉歆构筑的最后一道防线……

月亮爬上了星空。

淡雅的月色在两个人身上洒下银色的光辉……

骤然降温后的几天，终于落下了第一场雪。

四处都是白茫茫一片。

“嘉歆姐姐，想什么这么出神？”可希顺着嘉歆的方向望着窗外飘落的雪，“哇！雪好美，希望今年是个白色圣诞！”

圣诞节吗？转眼又到了圣诞了吗？

两道响亮的掌声唤回了神游太虚的嘉歆。

东岛先生笑颜灿烂：“各位，有请泠敏小姐！”他说着自顾自地鼓起掌来。

在东岛先生的掌声中，从门口缓缓走进来一个年轻的女子。

少东对进门的那个女子说："麻烦让一让。"

女子转身看看身后，她不解地站在东岛先生的身边。

大家的视线一直放在门口。

红牌经纪人就是大牌吗？怎么等那么久还没出现？

突然，花子出现在门口，笑容像瞬间绽放的花朵："一天不见，就举行这么盛大的欢迎仪式啊！我真是受宠若惊！"

龙少拆他的台："花子，没有人想你，你别占道，等下有人进来！"

花子走近龙少，翘起兰花指，捏着龙少的鼻子："门口没人！"

龙少挣脱花子的魔爪："别闹了！"

花子注意到陌生女子的存在，问东岛先生："她是谁？"

大家的视线重新放在女子的身上。

"初次见面，我是泠敏，以后是你们的经纪人，请多多指教！"泠敏极有礼貌地鞠躬。

"什么！"龙少和少东大惊小怪地看着眼前跟他们差不多年纪的女子。

黄毛丫头一个，竟是红牌经纪人？打死也没人相信！

泠敏大方地走到嘉歆的身边："嘉歆，你好，安佑杰经常提起你！很高兴认识你！"

嘉歆站起身，笑着握住她的手："你好！"

少东似乎无法接受这个事实，冲东岛先生大喊："东岛，这是不是哪里弄错了？"

泠敏转换成严肃的表情："年龄不能评断一切！我的实力会用工作来证明的。"人不可貌相，海水不可斗量！

花子把掌声送给了泠敏："我欣赏你！"

"泠敏小姐，他们就交给你了，晴天还要录制单曲，我先闪了！"说完，东岛先生急匆匆离开。

龙少放光的眼眸瞬间黯淡，愁云笼罩。

晴天，是谈话的忌讳人物！

可希看着龙哥哥为晴天落寞，心一阵刺痛："嘉歆姐姐，我去爸爸那转转！"她必须逃离，不然她会控制不了翻涌而上的眼泪。

"晴天，是代替雅玲上场的那个女生吗？她的歌声不错，音也抓得很准，可是少了一份热情！"泠敏一语道破。

她的话瞬间让人刮目相看！

少东也觉得晴天的歌声缺少了什么，只是一直找不出原因。顿时觉得泠敏是个很厉害的人！

"我出去透透气！"龙少失魂落魄地走出门，他不想再听到有关晴天的任何消息。

泠敏继续发表意见："晴天的声音还是不够完美，空有华丽的外表而没有内涵，雅玲的声音或许没有晴天的专业，但这些都可以纠正，雅玲的歌声有种让人陶醉的魔力，跟Key的声音搭配完美，令人意犹未尽！"

夜景颢终于抬起眼眸打量着这个小小的女子。她戴着毛茸茸的帽子，裹着厚厚的围巾，穿着白色的毛绒外套，白色的靴子，全身上下都是一片毛茸茸的，露在外面的只有两只骨碌碌转的眼睛和一张滔滔不绝的樱唇。

"那个……你可以把帽子和围巾脱了，这里不会很冷！"夜景颢指着泠敏说。

泠敏把帽子和围巾脱下，波浪卷的黑发滑至肩头。

"你打算怎么做我们的经纪人？"花子抱膝好奇地盯着她。

"巡回演唱会第二站——万人体育馆，举办跨年演唱会！这样……那样……"泠敏滔滔不绝地发表她的计划，"在这之前，你们必须经过我的特训！"她阴森地扬起嘴角的弧度。

众人突然觉得背后有股阴嗖嗖的寒风，不禁打了个冷颤……

这天，大家正在训练，可希莽莽撞撞地撞开了练习室的门。

少东不耐烦地瞪着这个冒失的小鬼："拜托你，淑女一点可以吗？"

“不好意思，我是来送这个的！”可希扬起手中耀眼的红色请帖，“爸爸让我拿来给你们！”

可希认准了名字一张一张分发到每一个人的手上。

夜景颢看着喜帖上的名字，望着花子说：“美子还是决定嫁给晓彬了，那你怎么办？”

“什么怎么办，这不是最好的结果吗？”花子看着红色喜帖上并排的名字，嘴角不经意地显出一抹笑容。美子还是被晓彬的真心打动了。

“婚礼是下个星期！我好想看到美子姐姐穿婚纱的样子，肯定美若天仙！”可希对着喜帖说，“没想到美子姐姐也邀请我了！”

美子小姐要结婚了吗？怎么那么突然，为什么都没有提过呢？嘉歆神情古怪地看向花子哥哥。

“那么喜欢你的美子都结婚了，你该怎么办？”少东拿着喜帖说着风凉话，“这么优秀为你付出这么多的女子都拱手让人，真搞不懂你在想什么！我去冲杯咖啡，经纪人姐姐，你要不要？”

泠敏对少东摇摇头，看着花子颇有感慨地说：“看到喜欢自己的人突然移情别恋，嫁给别人，心里是不是特后悔当初没有把握住这么美丽的女子？”

花子笑得很淡：“如果你不爱她，却继续让她沦陷在虚假的爱情中，是对她好吗？”

夜景颢拉着嘉歆走出练习室，往K-U的专属休息室走去。他说他有话要说。

门打开的那一瞬间，惊人的一幕映入眼帘。

可希和龙少嘴对嘴……

龙少赶紧推开可希，惊恐地看着未经许可闯入的人，不知所措，语无伦次地解释：“我……她……什么也没有！”

可希阴沉着脸，说：“是我强吻你的，这样的答案满意吗？”

“可希……不是……”龙少觉得自己的行为很傻。

可希一阵风似的冲出了休息室。

夜景颢推推龙少："还不去追？女生都是小心眼的！"

"算了！"龙少像泄了气的气球，瘫坐在软绵绵的沙发上。

"龙少，对爱情优柔寡断不是你的作风！"夜景颢轻轻拍拍他的肩膀。

"他需要时间！"嘉歆了然地说。龙少现在还理不清对晴天的感情，斩不断，理还乱！

"我们出去了，你自己想清楚吧！"夜景颢拉着嘉歆走出休息室。

安全楼梯口，他们躲在墙壁后面看着一边打电话一边傻笑的少东。

"电话那头肯定有问题！"嘉歆很肯定地说。

"嗯！"夜景颢从后面偷袭少东，趁他不备夺过他手中的手机，放在耳边。

电话那头的女孩扭扭捏捏地说："少东，我喜欢你，我们能试着交往看看吗？"

夜景颢冷淡地问了一句："你是谁？"

"我是斯斯啊，怎么了？"那边的人沉默了一会，"你不是少东，你是谁？"

夜景颢把手机丢回给少东："还你！"然后拉过嘉歆走人。

少东着急地喊住他："刚才她说了什么？"

夜景颢停下脚步，背对着少东说："你自己问她！"

嘉歆看着夜景颢："电话那头的人你弄清楚了吗？"

"你的笨蛋同学！"

"她说了什么？"

"她喜欢少东！"

"你没告诉少东？"

夜景颢摇头。

嘉歆在心里默念：斯斯，对不起了，以后会补偿你的！

坐在静谧的玻璃房。

嘉歆抬头看着雪花一片片落下，遮掩了玻璃的透明度。

夜景颢低头看着手机的屏幕，淡淡地说："心情都被破坏了，其实也不是什么重要的事！先不说算了。"

嘉歆看着他的身影笼罩着淡淡的忧伤，心中不免有些疑惑，他原本打算要说什么呢？

到了美子结婚的当天。

12月24日9点整。

雪花纷纷飘落，给大地穿上雪白的薄纱。

城郊的彼得斯尔教堂，隆重地举办着唐氏财阀长子唐晓彬先生和美子小姐的结婚仪式。

八十米长的红地毯。

在《婚礼进行曲》的伴奏下，双鬓斑白的父亲携着美子，缓缓地一步一步走向婚姻的殿堂，把她的未来交付给新郎唐晓彬。

可希惊呆地说："美子姐姐很漂亮，好像天女下凡！"

嘉歆机械地点头，美子小姐的确美得让人忘记了呼吸。

白色代表着圣洁和忠贞，似乎没有哪个新娘可以抵抗白色的诱惑。

白色的羽毛镶嵌在洁白的绸缎上，层层的叠纱，使整个婚纱有如天鹅般圣洁、轻灵、高贵，又如绽放的百合，纯洁而又娇艳欲滴。

两个可爱的童男童女托着三米长的拖尾踏着音乐的节奏尾随在新娘后面。

在红地毯的尽头，唐晓彬穿着黑色的燕尾服，红色的领结渲染着喜庆的气氛。

经过花子身边的美子，眼眸深处的忧伤一闪而过。

"哥哥，这一刻你有没有后悔，没有让美子姐姐成为我的嫂嫂？"嘉歆把视线移到旁边的花子身上。

花子的唇边浮上笑容："嘉歆，哥哥有你就够了！"

夜景颢轻轻碰碰嘉歆，示意她专心点。

红地毯的尽头，美子爸爸把美子的手交给了唐晓彬，眼眶中闪耀着星星点点的光芒。看着女儿找到了幸福，步入礼堂，他掩不住心中的喜悦，喜极而泣。

唐晓彬咧开嘴，紧紧握上美子的手，娶得如此娇妻，夫复何求！

美子轻扯嘴角带出一抹笑容，挽着未来的另一半，听着神父的宣誓词。

当来宾都沉浸在甜蜜的幸福时，意想不到的事发生了。

“唐晓彬，我要让你后悔！”

一个蓬头垢面的女子冲过来，把闪着寒光的刀插进了美子的腹部，然后凄凉地大笑起来。

上一秒还很甜蜜，下一秒则尖叫声四起。

花子以迅雷不及掩耳的速度冲到美子身边，接住慢慢滑落的她，随着锋利的刀口涌出一股鲜红的血液，染红了雪白的嫁衣，他焦急地喊：“快叫救护车！”

“花子，能死在你的怀里，我死而无憾！”美子虚弱地说，脸色苍白如纸。

“美子，没有我的允许，你不能死，听明白吗？”花子的哀伤布满眼眸，捂住伤口的手被不断涌出的鲜血染红。

美子努力扯出一丝笑容：“花子！”

“别说话，保留一点力气，救护车快到了！”花子急得额头渗出细密的汗珠。

美子像一只坠殒的折翅蝴蝶，微弱地说：“我不说我怕以后就没有机会了，花子，我爱你……真的很爱很爱你，从小时候开始，我的心底就只有你一个人，我的眼中只看得到你的影子，可是，你对我好残忍……”泪滑过眼角，晶莹闪烁，“花子，实现我最后……最后一个愿望，可以吗？抱紧我！”

花子含泪点头，紧紧地抱住美子。

教堂一片混乱，惊呼声、感叹声交错在一起，可是对他们来说，此刻仿佛世界只剩下他们两个。

她多么希望时间可以停止在这一刻，这一刻拥有着满满的幸福。

美子扯出最后一抹美丽的笑，就没有了气息。

“美子！”花子歇斯底里对天咆哮，紧紧抱住怀里一点一点冰冷下去的身体。

天，怎么会这样？嘉歆难以置信地看着混乱的婚礼现场，看着发生在眼前这触目惊心的一幕。

喜庆的婚礼变成了哀伤的丧礼。

白色的婚纱慢慢变成鲜艳欲滴的红色，仿佛是对世界无情的嘲笑。

眼眶里蓄满的泪水决堤而下……

夜景颢紧紧拥着她颤抖的身体，轻声安慰：“嘉歆，没事，没事……”

美子在花子的怀里幸福地死去，脸上绽放着幸福的笑容。

新郎唐晓彬呆呆地看着眼前发生的一幕，一动不动。

少东和龙少一人一边架着那个疯狂的女子，担心她下一秒又做出什么疯狂的事。

花子冲着那个脏兮兮的女子怒吼：“为什么，为什么要这样做！”

女子仰天大笑，尖锐的视线紧紧逼视着新郎：“问唐晓彬，你问他对我做了什么！”

花子怒不可遏地瞪着新郎：“晓彬，你对她做了什么？”

唐晓彬还处于石化状态，仿佛思维停止了运转，他看着满地触目惊心的鲜红没有回答。

女子嗤之以鼻，生气地控诉他的罪行：“我怀了他的孩子，他说他要结婚了，不能留下野种，就逼迫我在三流医院堕胎，结果因操作失误造成不孕症。他毁了我以后的生活，我也要毁了他！哈哈哈——”

刺耳的笑声撕裂悲伤的气氛。

花子生气地骂道：“那你可以直接报复晓彬，为什么要针对美子？”

心，撕心裂肺地痛着……眼睁睁看着美子倒在他的怀里死去，他却无能为力！

女子收住笑容，怒瞪着躺在血泊中的美子：“是她，是她毁了我好不容易找到的幸福，是她抢走了我最爱的人，如果没有她，站在这里和晓彬举行婚礼的就应该是我，全都是她的错，所以我要让她下地狱！”

“你——”一巴掌毫无征兆地砸在女子肮脏的脸上。

女子错愕地看着举手打她的女孩。

“为了他，你毁了你真正的未来，你的下半生都要在监狱中度过，那样值得吗？原本只是失去了孩子，为了一个不爱你的男人，不值得付出的男人，不知道悬崖勒马，而选择报复的手段，你也是一个恶魔，毁了另一个女孩一生的幸福，你和他又有什么区别呢？”

可希满眼含泪站在嘉歆的身边，她是嘉歆的代言人。

美子姐姐，永远失去了未来！

女子后悔地哭了：“对不起！”

可希两眼冒火地瞪着女子：“对不起有用吗？你可以把美子姐姐还给我们吗？你这个彻头彻尾的魔鬼！”

救护车赶来了。

医护人员抬着担架急急忙忙冲进来。

只是美子的心，早已停止了跳动……

白色的圣诞在丧礼的悲伤中被人忽略了。

星梦娱乐公司练习室。

少东、龙少、嘉歆拖着疲惫的身体倒在沙发上。

泠敏叉着腰，指着他们教训：“你们怎么刚刚练习几天就累成这样，那后天的演唱会怎么办？”

泠敏平时绝对娇小可人，但认真起来像一个十足的母夜叉。她追求完美，凡事都尽量做到尽善尽美。

少东喘着粗气，说：“大姐，你在旁边指手画脚，我连续弹了三天贝司，手指都快断了！”他可怜兮兮地揉着快脱节的手指。

龙少抱怨：“为什么主唱都不用练习，还有花子也不用参加魔鬼训练，不公平！”

泠敏神秘一笑：“主唱有主唱的练习方式，谁也不能逃！”她语调一转，突然有点伤感，说道，“至于花子，他几天都没出现过了，他还没从悲伤中走出来吗？”

美子一事，全部的娱乐报刊都在报道，传得沸沸扬扬。

嘉歆低垂着脑袋，这几天她忙着练习，都忘记了花子哥哥。

少东拍拍嘉歆的肩膀，轻扯嘴角：“放心，有风泽在，花子绝对可以重新振作！”

泠敏好奇地问：“风泽是谁？”

龙少插嘴：“你绝对不能惹的人！”

这句话引起了泠敏的高度好奇心，她倒想会会这个叫做风泽的人。

“好了，休息一会儿！我去喝杯咖啡，要的举手！”泠敏说。

少东从沙发上爬起来：“我陪你去吧！”

看着两人走出练习室，嘉歆问道：“你还不肯见晴天吗？”

龙少摇头，他一直不敢看电视或报纸，只要和晴天有关的娱乐新闻，他一概拒绝。他一点也不知道关于晴天的任何消息。

晴天凭着自己的努力，正一点一点往上爬。

“龙少，逃避不是解决问题的方法，你必须果断地做出决定，不然会令三个人受伤！”

“我知道！”龙少回答。

一说到晴天，他的脸色就阴沉下来，不再是晴天。

“嘉歆，珍惜现在所拥有的幸福，如果发现那个人不是你等待的人，但那个人绝对是爱你的，他愿意为你做任何事，甚至于——死！”龙少重读了“死”字，那个让人不寒而栗的字眼。

嘉歆一头雾水地看着龙少，不是很明白他的意思：“什么意思？”

龙少微扬嘴角：“有一个人真的真的很爱很爱你！”

嘉歆怔怔地看着龙少。他站起身，抱起吉他，轻轻拨动琴弦，向嘉歆眨了一下眼睛，说：“只唱给你听的哦！”

龙少的眉心中纠结着化不开的忧愁，清雅的嗓子中带着丝丝不舍，令人揪心。

门口，两抹影子静静地倾听着他的心声。

龙少只是假装坚强，用强颜欢笑来遮掩他对晴天依然放不开的爱情。

家，依然静悄悄。

嘉歆轻手轻脚地走进花子的房间。

暖暖的阳光照射着白色的床褥。

“花子哥哥！”她轻轻扯开被子。

花子拽紧被子，怒吼：“给我滚出去！”

雪白的被子下，一张脸憔悴得半人半鬼。

那个曾经风华绝代的男人，现在顶着零乱的头发，深深的黑眼圈，一脸颓废，把自己深深埋进黑暗的世界中。

这时，门被叩响了，传来一个甜美的声音：“我进来了！”

嘉歆无奈地看向泠敏：“我不知道该怎么办了？”

泠敏对嘉歆笑笑：“把他交给我，绝对还你一个倾国倾城的哥哥！”她可是信心十足。

嘉歆点头，慢慢退出房间。

不出一个小时。

嘉歆目瞪口呆地看着从楼梯上走下的人影。

那个有着风华绝代美颜的男子，那个身边总是会飞舞着樱花花瓣的男子，那个眼眸中总是柔情似水的男子，他的花子哥哥又回来了！

嘉歆一个箭步冲上去拥住花子，眼泪打湿了花子纯白的衣裳。

“让你担心了，对不起！”花子露出久违的笑容。

站在身后的泠敏眼眸中流转着得意的光芒。

“花子哥哥，你回来了，你终于回来了，把我吓死了！”嘉歆激动得语无伦次。

花子把她从怀里拉出来，俯下身，笑着说："哥哥不会再让嘉歆担心了！"他温柔地拭去她眼角滚落的泪水。

"谢谢你，泠敏姐姐！"嘉歆感激地看着身后的泠敏，是她唤醒了颓废的花子，是她使花子重新振作！

几人坐在沙发上，谈笑风生间，谁都遗忘了花子颓然的模样。

嘉歆品尝着甜甜的糕点："花子哥哥，你满身是血，眼神空洞的样子把我吓坏了。"

花子笑着摸着她的头："哥哥下次不会让嘉歆担心的！"

咬了一口糕点，嘉歆重重地点了一下头。

花子看向泠敏，诚恳地说："谢谢你，泠敏小姐，是你把我骂醒的，还有那一拳！"花子神秘地眨眼。

泠敏羞涩地低下头，说："对不起，那时情急下就毫不犹豫地出拳了！"

"哥哥，你们之间有什么秘密？"嘉歆敏感地眯起眼睛。

花子点点嘉歆的鼻子："这是不能说的秘密！"

嘉歆郁闷地嘟着嘴。

"泠敏小姐，你也尝尝看，这是嘉歆最喜欢的糕点！"花子宠溺地看着低头狂吃的嘉歆，温柔地拭去她嘴角的残渣，"慢慢吃，不急不急！"

"哥哥，你知道我担心你，所以吃不下睡不着吗？你已经变回以前的你，我当然要把几天来的分量一起吃掉。"嘉歆又咬了一口糕点。

花子嘴边停留着一抹如花的笑容。

泠敏突然感叹地说："真羡慕你们，感情真好！嘉歆很幸福啊，幸福得让人羡慕，有安佑杰对你的疼爱，有风靡亚洲的组合的当家主唱Key对你的爱，有花子对你的宠爱，真羡慕你，身边有这么多人疼你！"

注意到泠敏眼里渗出的那一抹忧伤，花子问："泠敏小姐，难道你不幸福吗？"

泠敏垂下眼帘，幽幽地说："我的父母为了工作总是奔波在外，很少有时间关心我，我从小就比较孤僻，没有朋友，又或者说我不知道该如何与人相处，直到遇到安佑杰，是他改变了我的一生，是他把我带进音乐的世界，他让我找到了我的人生，为音乐而活，挖掘更多的音乐全才！遇到安佑杰，是我的幸运；遇上你们，是我的幸福！在你们身边总是有种暖暖的幸福流淌心间！”

“那泠敏姐姐以后多多来我们家吧，我们会以最大的热情欢迎你的到来！”嘉歆递给泠敏她最钟爱的糕点。

家，又恢复了以往的笑声和欢乐。

CHAPTER 08 第八章

通过欺骗得到的爱，能长长久久吗

跨年演唱会在泠敏的精心准备下拉开了序幕。

万人体育馆。

嘉歆若有所思地看着微弱灯光下的舞台。

当初，Key站在这个舞台宣布他要出国的消息，她只能坐在观众席上聆听他的音乐。她望了一眼在后台忙碌的身影，如今他就站在她的身边，她将与他携手踏上这个舞台。

两年前的舞台，仍然历历在目。

金色的舞台，金色的光束圈定着Key的影子，穿着黑色燕尾服的他神情自若地放声歌唱，天籁般的声音从音响中流淌而出，像一股柔和的秋风轻柔地拂过耳边，像一条潺潺的小溪淌过赤裸的脚丫。舞台下的人都陶醉在曼妙的歌声中不可自拔。

那就是Key的魅力，让人无法抗拒的魅力！

两年后回来的Key，魅力更胜当年，只是这个桀骜不驯的少年和两年前似乎有某些区别。嘉歆觉得脑袋有点混乱……

“嘉歆，怎么了？”夜景颢不知何时站在她的后面。

“你还记得这个舞台吗？”

夜景颢言辞闪烁：“去英国深造前在这里开过最后一场演唱会！”

“那时我哭得很惨，你都没注意到我吧！”嘉歆脸上的苦笑一闪而过。

夜景颢突然抱住她：“嘉歆，以后我再也不会让你哭泣的！”

嘉歆点点头，心里流淌着暖暖的幸福……

“演唱会后，在这个舞台，我有话和你说！”夜景颢下定决心将一切和盘托出，他不想再隐瞒她了。

嘉歆点头。

“大家好，好久不见了！”翁雅玲同幕后的工作人员问好，“Key，好久不见，想我了没？我可是很想你哦！”她娇嗔地说，热切的眼神紧紧锁定着那张俊俏的脸。

夜景颢冷淡地说：“昨天才刚一起练习！”

翁雅玲擅自挽着他的手，娇声说：“一日不见如隔三秋！”

夜景颢挣脱她的魔爪：“我有事要处理！”他上前轻轻吻了吻嘉歆的额头，“稍后再见！”

嘉歆羞涩地低下脑袋。

翁雅玲怒目直视着嘉歆，恨不得把她吃进肚子里，却只能悻悻地跟随化妆师去后台上妆。

花子轻轻揉着嘉歆的头发，说：“不用跟她一般见识！”

“花子哥哥，为什么没有见到风泽哥哥呢？”从花子重新振作以来，她没有再见过风泽的身影。

“说曹操曹操到！”花子的嘴角牵起如梦如幻的倾城笑容。

风泽勾起花子的下颚，暧昧地说：“宝贝，终于回来了，想死我了！”

花子笑着摆脱风泽的手，说：“风泽别闹了，是泠敏小姐让我想明白的！”

“泠敏？”风泽挑高眉毛。

花子指着在幕后忙碌的身影说：“就是她！”

风泽眯起冷冽的眼眸，打量着一身雪白的娇小影子。

嘉歆拉扯着花子的燕尾服：“哥哥，我去卫生间！”

万人体育馆后台。

还有五分钟就要开场了。

夜景颢问：“有看到嘉歆吗？”

花子笑着说：“嘉歆去了洗手间！”

翁雅玲的精神有一刻的恍惚。

“没有！”从洗手间回来的小紫回答。

悬在心头的石头落地了，翁雅玲接着道：“那到处去看看，她可能迷路了！”

泠敏抓狂地蹂躏她的头发：“嘉歆失踪，这都是什么状况？快找嘉歆！”

花子收紧笑容，掏出手机，拨打了一串号码。

时间一分一秒过去，马上就快到开场的时间了，泠敏绝望地合上眼睛。

龙少抬起眼眸看着花子：“不用打了，嘉歆的手机在我这里，刚才捡到的！”

夜景颢心里升起不好的预感。

突然，有人大叫：“嘉歆晕倒了！”

一群人一窝蜂般拥向声音的发源处，看到脸色苍白的嘉歆一动不动地躺在地上，夜景颢的心突然空荡荡的，好像被挖走了什么，他急忙抱起嘉歆往门外冲，其他人紧随而上。

后台陷入一阵忙碌。

泠敏抓着脑袋，朝人影消失的地方喊：“那演唱会怎么办？”

“我会解决！”风泽优雅地转身，向舞台走去。

大家把视线集中在这个冷若冰霜的男子身上。

风泽冷冰冰地抢过主持人的话筒，站在白色的耀眼光束下，对着黑压压的观众席说：“各位对不起，演唱会推迟，手上的票请保留好，今天的损失我们一定会补偿你们！”

突然，天外飞物砸中他的额角。

谩骂声四起。

“K-U凭什么那么傲，就因为很红吗？”

“K-U就能耍大牌吗？当我们是猴子吗？”

“时间要怎么补偿？”

……

这一变故引来不小的骚动。

泠敏担心地看着这个冷峻的男子，大庭广众之下，这个羞辱他能忍吗？

风泽隐忍着怒气，湿嗒嗒的饮料顺着刘海滴落，冷冽的眼眸让人不寒而栗……

刹那间，一个娇小的身影冲过去，帮他挡住了一个物品的袭击。

风泽诧异地看着那个穿着黑色礼服的小小身子。

“吧嗒”一声，杂志应声落地。

泠敏甩了一下凌乱的刘海，狠狠瞪了一下座位席，夺过风泽手中的话筒：“对不起！请大家原谅！”她对着观众席深深地鞠了一躬！

全场一点杂音也没有。

接着，观众席掀起一阵雷鸣般的掌声：“这还差不多！道歉是应该的嘛。”

风泽低头看着泠敏，这个小小的身子中到底有什么力量，让这群人驯服。

他对她瞬间改观！

观众在保安的指示下有秩序地退场了……

望着上万个座位一下子空荡荡的，泠敏的心也空荡荡的……

一丝丝柔和的阳光照进病房。

嘉歆模糊的视线中映出一张巧夺天工的脸蛋。

“你来了？”嘉歆弯起嘴角，挣扎着坐起来。

他温柔地拂过嘉歆零乱的发丝，嘴角噙着柔和的笑容。

突然，病房的门被满心欢喜来探病的人推开了

夜景颢怔怔地看着坐在病床边的男子，嘶哑地问：“你是谁？”

“景天！”男子的嘴角露出璀璨的笑容。

耀眼的笑容刺激着嘉歆眼底的视觉神经。

她的视线在两个人之间徘徊。

一模一样的五官，一模一样的身材。

床边的男子眉宇间有淡淡的光华，仿佛青玉般的透彻；而刚进来的夜景

颢，两道俊眉凝聚着桀骜不驯的气息。一个温文儒雅，一个心高气傲。

夜景颢抓狂地拽紧他的领子，质问：“你不可能是景天，你到底是谁？”

男子轻易地甩开他的手，嘴角依然保持着上扬的弧度：“我不是景天，难道你是吗？你是夜景颢，你也不是景天！”

夜景颢！

这三个字像闷雷般砸中了嘉歆的脑袋。

她目不转睛地看着身边的男子，从气质上来说，他散发着属于景天柔和的光晕，有着景天的温柔，景天的……伤疤！夜景天左手上淡淡的疤痕，是为了救她而留下的，不会错，他才是景天！可是，一直陪在她身边的另外那个人呢？他为什么要冒充Key，冒充景天？

看着嘉歆混乱的眼神，夜景颢拉过男子走出病房。

病房外。

夜景颢凶神恶煞地质问：“你到底是谁？你出现在嘉歆的病房，到底有什么目的？”

男子勾起唇角，拍拍他的肩膀：“弟弟，这是你对许久未见的哥哥的态度吗？”

夜景颢不屑地撇开他的手：“景天已经死了，别跟我打哑谜！”

“知道就好，但你也不是景天，等下看你怎么收拾残局，呵呵！”男子吹着口哨得意地离开了。

这天夜晚，夜景颢忐忑不安地重新推开病房的门。

“你为什么要冒充Key？你根本不是他！”嘉歆吸了吸鼻子，压抑心中波涛汹涌的情绪。

该来的始终要来，该面对的始终要面对！

夜景颢不敢看嘉歆，视线落在窗外的冰天雪地里：“我和景天是双胞胎，两年前，在英国，景天离开了人世，我用景天的艺名Key出道，但是不同的是景天玩声乐，我玩摇滚。性格截然不同的我们，都选择了音乐的这条道路，利用媒体，对外报道Key出车祸而导致性格大变，才有了现在的我。”他喉结颤抖，沙哑地说，“还记得在圣帝学院的舞台上，我和你说过的那个故事吗？你问过那个男孩是谁，其实就是我。从景天口中，我认识了你，彭嘉歆，一个乐观开朗的女生，虽然没见过面，但在不知不觉中我就喜欢上了你。是你，把舞台让给了景天，是你，让景天圆梦，为了景天，你失去了最宝贵的东西——声音，你放弃了梦想，却铸就了景天的辉煌！”

他顿了顿，转过头望向嘉歆清澈的眸子：“嘉歆，你知道吗？其实我早就喜欢上你了，但景天所剩的日子不多了，正因为这样，我才一直按捺着自己的感情，让你与我擦肩而过。”

泪水淌过嘉歆的脸庞……

“你有很多机会解释的，为什么不说？”

“我……”夜景颢欲言又止，“我找了很多的机会要说，可是似乎时机不对，总是在关键时刻出错！”

“为什么要欺骗我？通过欺骗得到的爱，能长长久久吗？”泪水模糊了嘉歆的视线。

“嘉歆，你听我解释……”夜景颢紧紧抱住她。

“为什么要欺骗我，为什么……”嘉歆重重地捶打着他。

每一拳都像一把重锤狠狠地砸着他的心。

“对不起，对不起……”夜景颢的心在淌血。

嘉歆使出吃奶的力气推开他，泪流满面地央求他：“请你离开，我不想看到你。”

“嘉歆！”夜景颢受伤地看着她，绝情的话让他的心撕裂成碎片。

嘉歆别过头，脸色异常苍白，手紧紧拽着白色的被褥，紧抿着唇。

夜景颢颤抖的手轻轻覆上她冰冷的手背。

她无情地抽离她的手。

手心空荡荡的……

“嘉歆，别这样好吗？”夜景颢哀求。

滚烫的泪水滴落在她冰凉的手背上。

到底要怎么做，才能挽回她呢？

嘉歆指着门口，一字一句的唇形，把他打入万劫不复的地狱：“请你出去！”

看着她眼中的绝情，夜景颢拖着沉重的步子缓缓地走出去，身心疲惫……

嘉歆抱着瑟瑟发抖的身子蜷缩在角落。

为什么他要欺骗她？为什么要欺骗？

冰凉的地板，透过脚底的血液把寒冷传递到全身，连心都冰冰凉凉的……

她仿佛一个脆弱的孩子般无助。泪水濡湿了眼眶，濡湿了白色的病号服，濡湿了白色的被褥。

她才消化刚才所听到的事实。

真正的Key死了，两年前就在英国去世了？如果他死了，那么刚刚那个人怎么又自称景天？可是那个人手上的确有着那道浅浅的疤痕，究竟哪里出错了？

脑袋里徘徊不去的问题有一箩筐。

心被一点一点扯痛了……

一个身影悄悄走近。

瑟瑟颤抖的娇小身子引起他全部的注意力。

花子一把抱起嘉歆放在床上，用外套紧紧裹着她的身体。

“嘉歆，怎么了？”他心痛地抹去她眼角滑落的泪滴。

嘉歆泪眼婆娑地抬头：“花子哥哥，你是不是也知道景颢不是景天？”

花子愣住：“嘉歆，你都知道了？”

嘉歆咬着嘴唇：“花子哥哥，连你也骗我！”心又被狠狠划过一刀。

花子怜惜地捧起她的脸庞：“嘉歆，为什么你会知道，景颢告诉你的？”

“他告诉我还好，是残忍的事实被剥开了，他不得已才说，如果是他告诉我，或许伤心会减半。当景天站在我面前的时候，他见掩盖不了事实，才说的。”

花子惊讶：“景天来过？”

嘉歆点头。

她见鬼了吗？景天已经去世两年了，他的骨灰还是他护送的。花子摸上嘉歆的额头，探探她的温度，没发烧，脑袋没坏！

嘉歆拉过花子的手，泪眼迷离地瞪着他：“花子哥哥，你不相信我说的话？你认为我是在骗你？”

花子轻轻摇头：“不是，那你看清了景天的样子吗，有没有什么不同？”

嘉歆在脑海中搜索见到景天的情景：“景天很温柔，眉宇间透着淡淡的光华，我认得他手上的疤痕，浅浅的疤痕。”

“什么疤痕？”

“景天为了救我而留下的疤痕，我还以为那道伤疤愈合了，没有了……”嘉歆的眼神有些迷离。

“嘉歆，把这件事交给哥哥，不要插手这件事！”花子笃定地说。

事情他会彻查清楚的，有人胆敢对嘉歆出手，肯定死无葬身之地。

嘉歆犹豫：“可是……”

花子像抚摸一只温顺的猫咪一样摸着她的头：“嘉歆，乖，听哥哥的话！”

嘉歆垂下眼帘，点头答应。

花子让嘉歆睡下，一边哼着轻缓的睡眠曲，一边把手当做梳子梳理着嘉歆的头发，绝美的容颜上染上了淡淡的忧愁。

为什么有人要冒充景天？他的目的又是什么？

晴朗的天气，雪花在春天的步伐中慢慢消逝。

寒冷的冬天已经被春天的气息所取代。

和煦的阳光照耀着窗户。

嘉歆牵起“夜景天”的手，轻轻摩挲着他手上的那一道浅浅的疤痕，脸上挂着淡淡的忧伤："景天，疤痕不会消失了吗？"

"夜景天"轻柔地摸着她的头："嘉歆，疤痕见证了我们的过往！"

嘉歆抬手轻轻勾勒他脸部坚毅的轮廓："景天，你瘦了，过得不好吗？"

"夜景天"笑着摇头，拉过她的手："可能在英国水土不服。"

"是吗？"嘉歆垂下眼帘。

"怎么了？""夜景天"发现了她细微的变化。

嘉歆抿紧唇，轻轻摇头。

"夜景天"撩起她额前的刘海，俯身吻上她的额头。

嘉歆的脑海里突然闪过一张一模一样的脸，这是不同感觉的吻。

夜景颢推开病房门，两人亲密的举动让他打翻了醋坛子。

他用力推开"夜景天"，分开两人暧昧的距离，挥起拳头毫无征兆地砸过去。

嘉歆匆忙下床，跑向"夜景天"。

破裂的嘴角，鲜血缓缓从伤口溢出。

夜景颢心痛地看着嘉歆对另一个男生展现温柔，大声咆哮："你到底是谁？接近嘉歆有什么目的？"

嘉歆愤怒地瞪着他："你发疯发够了没有？他是你哥哥！"

夜景颢像头受伤的野兽，失控地冲上前揪住"夜景天"的领子，指甲在他的脸上乱刮，一条条细细的血丝渗出："说，到底为什么整容成景天的模样？再精湛的整容也会有破绽，让我扒开你的真面目。"

"夜景天"的嘴角扬起得意的弧度："再怎么找你也不会有任何发现。"

这个不屑的笑容刺激了夜景颢的神经，迫使他做出疯狂的举动，一拳一拳重击"夜景天"的肚子。

嘉歆不想闹出人命，她用力咬住夜景颢抓着"夜景天"的手，留下深深的牙痕，然后，她扶住了"夜景天"。

夜景颢捂着手上那个深深的牙印，难以置信地望着心爱的女孩，露出受伤的眼神："你居然为了不是景天的人而咬我？"

嘉歆低头检视着“夜景天”的伤，忽略了夜景颢那一颗流淌着鲜血的心。

“你没事吧？”嘉歆轻柔地揉着他青紫的肌肤。

“夜景天”暧昧地摩挲着嘉歆飘逸的发丝：“有你在，不会痛！”他抬起眼眸，挑衅地看着夜景颢，宣告着最后的胜利属于他。

夜景颢隐忍着怒气：“嘉歆，他不是景天，景天已经死了！他死了，他已经离开了。这个人冒充景天，图谋不轨！”

嘉歆别开眼，指着门口：“你走！不送！”

夜景颢抓起嘉歆，让她面对着他，望进她清澈的眸子：“嘉歆，他不是景天，我亲眼看见景天的尸体化为灰烬的！”

嘉歆撇过头，眼中含着晶莹，倔犟地指着门口。

“嘉歆……”失去理智的夜景颢捕捉到她的唇瓣，用力吻上樱唇。

嘉歆在他的吻中挣扎，突然，她吐出了模糊不清的几个单音节，痛苦地用手抓着自己的脖子。

“夜景天”使出吃奶的力气推开夜景颢，把嘉歆护在怀里，焦急地问：“嘉歆，怎么了？”

嘉歆用眼角的余光看着夜景颢，指着门口，口齿不清地说话。

“嘉歆，你怎么了？”夜景颢蹲下身子，伸出去抚摸嘉歆的手被“夜景天”无情地打掉。

“你还不快去找医生！”“夜景天”朝他怒吼。

303病房外。

花子接到夜景颢的电话便火速赶来，他抓住病房外的一个人便问：“嘉歆情况怎么样了？为什么会突然痛苦倒地？”

不远处倚着墙壁默默祈祷的夜景颢走过去，抓过花子的手：“对不起，我不是有意把嘉歆弄成这样的，都是我太大意了……”他不断自责，若是嘉歆出了什么事，他无法原谅自己。

花子看着旁边坐在椅子上的人，如果不认真分辨，他还以为他就是夜景颢。

“他就是那个冒充景天的人？”花子压低声音问。

夜景颢机械地点头。

花子仔细打量椅子上的人，一模一样的脸孔，气质确实与景天有几分的相像，可是，他绝对不是景天。

后面匆忙赶来的人在看到这个男子时都显然大吃一惊。

龙少拉拉花子的衣衫：“他确实和他们长得一模一样！”

少东大喊一句：“上帝！”

穿着白大褂的安佑浩从病房走出来便被团团围住，蜂拥而上的人七嘴八舌，使得他耳朵嗡嗡作响。

“停！”安佑浩受不了地大喊一声，瞬间安静得一根针掉在地上都清晰可闻。

众人大眼瞪小眼地看着安佑浩。

“你们无非是问嘉歆的病情，嘉歆的声线曾经受过重创导致她失去声音，如今好像受到什么刺激，声线有了反应，但是伴随着一定的痛苦，如果她能克服，说不定她能找回她失去的声音。”

众人眼睛一亮。

花子激动地抓住安佑浩的手臂：“嘉歆真的能恢复声音？”他从没听过嘉歆的声音，好想听到她叫他的名字。

“如果按照我的方案进行练习，估计没什么问题！”安佑浩自信地说。

夜景颢悬着的心落下了，轻轻嘘了一口气：“那可以进去看她了吗？”

“嘉歆需要休息，你们这么多人会打扰到她休息，有什么情况我马上通知你们！”安佑浩把一干人等拒之门外。

夜景颢转过身，对大家说：“你们先回去吧，我和花子留下照顾嘉歆！”

龙少点点头：“有什么事要通知我们，我们也很担心嘉歆。”他做了打电话的手势。

“嗯！”

看着几个人影缓缓消失在走廊尽头，安佑浩说：“景颢，花子，你们跟我去办公室。”

夜景颢担忧地看着静静站在一边沉默不语的人：“那他怎么办？”

安佑浩牵动嘴角：“放心，他不会乱来的，别忘了这里是谁的地盘！”

夜景颢和花子这才安心地尾随安佑浩去办公室。

安佑浩的办公室。

“我认真地观察过那个冒充景天的男人，他没有做过整形手术，他真的跟你们长得一模一样，但绝不是偶然！”安佑浩说。

“你的意思是？”夜景颢挑起一边的眉毛。

“他有可能跟你和景天有着某种渊源，比如血缘关系！”安佑浩手中的笔在洁白的纸上飞舞。

“如果他和景颢有着血缘关系，为了财产回来相认，凭着他的长相，轻而易举便可取得财产继承权，然而他却借着景天的名义回来，而且当年景天去世的消息全方面封锁，他竟有本事查到，此人不可小觑！”花子细心地分析。

夜景颢愁眉苦脸，他现在只担心嘉歆的病情，其他一切姑且放一边。

“景颢，你脸色苍白，要不要回去休息？”安佑浩看着他问，“不要担心嘉歆，有我们看着，那个人不会乱来的！”

夜景颢摇摇头，轻微闭上眼睛：“没事！”

花子重重地叹了一口气，安佑浩无奈地摇头。

暖和的太阳从地平线上升起。

“夜景天”一直守在门口。

安佑浩给嘉歆做了例行检查，并重点检查了她的喉咙。

然后他探身到门口，对外面招手：“你们可以进去了！”

花子先一步拦住了“夜景天”迈出去的步伐：“我有话对你说！”他转过身对夜景颢点点头，他特地把时间留给两人解决他们之间的误会。

夜景颢感谢地拍拍花子的肩膀，推开了白色的病房门，轻唤出声：“嘉歆！”

嘉歆似乎没有听见，正出神地望着窗外的一轮红日。

“嘉歆！”夜景颢走到她面前。

嘉歆抬起头面无表情地瞅着他。

“嘉歆，我们谈谈！”

嘉歆抿紧唇，摇摇头。

“嘉歆！”夜景颢失控地抓过她的肩膀，看到她微微吃疼的表情，他急忙放开她，慌张地道歉，“对不起！”

嘉歆依然摇头。

看着她不在意的神情，夜景颢举双手投降：“嘉歆，我们不要为了他而冷战可以吗？你说他是景天他就是景天，请你不要对我不理不睬的，至少也应我一句！”

电视重播的《天天娱乐》引起了嘉歆的全部注意力。

外景采访记者站在星梦娱乐公司前，用公式化的口吻说：“红透半边天的K-U女主唱翁雅玲突然宣布退出K-U，退出娱乐圈，真是令人满腹疑惑，她竟然在最红的时候宣布退出，这里面是不是有着什么惊人的内幕，敬请关注后续报道！”

嘉歆的视线落在夜景颢身上：“这到底是怎么回事？”

嘉歆肯理他的第一句话竟然是质问他，夜景颢望着电视不可思议地说：“我不知道，没有人通知我到底怎么回事！”

“你是队长，你怎么会不知道？”嘉歆咄咄逼人。

夜景颢也想弄清楚到底是怎么一回事，马上拨通了龙少的电话：“龙少，雅玲是怎么回事？”

“不知道，现在星梦乱作一团，老头子大发雷霆，不知所踪，丢下这个烂摊子给我们处理，泠敏小姐已经去处理了，等着看10点直播的记者会！”龙少匆匆挂线，看来事情大条了。

夜景颢对嘉歆摇头：“龙少也不清楚，等着10点直播的记者会，雅玲会亲自解释！”

时间在两人的沉默中走到了10点整。

各大电视媒体已静候多时。

翁雅玲在经纪人泠敏和少东的陪同下出席。

台下的记者有备而来，都想抢头条和独家。

泠敏安抚台下激动的记者：“感谢各位在百忙之中抽空参加此次记者招待会，现在对于大家的疑虑，雅玲会一一解答，少安毋躁！”

翁雅玲慢慢抬起头，眼含泪花：“谢谢大家对我的关心，退出K-U是我自己的决定，K-U是个很有前途的组合，也许大家会问，我为什么要退出，不是浪费了这么好的机会吗？对，我是钟爱歌唱，钟爱娱乐圈，但是因为一些私人问题，我必须放弃一些东西，离开我喜欢的事业！”

突然，有人问：“你的离开是与你父亲的公司宣布破产有关吗？”

翁雅玲的脸色一下子变得有些阴郁，她努力保持镇定：“如果我父亲遇到什么资金困难，我不是更应该留在K-U，努力赚钱吗？”

这一句反驳，让问的人哑口无言。

有记者插嘴道：“那么，你的离开是因为K U的鼓手彭嘉歆横刀夺爱抢走了你的男朋友吗？”

翁雅玲笑笑：“Key不是我的男朋友，何来抢走之说！”她只能把对夜景颢的爱深埋。

“那么雅玲小姐宣布退出娱乐圈，是找到了好归宿？”

翁雅玲笑了：“如果我结婚，肯定邀请在座的各位朋友！”

无休无止的一问一答。

泠敏适时打断了这一场记者会：“各位，记者会到此结束，六楼的招待室备好了茶点，希望你们喜欢！”

嘉歆无意中看到翁雅玲落寞的眼神，心一阵刺痛，虽然雅玲在记者会说得很清楚，她的离开是因为私人原因，与任何人无关，可是强烈的第六感告诉她，与她脱不了关系。

“嘉歆，你要去哪儿？”看到嘉歆出门，夜景颢关切地问。

嘉歆没有搭理他，拉开门出去，却与迎面而来的人撞个正着。

花子眼疾手快扶住差点摔倒的嘉歆，关心地问：“嘉歆，你要去哪里？”

“花子哥哥，雅玲为什么要退出K-U？”

花子拉过嘉歆坐在病床边，轻柔地拨过她额前飘飞的刘海：“嘉歆，雅玲离开当然有她的原因，K-U也不想失去任何一个打拼的伙伴，K-U是一个整体，没有人逼迫她离开，她想离开，任何一个借口都会成为她离开的理由，她不想走，什么都不足以成为理由！”

是吗？是她想太多了吗？嘉歆垂下细密的睫毛，沉默不语。

翁雅玲只是单纯地想离开吗？

嘉歆终于要出院了！只是她很烦，很多事情困扰着她！

相较之下，花子心花怒放，倾国倾城的笑容妩媚动人。

有人喜自然有人忧！

夜景颢黑着一张脸，从进病房开始，嘉歆就没有正眼看过他。

“嘉歆，出院后，哥哥给你举办一场声势浩大的宴会，庆祝我可爱的妹妹出院！”花子宠溺地摸着嘉歆的头，“爸爸妈妈听到这个消息会兴奋得从大洋彼岸飞回来。”

“哥哥，暂时不要告诉爸爸妈妈，我想给他们一个惊喜！”嘉歆笑着对花子说。

“安佑浩哥哥，谢谢你一直以来对我的特别关照！”嘉歆九十度鞠躬。

“我还真是受宠若惊，大小姐向我鞠躬，真怕心脏承受不了！”安佑浩开玩笑说。

看着笑容重新在嘉歆的脸上绽放，夜景颢心中的大石也降下一点高度，如果嘉歆能原谅他，石头马上落地。

走廊上，与那个特别的女孩不期而遇。

佐边笑着和安佑浩打招呼：“帅医生，你好！”看到嘉歆，她的嘴角扬起更高的弧度，“姐姐，恭喜你出院！”再看到夜景颢时，脸上的笑容更加灿烂，“帅哥哥！”佐边飞奔到他的身边，挽着他的手臂，“你来接姐姐出院的吗？”

佐边是他们不经意认识的一个病人。

夜景颢微微点头。

看着佐边与夜景颢的亲密，嘉歆不小心打翻了醋坛子，把脸别过一边：“花子哥哥，我们快回去，我肚子饿了。”

安佑浩的嘴角滑过一抹窃笑，口是心非的女人！

佐边伤心地垂下眼帘：“哥哥，你要走了吗？”

夜景颢不忍拒绝这个女孩，对花子说：“你们先走吧！”

嘉歆没有回头看一眼，生着闷气走了。

看着嘉歆对他的绝情，夜景颢的心像被刀子划开般疼。

坐在车上，嘉歆的脑海里不断重播着佐边亲昵地挽着夜景颢的画面。

“嘉歆，你在吃景颢的醋，对吗？”花子嘴角的笑容柔和温暖。

嘉歆嘟着嘴说：“我没有，我为什么要为他吃醋？”

“嘉歆，心是不会骗人的，你还在气他隐瞒你真相吗？”花子宠溺地顺着她的头发。

嘉歆挽过花子的手，轻轻靠在他的肩膀上：“哥哥，我和Key在两年前，不，应该说是三年前的新人歌唱比赛中认识的，他身上散发的那种柔柔的光晕，让人感到舒服，他的一切都是柔和的，仿佛是个水之精灵，有着水的晶莹剔透。我喜欢上他这种气质，但是那一场海上遭遇，改变了我和他的命运，我为了救他而喝下大量的海水导致喉咙发炎失去声音，他为了救我而划破了他的手腕，留下那一道疤痕。失去声音的我，已经没有资格站在舞台上，残缺的我配不上完美的他。我只能站在观众席上默默支持他，看到他在音乐上表现出来的天赋和造诣，我就知道我和他之间隔着一个遥远的舞台，他始终在舞台中，而我始终站在舞台外，我们的世界不同。自卑在我的心里无限扩大，景天是我一生无法接近的梦！”顿了顿，嘉歆忍着眼泪继续说，“而景颢的出现，把我带进音乐世界，让我拥有了一个梦，知道我和景天并不是两个世界的人，有景颢在身边一路扶持，才有了现在对音乐执著的嘉歆，是他拯救了我，改变了我，我对他充满了感激，我想过原谅他，可是，我还是很气他隐瞒事情的真相，利用另一个身份接近我！”

“嘉歆，要不要喘口气再说，嗓子刚好，不要太累了！”花子为她担忧。

嘉歆摇头：“后来我一遍遍回想，其实，从一开始，景颢就暗示了我，他不是景天，只是我从没有放在心上。哥哥，景天真的死了，对吗？景颢告诉我的已经是全部的真相了，对吗？那个来医院探病的人才是假冒景天的人，对吗？那么他到底是谁？”

花子妖娆一笑：“嘉歆，其实你比任何一个人都明白，那个人不是景天，你能感受景天身上的味道，你应该已发现他不是景天了吧？他应该是景颢和景天失散的胞弟，至于他的目的，没有人知道是什么。”他对嘉歆坦白一切。

嘉歆震惊：“那么说，其实景颢是三胞胎而不是双胞胎？”

“如果不是同卵，我想世界上找不到如此相像的三个人！”

“他是来报复景颢的吗？那么景颢会有危险吗？”嘉歆眼底深处的担忧泄露她对他的在乎。

“不管是什么目的，我们一定会粉碎他的计划，不用担心！睡吧，到了我叫你！”花子用手摸摸她的脑袋。

花子的话像有魔力般让她产生了困意，她靠着花子睡下了。

不管那人是什么目的，他一定会尽力保护她，不让她受一丁点的伤害。

CHAPTER 09 第九章

你回来的目的，是要夺回属于你的东西吗

YOU ARE IRREPLACEABLE

嘈杂的铃声扰人清梦。

嘉歆迷迷糊糊接起电话："喂？"

听筒那边的晴天霹雳劈走了她的所有瞌睡虫："什么，等我！"

她起床冲出去用力踹着花子的门："花子哥哥，出大事了！"

嘉歆他们驱车抵达安佑杰的府邸。

嘉歆扑到风冷迷的身上："迷姐姐，你怎么回来了？"

风冷迷惊讶地转过头看着她："你的声音？"

"是安佑浩哥哥治好的！"嘉歆四处寻望，"杰哥哥怎么没有和你一起回来？"

下一秒，风冷迷的泪水扑簌簌地落下来。

嘉歆着急地问："杰哥哥怎么了？"

"他……"风冷迷的话哽在喉咙中，发不出一丁点声音。

安夫人从房子走出来，声泪俱下："全都是这个妖女，我的儿子……我和杰从此阴阳相隔！"她放声大哭，一点也没有顾忌到她的身份。

什么？安佑杰哥哥他……

这怎么可能……

嘉歆无法接受这个事实，她多么希望有人告诉她今天是愚人节，这只是一个玩笑。她难以置信地一步一步往后退。

花子扶住不断颤抖的嘉歆："冷迷，这到底是怎么回事？"

安佑浩抱住号啕大哭的母亲："这个女人一大早拿着杰的骨灰跪在门口，还有杰的日记！"

高贵的妇人失心疯般冲着风冷迷喊："要想踏进这个门除非我死了，有我在一天，你永远不可能踏进安家一步！你把儿子还给我，你这个魔鬼的女儿，蛇蝎心肠，诱拐我的儿子，现在又把他害死了，你像你父亲一样是来讨债的！”安夫人挣脱安佑浩，上前狠狠地给了她一巴掌。

风冷迷不躲也不闪，硬生生挨了这一掌，口中低语：“对不起，都是我的错，对不起……”

嘉歆冲上去抱住风冷迷，泪眼婆娑地看着安夫人：“伯母，姐姐也不想的，谁也不想发生这种事的，请你原谅姐姐，要怪就怪我，是我出主意要他们私奔的，我才是害死杰哥哥的凶手……对不起，对不起……”

风冷迷抬起眼眸，泪水顺着脸颊一滴一滴滚落：“嘉歆，你没有错，错的是我……”

“你也是帮凶，一万句的对不起也换不回我的儿子，你们把我的儿子还给我！”安夫人痛哭流涕，跪倒在地上。

“母亲，别这样！”安佑浩在旁边扶住全身颤抖的妇人，安慰道。

夜景颢走近嘉歆，轻轻地揉揉她的头，说：“伯母，你失去的是你的儿子，但她失去了一个至爱的人，失去爱她的丈夫，为什么你不能放开恩怨，完成你儿子的遗愿呢？”

花子倾国倾城的容颜上凝聚着深深的忧伤，他补充道：“伯母，人死不能复生，请节哀！相信你的儿子，相信你儿子的眼光，既然他选择眼前这个女孩共度一生，你也应该接受这个女孩！”

“谢谢你们，我应该为这一切赎罪！”风冷迷静静地说道，眼里的泪水已止住，而心里的泪水却像瀑布般汹涌倾泻而下。

嘉歆站起身，对安佑浩说：“安佑浩哥哥，我想看看杰哥哥，可以吗？”

安佑浩扶着这个悲痛欲绝的妇人起身，嘉歆也上前搀扶着老妇人走进屋里。

安佑浩痛心地指着一个陶瓷罐子。

嘉歆迈着沉重的步子走近那个罐子，曾经那么高大那么帅气的杰哥哥，现在居然躲在一个小小的罐子里，他不会寂寞吗？杰哥哥，在那里，有你爱的爵士鼓吗？杰哥哥……

嘉歆双腿跪下，抱着罐子放声痛哭，泣涕如雨，她最崇敬的杰哥哥就这样从这个世界消失了。

“嘉歆，别这样，安佑杰也不想看见你如此悲伤！”夜景颢抱住她。

安佑浩对花子示意：“等下把她带走，她这样会受不了的！母亲有一天会想明白的！”

花子点了点头。

花子为风冷迷倒了一杯开水。

风冷迷倔犟地要跪到安伯母点头原谅她为止，是他们强行把她带走的。

“风泽现在不在这里，你暂时住在这里吧，有什么需要尽管开口！”花子说，她是风泽的妹妹，他有义务代替他照顾她。

“姐姐，为什么杰哥哥会遭遇这种意外？”嘉歆的心情平静了许多，夜景颢仍不放心地贴身跟着她。

风冷迷轻轻喝了一口水，慢慢回忆那段伤心的往事：“我和安佑杰到了你们安排的地方，那里的人对我们十分照顾，日子过得十分惬意，什么都不缺，那段日子是我最珍贵的回忆。突然有一天，我们遇上了一个和Key很像的人，杰以为他是来看我们的，便兴奋地拉着他到屋里，可是他却用陌生的眼神看着我们，仿佛从不认识一般，还冷漠地问我们是谁。杰莫名其妙，一直低头道歉说认错人了，本来想打电话问一下，但记得哥哥交代，没有什么大事就不要和这里联系，便打消了这个念头！”

嘉歆打断她的话：“姐姐，你说的那个人真的和景颢长得一模一样，分毫不差？”

花子和夜景颢也竖起了耳朵倾听。

“嗯。”风冷迷转头看向夜景颢，“你是不是有个失散的弟弟？”

“为什么这么问？”夜景颢问她。

“在那里，那个人叫做憧憬，他和一个女人一起生活，那个女人应该是她的妈妈，他是这么称呼这个女人的！”

“我妈妈因为难产死了，所以那个女人应该是抚养他长大的人。”夜景颢解释。

“我和杰深信你和他有着血缘关系，所以和他慢慢地熟识，他很好奇你的事，杰便把他所了解的事都告诉了他，他对你向往又崇拜。某一天，他和那个女人突然消失了，离开了那里，此后我们再也不知道他的行踪。半个月前，一批杀手洗劫了那个小小的村庄，杰为了保护我和孩子在这场杀戮中牺牲了！”泪水又涌上了风冷迷的眼睛。

“姐姐，那么说你有杰哥哥的孩子了？”嘉歆的脸上重现光彩。

风冷迷幸福地抚摸着肚子：“那是杰留给我的礼物，只是他没有机会看到这个孩子出世。”

“姐姐，我们会代替杰哥哥见证这个孩子的出生，我们会代替杰哥哥照顾这个孩子，让他无忧无虑地成长！”嘉歆握紧风冷迷的手。

“谢谢你们！”

“那么，姐姐，为了你和杰哥哥的爱情结晶，你可以好好照顾自己吗？其他的事交给我，我会帮你搞定的！”嘉歆下定决心，她一定要安伯母接受迷姐姐，给她一个名正言顺的身份，完成杰哥哥的遗愿。

“冷迷，我想问你，憧憬离开村子是什么时候的事？”花子问。

“大概一个月以前！”

夜景颢看向花子，挑起俊逸的眉毛：“你是不是也跟我想同样的问题？”

花子托着精致的下巴沉思：“憧憬应该就是假扮景天的那个人！他会回这里估计是从安佑杰那里了解的，他回来的目的应该是复仇，还有那个女人到底是谁！”

“只可惜村子毁了，再也查不出什么！”夜景颢皱紧眉头。

“凡走过必留下痕迹，我找人查查！”花子走向角落拨打电话。

风冷迷抬头望着夜景颢：“你们在说什么，为什么我一句都听不懂？”

“以后你会懂的，嘉歆，扶她回房间休息！”夜景颢对嘉歆说，“你现在的工作就是安胎，等下去安达医院做个全身检查！”

“可以吗？”风冷迷不安地问，安达医院可是安家的医院，会容许她进去吗？

嘉歆点点头：“可以的，安佑浩哥哥不是腐朽的人，他已经认同了你和杰哥哥！”

“是吗？太好了。”安家终于有一个人支持他们，风冷迷的脸上多了一道耀眼的笑容。

看到她们上楼，花子问夜景颢：“景颢，你的想法是不是和我一样？”

“那一场杀戮是为了毁灭证据！”夜景颢肯定地说，“同时也为了灭口，只是风冷迷幸运地逃过了这一劫！”

“憧憬是个心狠手辣的人，为了达到目的可以不择手段！”花子下了定论。

“绝对不能对他心软！”夜景颢皱着眉头说，“尽管我们有血缘关系！”

“如果要你在他和嘉歆之间做选择，你会怎么办？”花子问了一个根本不需要回答的问题，他只是要个证实。

夜景颢的嘴角浮现自信：“明知故问！”她就是他的一切！

嘉歆决定化解这对婆媳之间的误会，便单枪匹马前往安宅。

“小姐，夫人身体不适，不方便见客，请你回去吧！”佣人第三次对嘉歆下了驱逐令。

嘉歆在门口大喊：“安伯母，安伯母，我有事和你说……”

“小姐，请你不要这样，这样会打扰夫人休息的！”佣人制止了嘉歆的大喊大叫。

“那你再去问下安伯母！”

“小姐，请不要为难我们了！”佣人面露难色地说。

嘉歆的同情心开始泛滥：“那我在门口等好了！”她安静地坐在门口。

佣人也不便说什么，离开去工作了。

时间一分一秒地从指缝中溜走。

夜幕渐渐笼罩大地。

安佑浩熄掉引擎，下车，惊讶地推推嘉歆，半开玩笑地说："你怎么来了，是不是专门做我家的雕像？"

"浩哥哥……"嘉歆揉揉酸涩的眼睛，"对不起，浩哥哥，我来找伯母的！"

看她一脸疲惫的样子，肯定吃了闭门羹，安佑浩晃晃手中的钥匙："要不要一杯热热的咖啡？"

嘉歆坐上安佑浩的车子："浩哥哥，迷姐姐的孩子还好吗？"

"一切正常，真没想到，杰为安家留下了血脉！"这样也好，杰的生命得到了延续。

"你会照顾好她们母子吗？"嘉歆望向安佑浩的侧脸，刚毅的线条勾勒的侧脸，和杰哥哥有几分的相似。

"傻孩子！"安佑浩腾出一只手摸着她的头，"那可是杰留下的礼物！"

"浩哥哥，你真好！上一代的恩怨不能让杰哥哥和迷姐姐承担，更不能让下一代背负这种宿命！孩子是无辜的！"嘉歆吁了一口气。

"或许这个孩子的出世是个转机！"安佑浩颇有深意地说。

"你的意思是，这个孩子可以化解你们两家的恩怨吗？"嘉歆疑惑地看向开车的安佑浩。

安佑浩笑笑："这不是你来的目的吗？"

嘉歆不好意思地吐吐舌头："你都知道了！"

"你太过单纯，心思很容易猜！"安佑浩弯起唇角的笑容。

把车子停在车库后，安佑浩带着嘉歆步入客厅。

高贵的妇人从楼梯上优雅地走下来，脸上的皱纹彰显了她的疲倦和伤心："浩，你回来了？"再看到安佑浩身边的女孩时，惊讶在妇人的脸上扩大，"浩，你怎么把她带进来了？"

嘉歆毕恭毕敬地行礼："安伯母，打扰了，我有话和你说！"她开门见山地进入主题。

“如果是为了那个妖女而来，那么恕不远送！”安夫人语气坚决。

“难道你不能原谅迷姐姐吗？为什么要把她和风神混为一谈，是风神对不起你，而不是风冷迷！”嘉歆倔犟地对视安夫人责怪的眼神。

“这就是你对长辈的态度吗？”

嘉歆低头道歉：“对不起，安伯母，能听我几句话吗？说完我就会自动消失在你面前！”

“妈，就听听嘉歆的话也无妨！”安佑浩帮腔。

安夫人走向大厅的沙发，嘉歆上前扶她，她没有拒绝：“有什么长话短说吧！”

“伯母，我明白丧子之痛在你心中是一个无法愈合的伤痕，杰哥哥是你心中的一个痛。但请你理解，爱情无罪，相爱的杰哥哥和迷姐姐没有错，他们只是单纯地相爱，无心伤害任何一个人。杰哥哥怕你不理解而选择了离开，帮助杰哥哥离开的我与杰哥哥的死也脱不了干系，但是……我直接地说吧，迷姐姐怀了杰哥哥的孩子，我请你接受迷姐姐和这个孩子！”嘉歆紧紧握着安夫人的手说。

“什么？”这个消息让安夫人难以置信。

“是真的，我今天刚帮风冷迷检查！”安佑浩插嘴道。

突然，安夫人脸色大变：“我不会让安家的血脉流落在外，但要我接受害死我儿子的女人，直到我死也不可能！一嫂，送客！”

嘉歆起身弯腰：“伯母打扰了，改天我再来看你！”

门口，安佑浩捏捏她沮丧的脸：“打起精神来，我认识的嘉歆是不会这样轻易服输的！放心，我也会说服母亲的！”

“浩哥哥，你和杰哥哥一样好！”嘉歆露出了笑脸。

“真不要景颢来接你吗？”

嘉歆摇头，她还不知道该如何面对夜景颢。

“路上小心，有什么事再给我打电话！”

“嗯！”

嘉歆漫无目的地走在回家的路上。

她好久都没有见过城市的灯红酒绿了。看着一对对的情侣从眼前走过，心中泛起酸涩。

夜景颢！天，她怎么想起他？

“小子，再多管闲事，就去见阎王！”

恶狠狠的警告引起了嘉歆的注意。

那个人……景颢？不对，是憧憬！

嘉歆冲到那些凶神恶煞的人面前：“你们想干什么？如果人死了，你们也脱不了干系！”

“小丫头，你要多管闲事？还是看上这个小白脸了？”说完，几个流氓哈哈大笑。

“你们再这样，我就报警了。”嘉歆不畏惧地说，面对这样的人，越懦弱就越会让人骑在头上。

带头的人看着她一点都不害怕的眼神，心中产生一点佩服之情：“丫头，不要多管闲事，我们会连女人一起揍的！”

“你们只需走人，不用多说废话！”她曾经面对比这更可怕的男人。

男子阴邪地笑了：“自找麻烦的丫头！”

“你说什么？”

“是不是害怕了？没有能力就不要多管闲事！”男子的笑容越发阴森。

“你是不是风神的人？”嘉歆问他，她也只是蒙一蒙，蒙对了也许能脱身。

“啊？”男子的表情显露出一丁点的慌张与害怕。

“既然你不说，我打电话去问风神更直接！”嘉歆拿出了手机，一边观察男子的神色，一边按着手机上的数字键。

“小子，算你运气好！”那个男子带着几人离开了，他不是害怕这个女孩，而是害怕女孩背后的风神，以冷酷和雷霆手段著称的风神集团是他惹不起也无法对抗的。

嘉歆冷冷地看着他："你可以自己站起来吗？"

憧憬从地上挣扎着站起来，但身上的伤使他痛得东倒西歪。

嘉歆不忍心，上前扶了他一把。

"谢谢！"憧憬露出柔和的笑容。

嘉歆有瞬间的恍惚，她怔怔地盯着那个笑容出神，和景天一样柔和的笑容呢。

嘉歆甩开脑袋里的想法："如果你没事，我先走了。"她没记错的话，花子哥哥说他是个危险人物！

"对不起，让你看到这么狼狈的模样！"憧憬有点歉意地低下头。

嘉歆冷漠地应了一声，抬脚离开。

憧憬抓住她的手："陪我一下下，可以吗？嘉歆！"

"你不是景天，请不要用景天的语气和我说话！"嘉歆甩开他的手。

"既然你都知道了，你为什么还要救我？

"如果只是一个陌生人，我依然会帮忙！"嘉歆连看也没看他一眼。

"你处理问题的方法让人刮目相看，我终于明白为什么景颢和景天都那么喜欢你！因为连我……"憧憬捏着她的下巴，迫使她与他四目相对，"都深深被你吸引了！"

嘉歆拍掉他的手："请你放尊重一点，不要动手动脚！"

"可以耽误你一点时间，听听我的故事吗？"不知道为什么，他想对她说他的过去。

"半个小时，我只有半个小时的时间给你！"嘉歆想知道，他在计划什么阴谋！

零度咖啡厅。

嘉歆点了一杯摩卡咖啡，轻轻搅拌着香浓的咖啡，香味弥漫。

"你喜欢摩卡咖啡？"憧憬不经意地问。

“我喜欢巧克力的味道，在香浓的拿铁咖啡上加入巧克力，就产生了不同的味道，令人陶醉！”嘉歆把小小的勺子放在旁边，端起杯子，“摩卡热咖啡的酸、香、醇，融入温热鲜奶与巧克力糖浆的甜美，很适合女性及害怕重咖啡因的人喝。很不幸，我就是属于害怕重咖啡因的人群。”

“你还真独特！”憧憬的唇角轻轻勾起弧度，“我就很讨厌咖啡的味道，或者说，我讨厌苦的味道！”

“吃得苦中苦，方为人上人！”嘉歆嘲笑一声，“还真是大少爷！”

“错了，我不是少爷，我的命运和夜景颢截然相反，或许我们是同时降临在这个世界上，但他是生活在玻璃花房中的温室花朵，而我只是花房外的野花，他得到精心的呵护，而我尝遍人生的酸甜苦辣，他拥有父亲母亲的爱，而我却缺失亲情！”淡淡的悲伤一点一点覆盖他的眸子。

“你错了，景颢没有得到父爱或者母爱，你们的母亲在你们出生的时候难产而死，而你们的父亲为了自己的事业鲜少照顾他们，他不知道什么叫做亲情，你比他幸运，你还有养母的爱，在光鲜华丽的外表下，他的内心是孤独的，景天是他唯一能感受到的亲情！”嘉歆放下杯子，纠正他的错误。

夜景颢和风泽一样，缺失亲情，所以同样冷若冰霜，让人无法轻易地走进他们的内心。

憧憬激动地说：“可是他拥有了让人羡慕的权力和地位，他得到了全方位的栽培，他成为企业的接班人，而我，在这个世界的某个角落，受尽欺辱，忍辱偷生，为了生计奔波，这种生活是他们这种大少爷无法体会的。我，跟他们一同出生的我，为什么要受这种苦，上天为什么要选择我受尽磨难，那个所谓的父亲为什么要遗弃我，为什么不遗弃景天或者景颢？”

嘉歆轻轻喝了一口摩卡咖啡：“所以，你回来的目的，是要夺回属于你的东西吗？”

“不，我只是想看看我所崇拜的大哥到底是怎么样的人。”憧憬平复激动的心情，静静地说。

“是从杰哥哥那里了解的吧，这里的一切都是杰哥哥告诉你的吧！”嘉歆抬头看着他。

“我遇上安佑杰，他把关于你们的一切都告诉我，我对你们充满了好奇，带着这种好奇，我离开村子来到这里！”

“那你为什么要冒充景天？”

憧憬把杯子重重地放在碟子上，少许的咖啡洒到桌子上，在白色的桌布上染出咖啡色的花朵。

“只有依靠景天才能接近你们，在你们的记忆中根本没有憧憬这个人，而只有景天的记忆，只有景天，才能接近你，景天和景颢都深爱的你！”憧憬加深了嘴角的笑意。

“可是，现在你要怎么办？你的身份被识破了，你还要夺回财产，夺回你认为你原本该拥有的一切吗？”嘉歆努力镇定下来，她不能自乱阵脚。

“你认为我这样出现在夜氏集团就会拿到继承权吗？他们会承认我的存在吗？”憧憬反问她。

“但你会想尽办法夺回属于你的一切，回到你的位置上！”嘉歆低头搅拌着咖啡，看着刚加入的巧克力慢慢融化。

“为什么？”憧憬挑起眉毛。

“你的心中有恨，仇恨使你丧失了理智，你恨上天对你的不公，你恨你父亲遗弃你，你恨景颢和景天为什么可以这么安逸的生活！”嘉歆一字一句说到他的心坎上。

“如果我放弃仇恨，你可以像对景天和景颢那样对我吗？”憧憬的眼睛变得清澈澄亮，充满期待。

这样的眼神很单纯，让嘉歆不知所措。

“仇恨是最不好的东西！”说完，她起身走向柜台付款。

是吗？憧憬的眼神暗淡无光，望着她离开的方向，心情沉重，到底什么才是他想要的，什么才是属于他的？

“嘉歆，你怎么回来那么迟？”看到嘉歆从计程车上下来，夜景颢原本黯淡的眼神中闪出一道亮光，急匆匆地跑过去。

看到他，嘉歆有一秒钟的失神，她淡淡地回应："路上有事耽搁了！"

"下次记得打个电话，不要让我们担心，花子在里面坐立不安，快进去吧！"夜景颢微笑着说。嘉歆，永远是他的定心丸！

瞥见门口角落散落的烟头，嘉歆回头，说："吸烟有害健康！"

夜景颢有点不好意思地挠挠头："你迟迟没回来，心烦所以就……我保证下次不会了！"

"哦！"嘉歆冷淡地说，"下次我会记得的！"

夜景颢的心情像太阳般灿烂，虽然嘉歆对他的态度有点冷淡，但至少她肯和他说话了。

走回屋子的路漫长而安静。

嘉歆说："我刚才遇见憧憬了。"

夜景颢紧张地抓着她的手臂："他有没有对你怎么样？"

"痛！"嘉歆的眉毛拧紧。

"对不起！"夜景颢放轻了力度，柔声问，"他有没有对你怎么样？"

"我遇上他的时候，他正被一群人殴打，你帮帮他，毕竟血浓于水！"嘉歆看向夜景颢的眼眸。

"你没事吧！"夜景颢仔细检查没有看到任何伤口，才放开了她，走在前面，"他还说了什么吗？"她，是个容易让人看穿心思的女孩。

"如果他要拿回属于他的权力和地位，你会同意吗？"嘉歆跟在后面。

"换句话说，你是问我，会不会承认他是我弟弟？"

嘉歆看不见他的表情，但她可以感受到来自他的痛苦。

夜景颢继续说："这一切都不是我能决定的，这要看父亲怎么看待这件事！"

嘉歆轻轻"哦"了一声。

"还有什么要问的吗？"

"他是个可悲的孩子，他和你们的命运截然不同，他的内心同样是孤独的，所以，可以请你对他好一点吗？毕竟他是你的弟弟！”嘉歆道出她心底的感受，如果有憧憬陪着景颢，或多或少可以弥补他失去景天的痛。

“既然是你开口的话，我会做到！”她对他没有产生特别的感情吗？夜景颢的心很不安。憧憬有着和景天相仿的气质，有着景天独有的温柔，有着和景天一样的眼睛，嘉歆不会对他动心吗？

嘉歆拉住他的衣衫：“不要勉强自己，我只是觉得……有他陪着你，你不会那么孤独！”

夜景颢停住脚步，背对着她，幽幽地说：“嘉歆，对不起，我知道利用景天的身份接近你，是我的错，但请你相信，我不是有意要骗你，我本来想找机会对你解释的，但似乎每次时机都不对，非常对不起！你可以原谅我吗？”

嘉歆从后面紧紧抱住他的腰，泪水一滴一滴濡湿他的衣裳：“景颢，应该是我说对不起，我不该把景天的死发泄在你身上，失去景天，你比我更痛苦，我不该责怪你的，谢谢你一直陪在我身边，能遇上你，是我最大的幸福！”

“嘉歆，你真的肯原谅我吗？”

她没有资格说原谅她，她才是那个要被原谅的人。如果不是和憧憬的这一次谈话，她从不知道夜景颢的内心是孤独寂寞的，景天是他生活的唯一支柱。

“景颢，对不起！真的对不起！对不起……”嘉歆不住地道歉，好像只有这样才能弥补内心对他的愧疚。

“嘉歆，谢谢你！”谢谢你再次回到我身边。

圣帝学院。

K-U重新回到了久违的学校。

二年级（2）班又回到了花痴癫狂的热闹状态。

K-U回到学校的消息一传十，十传百……整个学园都陷入花痴疯狂的状态。

闻讯赶来的花痴把门口围得水泄不通，相机的闪光灯不停地闪耀，刺眼却熟悉。

嘉歆笑着对夜景颢说：“真怀念在学校的日子，回到学校真好！”

夜景颢弯起好看的笑容轻轻摸着她的头发：“能听到你的声音更美妙。”

“看，景颢的靓照，景颢的特写，笑容特写！”门口的一个花痴女说。

“今晚传上微博，大家共享！”

龙少不断对门口的花痴放电，把她们电得晕头转向，找不到东南西北。

“天，龙少对我放电了，真幸福！”一个女孩兴奋地大叫。

斯斯拼命挡住要拍少东的女孩，不满地大喊：“少东是我的，你们不许拍！”

少东的粉丝对她的举动嗤之以鼻，而当事人趴在桌子上睡得香甜。

“嘉歆姐姐，嘉歆姐姐……”可希突破重重障碍冲进教室，气喘吁吁地举起报纸。

“可希不可以这么莽撞！”斯斯对可希说教。

可希直接无视斯斯，她有更重要的事问嘉歆：“嘉歆姐姐，报纸上写的是不是真的？安佑杰哥哥他……”

《安二少与人私奔，惨死异乡！》

旁边还有安佑杰和风冷迷的照片。

“可希，报纸你是从哪里拿到的？”龙少问他。

“在家里的桌子上！”可希老实地回答。

龙少看向夜景颢：“还有办法截住报纸的发行吗？不然又会掀起一场轩然大波！”

夜景颢拨通了电话，但得到的回答却是“太迟了，报纸已经销往各地”。

嘉歆担忧地说：“不知道迷姐姐现在怎么样了，不行，我得打电话回去让人看住迷姐姐，不能让她出门，不能让她看电视，不能看杂志，完全封闭她。”

“风神那边也会得到消息，看来，这不是一场能平息的战争。”龙少拧紧眉头。

“龙哥哥，那么说，安佑杰哥哥真的已经……”可希泣不成声，她努力做成的一件好事现在却演变成了丧事。

龙少轻轻抱住她，安慰道："可希，不要哭，可希，乖，不能哭……"

斯斯抓住嘉歆问："到底怎么回事？安佑杰学长怎么了？"

可希的泪水引发了嘉歆潜藏在内心的悲伤："杰哥哥，他……离开了！"

"什么意思？离开是什么意思？学长不是失踪了吗？"斯斯异常激动。

"他……离开了我们，去了很远很远的地方，去了我们不能碰触的世界！"

崩溃！这是斯斯现在唯一的心情，心中最崇高的偶像就这样塌毁了。

夜景颢推推少东："快管好你的女人！"

少东摸不着状况，问："斯斯，谁欺负你了？"

斯斯扑进少东的怀中，尽情宣泄心中的悲伤。

门口的花痴莫名其妙地看着他们，开始交头接耳。

很快，安佑杰离开人世的消息传得沸沸扬扬。

哭声、哀号声响成一片。

圣帝学院到处充斥着悲恸的哀鸣。

"记者真是无孔不入，太可怕了！"夜景颢拍拍身上的尘土，走进屋子。

"风神集团和安家都被记者盯上了吗？"花子不动声色地问。

夜景颢皱紧眉头："你这不是废话？这次事件轰动了整个新闻界，每家新闻单位都想抢到头条！"

"是因为安佑杰死了吗？"憧憬从夜景颢的背后钻出来。

"你……"花子有瞬间的惊讶。

"他，我把他接回家了！"景夜颢平淡地说着没有丝毫温度的话。

"你们在说的是有关安佑杰的事吗？今天看到杂志吓了一跳，那么好的人怎么突然就走了呢？"憧憬一脸惋惜的表情。

花子和夜景颢交换了一个眼神，露出不屑的笑容。

夜景颢问："嘉歆呢？"

“在楼上陪着冷迷！”花子优雅地跷着二郎腿，翻看着今天的报纸。

“花子，花子……”风泽风尘仆仆地进屋，“冷迷呢？”看到杂志封面，他火速地赶回来。

他看到憧憬，有一秒钟失神，然后掠过他，直奔花子的身边：“冷迷怎么样了？”原本冷若冰霜的脸上流露出无比的紧张。

花子抬头，望着风泽，摇头：“没事，嘉歆在楼上陪她。你父亲有什么指示吗？”这件事闹得满城风雨，他的父亲不会不知道。

“没有行动，或许他早已忘了她的存在。”风泽的话语中有着一丝忧伤。

“但你的父亲从不放过背叛风神集团的人。”花子提醒他，风神绝不会轻易放过背叛者，这一点每个人都深深明白。

憧憬坐在沙发上，听着他们的对话，嘴角偷偷滑过一抹笑容，果然他的做法是正确的，通过嘉歆入住夜家，离他的目标更进了一步。嘉歆是夜景颢的死穴！

“哥哥，你回来了？”风冷迷泪眼盈盈地扑进风泽的怀中。

“对不起，让你受苦了！”风泽怜惜地摸着她的头发，微凸的肚子让他有所察觉，他拉开两人的距离，轻轻为她拭去泪水，“冷迷，你有宝宝了？”

风冷迷低下头抚摸着微凸的肚子，抬起头对上风泽疑惑的眼神：“嗯，这是杰留给我的礼物！”

风泽嘴角的笑容有了一丝温度：“冷迷，哥哥会保护这个宝宝，会加倍地疼爱他！”

风冷迷的笑容突然冻住了：“可是，父亲会容许这个孩子出世吗？”

“父亲那边交给我，相信哥哥能办妥，我不会让任何一个人伤害你肚子里的宝宝！”风泽倾身向前，轻轻吻上她的额头。

“风冷迷，好久不见！”憧憬起身，笑着打招呼。

风冷迷很讶异：“憧憬，你怎么会在这里？”

憧憬耸耸肩：“这就是缘分吧！”

从厨房出来的夜景颢解释：“憧憬是我失散的弟弟，现在他回家了！”

嘉歆惊讶地看着他："景颢，你真的确定要这么做？"

憧憬看向楼梯口的嘉歆："嘉歆，我们又见面了。"

嘉歆冷冷地说："既然回家，就做好自己的本分。"

这时，门口进来一个陌生的女子，她对所有人鞠躬，然后面向风泽说："少爷，风神大人请你和冷迷姐姐回去一趟！"

果然，风神还是行动了。

"音，你还好吗？"风冷迷上前轻轻碰触她的脸颊。

风冷音后退一步，避开风冷迷："姐姐，请随妹妹回去复命！"

风冷音的冷淡让风冷迷的心一点一点往下沉。

嘉歆上前扶住风冷迷："迷姐姐，我陪你回去吧！"她不放心风冷迷只身前往那个堪比地狱的地方。

风泽冷冷地说："那个地方不是你能去的！"

风冷音插道："如果嘉歆小姐愿意，风神大人很乐意见到你！"

什么？除了憧憬，全部的人都很震惊，风神竟然想见一个小女孩，真是闻所未闻。

嘉歆轻轻点头。

夜景颢对她说；"我陪你去吧！"

风冷音拒绝："这位先生，风神大人只邀请嘉歆小姐一个人！"

花子对风泽说："那么嘉歆就拜托你了。"

嘉歆的嘴角露出笑容："不用担心，我保证没事！"

风神，她已经面对过一次，这一次又有何惧！

风神大厦。

金光闪闪的阳光照射着这栋威严的建筑。

门口，有人打开了车门。

嘉歆抬头望着耸入云霄的建筑物，微眯着眼睛打量着欧式风格的玻璃建筑。上次来，是多久前的事情了？原本以为不会再踏入的大楼，没想到……真是造化弄人！

入口处，四个全身黑色系装束的大男人整齐划一地弯腰行礼，异口同声地说："少爷好！"

踏进这栋大厦，嘉歆再一次感受到诡异的寒冷猛烈地撞击着她的脊梁骨，冷飕飕的恐怖。

果然是地狱！每一个人都冷冰冰的，没有表情，像一具具活死尸！

嘉歆紧紧握着风冷迷的手，尽管是第二次来，但她的心还是一直在颤抖，她害怕这个没有人情味的地狱。

"叮咚"，电梯门打开了。

依然是厚重的红木门，打开后依然是一片阴森森的恐怖。

风泽和风冷迷向幽深黑暗的尽头行礼。

"父亲大人！"

"风神大人！"

听着两个人对同一个人的称呼，嘉歆有点迷惘，同样身为父亲，为什么儿子和女儿的待遇会相差那么多？这就是等级森严的家族吗？

嘉歆笑着微微点头："风神伯伯好。"

风泽和风冷迷侧脸看她，为什么在面对地狱撒旦时她还可以如此轻松？

风神转过椅子，露出笑容："小姑娘，嗓子治好了？"

嘉歆重重点头："嗯！"

风神在看向风冷迷时，变成一种凶神恶煞的表情，让人敬畏害怕："迷，你知道犯了什么错吗？"

风冷迷单膝跪下："对不起，风神大人！我愿意接受一切惩罚！"

嘉歆挡在风冷迷的前面，仿佛母鸡护住小鸡："风神伯伯，请你放过迷姐姐，爱情没有错！"

风神笑笑："小姑娘，三番五次请不动你，只有这样，你才会出现吗？"

风泽抬头，看见父亲眼底停留的温柔，十分惊讶。为什么父亲对嘉歆如此温柔？这样的父亲是他从小到大都没见过的，到底他和嘉歆之间发生过什么？

嘉歆是直肠子，有什么话就说什么：“我不想来这里，是因为风神大厦像地狱，你就像掌控地狱的恶魔，或者说是撒旦的化身！”

风泽喝止她：“嘉歆，不许无礼！”

意识到她不礼貌的态度，嘉歆道歉：“对不起！”

风神摆摆手：“没关系，但说无妨！”

嘉歆继续说：“因为害怕，所以就不来了！”

“只有关乎你身边的人，你才会出现，你还真是大牌！”风神叹叹气。

风泽替她辩解：“父亲大人，嘉歆年纪小不懂事，请您原谅她的无知！”他答应花子要好好照顾嘉歆，所以他不能让父亲大人抓住她的小辫子责罚她。

嘉歆嘟着嘴，委屈地低头玩弄着手指头：“人家哪里年幼无知了，本小姐人见人爱，不知道多聪明伶俐呢！”

这一举动把风神逗笑了，他对风泽和风冷迷说；“你们先出去，我有话单独对她说！”

弯腰，行礼，风泽和风冷迷不安地退到了门外。

厚重的大木门隔绝了两个世界。

“小姑娘，有什么就说什么，不会有人打扰了。”风神的唇边浮现淡淡的笑容。

嘉歆点头，单刀直入：“风神伯伯，请你放过迷姐姐，她没有错，杰哥哥也没有错，爱情没有错，相爱的两个人也没有错。”

风神挑起俊逸的眉毛：“那么谁有错？”

“没有人有错，所以不该责罚任何一个人！”

“既然没错，为什么迷要我惩罚她？”风神问。

“因为你很可怕，你不该用长辈的身份束缚迷姐姐的自由，甚至于风泽哥哥的自由。虽然是你让他们来到这个世界，但你不能掌控他们的命运。”嘉歆鼓足勇气迎视风神令人生惧的眼神。每次面对风神，她都要耗费全部的勇气。

“继续。”风神淡淡地说。

“你们和安家的恩怨应该到你这一辈结束了，不能让子孙后代承担你们的过错，古人有云，冤冤相报何时了？迷姐姐有了杰哥哥的孩子，杰哥哥已经离开了，所以，孩子是迷姐姐唯一的支柱，所以，请你别剥夺迷姐姐活下去的勇气。”嘉歆舔了舔干涩的嘴唇。

“如果我说‘不’呢？”风神特意重读了“不”字。

“那么我们之间有代沟，无法沟通！”嘉歆横下心别过脸。

风神笑笑：“小姑娘的耐心只有那么一点点吗？”

嘉歆撅起嘴：“是你没诚意听我说！”

风神做了一个“请”的动作。

“如果你没有失忆的话，我记得当初我用城西那块地换取了他们的平安哦，所以，身为风神集团的领导人不能食言而肥，不守信用。”嘉歆双手环胸盯着风神的手，她还是不敢看他的眼神，令人害怕的眼神。

“如果你没失忆的话，我记得那块地的交换中可是没有你自己的命哦！”风神模仿她的句式。

“是！”嘉歆咬咬牙，“那你要怎么样才会放过迷姐姐？”

谈判守则之三：即使没有筹码，在气势上也不能输，要另辟谈判筹码。

“和当初一样，成为我儿媳，你已经找回了声音，绝对适合坐‘风神集团第一夫人’的位子。”

“为什么一定要选我？”嘉歆正色道，“我喜欢的是夜景颢，不是风泽，你不能勉强我喜欢你的儿子，而且我不喜欢这个没有温情令人恐怖的圈子！”

“不管你喜欢的是谁，你一定要好好守在他身边，不要遗弃他就好。”风神的声音中多了一分人性。

嘉歆怔怔地发呆。

风泽和风冷迷收到指示，重新踏进这个充满阴森寒气的房间。

“迷，路是你选的，不要怪做父亲的太过严苛，既然你选择了离开风神集团，我就不会再让你回来。你自由了，你不再属于这里，你也不再是风神家的人，以后你的一切都与风神家族无关。同样，风神家族的一切也都与你无关。你以后就安宁地生活，好好抚养孩子！”风神转过椅子，背对着他们，没有一个人看到年过半百的风神眼角所隐含的晶莹。

“父亲！”风冷迷脱口而出，这是她第一次对风神喊出“父亲”两个字。

风泽只是看着嘉歆，她到底有什么魔力让父亲大人放过冷迷？

“天下没有不是的父亲，去寻找你的幸福吧！”

风冷迷垂下脑袋，泪水滴落在褐色的地毯上，渗进地毯中：“谢谢你，父亲大人！”

嘉歆回神：“风神伯伯，你真的不惩罚迷姐姐了吗？”

风神没有回答。

电梯里，风泽好奇地问：“你到底用什么办法说服父亲放过冷迷？”

嘉歆耸耸肩：“没有啊，只是说了些很平常的话！”那么多句话，她自己也不知道哪句说中风神的心坎，但她还记得他嘱咐的最后一句：不管喜欢的是谁，你一定要好好守在他身边，不要遗弃他。为什么他要她对夜景颢好？

风泽冷漠地说：“不可能，你和父亲大人之间有什么秘密？”

“什么秘密，我真的不知道！”她确实是真的不知道。

嘉歆站在风神大厦前面，回头望望这座晶莹透明的玻璃大楼，觉得用心去看的话，这里似乎也有一点点的人情味。

候在楼下的花子和夜景颢赶过来，异口同声地问：“风神有没有对你怎么样？”

嘉歆愉悦地转了一个圈圈：“没事，什么事也没有！风神伯伯答应放过迷姐姐，让她寻找幸福！”

夜景颢和花子用探寻的眼神看向风泽，风泽郁闷地说：“我也不知道怎么回事，是她和父亲谈的，我一点忙都帮不上。”

花子和夜景颢莫名其妙地看着嘉歆，嘉歆只是无谓地耸耸肩。

风冷迷诚挚地说：“谢谢你，嘉歆！遇上你，是我和杰最大的幸运！”

“如果能得到安伯母的谅解，就皆大欢喜了！”嘉歆抬头迎视这耀眼的光芒。

太阳的光线柔和而温暖，就像她的内心一样，柔软而温暖。

CHAPTER 10 第十章

不管你变成什么样子，我只爱你一个

YOU ARE IRREPLACEABLE

U ARE IRREPLACEABLE

“迷姐姐，风神伯伯不追究了，你有什么打算？”

“走一步算一步，先把孩子生下来再说吧！”风冷迷淡淡地说。

嘉歆笑着点头：“迷姐姐，今儿天气晴朗，出来走走对胎儿更有帮助！”她搀扶着怀孕三个多月的风冷迷，“安佑浩哥哥吩咐我，多带你出来呼吸新鲜空气，这样宝宝才会更健康！”

风冷迷住在嘉歆家已有一段时日，安佑杰的风波随着K-U的活跃而有所平息。

风冷迷露出将为人母的喜悦，轻轻抚摸着肚子：“我能感受到他的高兴，他也喜欢出来走走！”

“真的吗？”嘉歆的脸上展开纯真的笑容，“迷姐姐，让我听听看！”她侧耳覆在风冷迷的肚子上用心感受宝宝的快乐，“姐姐，他好像踢我了！好可爱的孩子，肯定和杰哥哥一样帅气，迷倒众多女生！”

风冷迷抬头看着有点令人炫目的阳光：“嘉歆，我们坐坐，休息一下！”

嘉歆扶着她坐在路边专供路人休息的椅子上，递给风冷迷一瓶水，里面可是有安佑浩独家提供的具有安胎效用的药材。

风冷迷优雅地喝着水，妩媚动人。

嘉歆看得入迷：“迷姐姐，是不是每个做母亲的女人都会更动人？”

风冷迷打趣地笑着：“嘉歆，你是不是想嫁给景颢了？”

嘉歆嘟着嘴：“姐姐说到哪里去了。”

风冷迷话锋一转，指着对面被记者追缠的贵妇人：“嘉歆，那是不是安夫人？”

“是安伯母，她遇上麻烦了，迷姐姐，你在这里，我去看看。”嘉歆看着马路上的红绿灯，奔过斑马线。

“安夫人，对于你儿子的死你有什么看法？会不会找风神集团报仇？”记者拿着麦克风对着有点恍惚的安夫人炮轰，摄像机对准安夫人一顿乱拍。

“安伯母，你没事吧！”嘉歆推开几个蜂拥的记者。

“K-U的鼓手彭嘉歆，听说你一直受安佑杰的照顾，而且还拜其门下学习爵士鼓，现在师傅被人害死了，你会找人报仇吗？”记者还真是八卦，专在别人的伤疤上撒盐。

“对不起，无可奉告！安伯母，走！”嘉歆一边扶着安夫人一边挡着记者的镜头，不然明天又是轰动的头条。

路边上，风冷迷坐在车后座上对嘉歆喊：“嘉歆，快上车。”

嘉歆扶着安夫人坐上车驰骋而去。

车上，安夫人看到风冷迷，情绪变得激动：“是你害死我的儿子，把我的儿子还给我！”说完，双手掐住她的脖子，像魔鬼附身一样要把风冷迷置于死地。

风冷迷挣扎着要扳开她的手，但被仇恨附身的人力大无比。

嘉歆也帮忙扳着安夫人的手，嘴上不断地喊着：“安伯母，你理智一点，不要这样，不要这样……”

看着风冷迷的脸色由红渐渐转绿，嘉歆出了下下之策，重重地敲击安夫人的头，使她陷入昏迷中。

看着风冷迷脖子上红色的抓痕，嘉歆怜惜地问：“迷姐姐，你有没有事？”

风冷迷剧烈地咳嗽，大口大口呼吸着新鲜空气：“没事，安夫人，她没事吧！”

“没事，只是让她暂时地安静了。”嘉歆拨过安夫人凌乱的发丝，这个痛失爱子的母亲，心中伤痕累累。

“小姐，记者还在后面穷追不舍！”司机转过头对嘉歆说。

“为了抢夺头条，这些家伙还真是卖命，摆脱他们！”嘉歆说，“可恶的记者。”

车全速前进。

记者的车丝毫不放弃，也加快了速度。

耀眼的闪光灯不断闪烁着令人厌恶的光线，接着是令人惊恐的“啊”的一声，车子撞上了安全护栏！

安达医院。

房间静悄悄的。

只有透明的液体“滴答”滴落的声音。

夜景颢默默地坐在床前，看着躺在白色床单上脸色苍白的女孩，紧紧握着她的手，仿佛怕她突然会消失。

龙少抓着夜景颢的肩膀，像是要把力量注入他的体内。

“天……迷姐姐……安伯母……”嘉歆喃喃自语，很轻微很轻微的声音。

“嘉歆！”夜景颢轻唤她。

嘉歆缓缓睁开眼睛，紧紧抓着他的手问：“安伯母和迷姐姐怎么样了？”

夜景颢垂下眼帘，变得无声无息。

“景颢，告诉我，她们怎么样了？”嘉歆不安地问。

龙少代替他回答：“安夫人没事，只是风冷迷和宝宝还在抢救中，恐怕只能保住大人……”

什么？晴天霹雳！怎么会发生这种事！迷姐姐一脸幸福地期待着宝宝的出世，如果没有宝宝，迷姐姐会疯掉的。

嘉歆哭着喊：“请医生一定要保住宝宝，宝宝不能有事！”

夜景颢压回情绪激动的嘉歆：“安佑浩一定会尽力的！”

“痛！”嘉歆吃痛地皱紧眉头，低头看着右手缠着一层层绷带，透过绷带还看见微微渗出的殷红血迹。

“嘉歆，挡风玻璃破碎……”

嘉歆打断了夜景颢的话，脑海慢慢回忆着那惊心的一幕：“挡风玻璃破碎了，我用身体挡着玻璃，玻璃刺进我的身体……”

夜景颢心疼不已，当他看到嘉歆右半身渗出的触目惊心的红色，心脏差点从口中跳出来，他以为会就此失去她。

嘉歆抬起眸子，尽量放下自己的悲伤：“那么安伯母，没有事了吧！”

龙少回答；“你和风冷迷用身体护住她，她一点事也没有，只是昏厥！”

嘉歆垂下眼帘：“那就好，我的伤是不是不会好了？”

夜景颢轻轻抱住她：“嘉歆，大量的碎玻璃残留在你的体内，虽然取了出来，但会留下伤痕。

“是不是很恐怖？”

“没有，一点都不恐怖，只要你安然无恙就好！”

嘉歆的泪水滴落在他的手臂上，冰凉冰凉：“你会不会讨厌我？”她颤抖地问。

“嘉歆，不要胡思乱想，不管你变成什么样子，我只爱你一个！”

“谢谢！”嘉歆的脸上还是找不到丝毫的快乐，“我想去看看迷姐姐！”

龙少不知道几时离开了房间，把空间留给他们。

夜景颢推着嘉歆来到急诊室的门口。

门口，聚集着一群焦急等待的人。

花子看到嘉歆，上前问：“嘉歆，怎么不多休息？”

嘉歆艰难地露出笑脸：“迷姐姐的情况怎么样了？”

花子轻轻拍拍她的脑袋：“还在抢救中！”

“花子哥哥，请告诉医生，无论如何请一定要保住宝宝，那是迷姐姐活下去的唯一希望！”嘉歆殷切地恳求。

“安佑浩会知道该怎么做的！”花子给她一个安心的笑容。

等待的时间是漫长的。

嘉歆双手合十，祈祷上天：请一定要保佑迷姐姐和宝宝平安无事。

杰哥哥，如果你听到我的心声，请一定要她们平安，拜托了。

“她怎么样了？”安夫人在护士的搀扶下来到急诊室门口，犹豫着开口询问风冷迷的状况。

风泽眼露凶光，对安夫人吼道：“假惺惺的老太婆，你来做什么？冷迷弄成这样，你是来嘲讽还是看笑话？如果冷迷有什么事，我一定要安家陪葬！”

安夫人愧疚地低下头：“对不起，我没想到会弄成这样。”

花子抓住情绪失控的风泽：“风泽，冷迷不会有事！”

“安伯母，你怎么来了，身体没有大碍了吗？”嘉歆着急地问。

看到她缠着绷带的右手臂，安伯母拧紧眉毛，轻轻触摸白色的绷带：“嘉歆，对不起，害你变成这样！”

嘉歆弯起唇角，摇摇头。

安夫人抬起湿润的眼眸望着嘉歆：“一定很痛吧！”

“不痛，一点都不痛！”嘉歆伸出手拭去安夫人滑落的眼泪。

夜景颢看着强忍痛楚的嘉歆，心中涌现一阵酸涩的感觉，为了让人安心，她总是伪装坚强。他笑着抚摸她的头，与她抬起的眸子深情对视。

急诊室的红灯终于熄灭了。

安佑浩刚迈出急诊室，蜂拥而上的人就急切地询问着手术的情况，安佑浩淡淡一笑：“母子平安！”

众人长长呼出一口气，宝宝总算从鬼门关捡回了性命。

“母亲，你怎么不多加休息？”安佑浩看着安夫人苍白的脸色问。

“她……没事了吧！几时可以去看她？”安夫人抓着安佑浩问。

“麻药过了就会苏醒，不用担心。”安佑浩转头看向嘉歆，“嘉歆，谢谢你！”谢谢她护住了她的母亲。

风泽冷哼一声：“假仁假义！”

花子瞪向风泽，风泽便不再开口了。

嘉歆笑笑："浩哥哥，迷姐姐和宝宝都平安了，对吗？"

安佑浩蹲下身子，看着嘉歆，说："都没事了。"他轻轻摸着她身上带有丝丝血迹的绷带，"痛吗？"

嘉歆摇头。

安佑浩捕捉到她眼底一闪而过的悲伤，这个伤果然在她的心里划开了口子，这个看似坚强而内心敏感纤细的女孩。

"嘉歆，放心，伤口会很快复原的！不用担心！"安佑浩轻轻拍着她的头。

"嗯！"

安佑浩起身，扶着安夫人回房了。

风冷迷的病房内，愁云惨淡。

麻药效力已过，她还没有苏醒的迹象。

嘉歆抓着夜景颢的手问："迷姐姐为什么还没醒？"她好怕好怕，怕迷姐姐像杰哥哥一样一睡不醒。

夜景颢轻轻抱着她，安抚她的情绪："乖，风冷迷不会有事的，有这么多人关心她，她不会扔下我们！"

风泽狠狠一拳砸在墙壁上："我非要那些记者陪葬不可。"说完，他转身出了病房。

花子对夜景颢说："她们拜托你了。"他追着风泽出去，风泽在不稳定的情绪下什么事都有可能做得出来，他必须制止他。

坐在椅子上的龙少不发一语，静静地坐着，仿佛一座雕像。

嘉歆来到床边，抓着风冷迷的手，在她的耳边说话："迷姐姐，请一定要醒过来，不要抛下我离开，迷姐姐，嘉歆需要你，嘉歆还想成为宝宝的干妈，迷姐姐，为了宝宝你一定要醒过来……为了所有爱你的人所有关心你的人，拜托你一定要醒过来……"

当夜幕完全笼罩大地的时候，风冷迷微微张开了眼睛，看向抓着她手的嘉歆，抚摸着肚子，感受到宝宝微弱的心跳，才定下心来。

夜景颢第一个发现风冷迷醒过来："你终于醒了。"

"大家都没事吧！"风冷迷虚弱地说。

"嗯！"

嘉歆揉着眼睛醒来，看到风冷迷的微笑："迷姐姐，你醒了，真的太好了！"眼泪悄悄地滚落。

注意到她缠着厚厚的绷带，风冷迷伸手摸着嘉歆的脸，轻轻地问："嘉歆，痛吗？"在失去意识的前一刻，玻璃破碎，是嘉歆用身体护住她和安夫人。

嘉歆伸手覆住风冷迷的手轻轻摩挲："不痛，一点都不痛！"

"嘉歆，你的手好冷！景颢快让嘉歆回病房休息。"她的手像冰一样，她到底守了她多少个小时了。

夜景颢倾身，用额头抵着嘉歆的额头，的确有点温度过低："嘉歆，冷迷交给龙少照顾，我们明天再过来看她。"

门被人叩响了。

门口站着一个曾经痛恨她入骨的人，她用颤抖的声音问："我可以进来吗？"

"嗯！"风冷迷轻声回答。

"安夫人，我先送嘉歆回房了，失陪！"夜景颢推着嘉歆出去。

嘉歆抓住安夫人的手，对她摇摇头。

安夫人轻轻拍着她的手，明白地点点头："放心，我不会对她做什么的！"

嘉歆相信她，把时间留给了她们这一对婆媳。

龙少爷也随着他们出门，顺带轻轻掩门。

夜风柔和地撩起她的发丝，星光璀璨。

站在窗前深深凝望星空的嘉歆，身体周围弥漫着一种抹不掉的悲伤。

“吧嗒”一声，病房灯火通明。

“嘉歆！”憧憬受不了嘉歆那种静静散发的忧伤气息，打破了她的沉静。

嘉歆慢慢转过头：“你来了？”

憧憬放下手中的玫瑰，拿起床上的外套披在她单薄的身子上：“夜凉，小心感冒！”

“憧憬，你真是体贴！”嘉歆拉紧衣领，抬起明亮的眸子，“好像景天一样温柔！”

憧憬柔和地笑了，扶着她回到床边：“景颢呢，怎么没有照顾你？”

嘉歆拉开被子坐在床上：“我让景颢回去休息了，他在医院照顾我已经很疲倦了，不能让他再守着我了。”

“那我照顾你吧！”憧憬揉揉她的头，温和一笑。

“憧憬，谢谢你！”

虚掩的门被推开了。

泠敏急匆匆地冲进来：“嘉歆，你没事吧！”看到一旁的人，立即大声指责，“景颢，你怎么照顾嘉歆的？总是让嘉歆受伤，你还是不是一个男人？”

嘉歆拉下泠敏指着憧憬的手：“泠敏姐姐，他不是景颢，他是景颢的胞弟憧憬，而且不是景颢害我受伤的，是我不小心才把自己弄得遍体鳞伤！”

泠敏惊讶地掩住嘴，不断道歉：“对不起，我以为你是景颢，不过你们长得真是一个模子刻出来的，如果不认识的话，就会弄错。”

“可是有一个人绝对不会弄错！”憧憬的眼眸中印出嘉歆的影子。

泠敏顺着他的视线看向嘉歆：“原来你说嘉歆啊，那是因为她非常了解你们！”

“是太熟悉景颢吧，我去倒水！”憧憬提着保温瓶走出病房。

他的失落掩饰得非常完美，没有人发现。

泠敏目送着他离去，单手托腮："相似度真是让我吓了一跳，如果你不说，我还真以为他就是景颢。不过，如果让他进入娱乐圈，肯定又是一大热点，而且也会成为一棵摇钱树，凭着那么俊俏的外表。"泠敏还是个十足的经纪人，无时无刻不在想着挖掘有潜力的人才。

嘉歆打破了她的美梦："敏姐姐，你省省吧，就算憧憬答应，景颢也不会答应！"

泠敏感动地看向嘉歆："嘉歆，你终于叫我姐姐而不是经纪人了，真是太感动了。"她还似模似样地抹掉眼泪。

"因为叫经纪人比较拗口。你不喜欢？"

"不是，我太喜欢了！"泠敏夸张地抱住嘉歆，不断吻着她的脸颊。

嘉歆推开她："敏姐姐，不要太肉麻了。"

"嘉歆，演唱会如期举行，但是你不用出场了，安心休养吧！"泠敏说出了此次探访的目的，没有一个人同意让受伤的嘉歆演奏激烈的音乐。

嘉歆内疚地低下头，落寞地说："对不起，敏姐姐，我总是在拖累整个团队，因为我，花子哥哥和景颢都没时间练习，龙少和少东的练习时间也减少了，而且出席活动的任务都落到晴天的身上，她也很辛苦！"

"晴天和雅玲是同一类人，只想活在焦点之中。而你们，只愿在幕后继续实现梦想，花子拒绝了电视剧的邀请，景颢拒绝了广告拍摄，龙少和少东为了家族而四处奔波，也拒绝一切活动，你更不用说，只想站在黑暗中演奏自己的音乐，你们都是一个世界的人！"泠敏笑着说，平心而论，他们是这个圈子的另类，站在舞台只为了实现梦想。

"或许是因为我们都没有金钱上的烦恼吧，没有体验那种生活穷困潦倒的日子才能轻松地说去追求梦想，雅玲为了家庭而挣钱，晴天只是想站在与龙少同一水平线上，只是太多鲜花堆砌起了她们的虚荣心，很多人是为了生存而踏进这个纷繁复杂的圈子。"她有着深深体会，"不管是谁站上这个舞台，他们都在继续着梦想。"

泠敏怔怔地看着嘉歆，只能淡淡地吐出一句：“或许吧！”

“嘉歆，我拿来了热腾腾的蛋挞，新鲜出炉的哦！”憧憬提着一盒蛋挞进来。

“谁给的？”不可能是他离开医院去买的。

憧憬轻轻点了嘉歆的鼻尖：“真聪明，是安佑浩医生！经纪人，你也尝尝，反正也是免费的。”

“谢谢！”泠敏拿出一块，放进嘴里，“味道不错！”

“不用客气，我也是借花献佛。”憧憬柔柔地一笑。

嘉歆轻轻咬着蛋挞问：“憧憬，保温瓶呢？”

憧憬拍了拍不灵光的脑袋：“忘在开水房了！”说完一溜烟跑出病房。

惹得嘉歆和泠敏哈哈大笑。

“什么事那么好笑？”花子探头进来。

看到他，泠敏收住笑容，对嘉歆说：“嘉歆，我先回去了！”

嘉歆看看花子，再看看泠敏，点点头。

花子的笑容像灿烂的阳光：“泠敏，那么快就走了吗？”

泠敏失笑：“还有点事需要处理！”借口，她逃走的借口，她还是没有办法自然地面对花子，每次看到花子，心中隐藏的爱会慢慢地溢出来，无法控制，而她上次好不容易鼓起勇气表白，他却拒绝了她的感情。

“花子哥哥，敏姐姐还在避开你，你该怎么办？”嘉歆半开玩笑地问。

“时间是最好的疗伤药！”

“花子哥哥，有些感情不是时间可以治疗的，当爱一个人到一定的深度，时间只会让伤害无限扩大，最后只会伤痕累累！”嘉歆双手交握，面带笑容，“爱情，不是如此肤浅的东西，认定了一个人，就会投入百分之百的感情，身心只为了他而呼吸！”

“嘉歆！”花子看向嘉歆的眼神有点混沌不清。

“花子哥哥，为什么她不行，为什么不能接受敏姐姐？”

“嘉歆，我……”花子迟疑着。

“因为什么？”嘉歆紧紧追问。

“花子，你来了！”憧憬的出现解救了花子的窘境，“你们在说什么？”

“花子哥哥告诉我，不能参加演唱会，要我好好养病！”嘉歆撒了个谎。

“那不是很可惜？”憧憬倒了一杯水，“我从没看过站在舞台上的你，这次的机会又错过了。”

嘉歆接过杯子，淡淡一笑：“但是你能看到更棒的音乐！”

“经纪人呢？”憧憬四周环顾一圈。

“敏姐姐回去处理演唱会的事了！”嘉歆说。

“憧憬，你先回去吧，我照顾嘉歆就好！”花子对憧憬的敌意依然存在。

憧憬心知肚明，对嘉歆说：“嘉歆，那我改天再来看你！再见！”

嘉歆狠狠瞪了花子一眼：“花子哥哥，端正你的态度！”

“是，是，是，大小姐，还有什么吩咐？”花子一副遵从的样子。

“花子哥哥，别想逃避问题，到底因为什么不能接受敏姐姐？因为你对她没有感觉？”嘉歆找回被打断的问题继续追问。

“景颢去公司有事，他让我照顾你！”花子摆弄着香槟色的玫瑰。

嘉歆不满地叫：“花子哥哥，别想岔开话题！”

“这花谁买的？”花子顾左右而言他。

“憧憬！”

“眼光挺不错！”花子终于满意地点头，“花和瓶子看起来协调多了。”

“花子哥哥！”嘉歆无奈地喊。

“景颢家的公司出了问题，有人要夺权！”花子成功地避开了话题。

“什么？谁要害景颢？”嘉歆的心紧张地往上提。

“放心，他会处理，相信景颢的能力！”花子轻轻拍着嘉歆的头，说：“嘉歆，憧憬不是景天，对人还是多留个心眼！”

“为什么？”嘉歆疑惑地问。

“没有，只是觉得他目的不单纯！”花子笑笑，“嘉歆，睡觉吧，哥哥守着你！”

被推迟的演唱会如期而至。

这是一场没有嘉歆的演唱会。

万人体育馆所举行的演唱会，是为了补偿上次被放鸽子的所有人。

门口，聚集着等待进场的观众，人山人海。

记者也闻讯而来。

嘉歆站在后台，看着忙碌的人影，有种失落的感觉袭上心头。如果没有受伤，那么她应该也在准备着。

憧憬负责陪着嘉歆，小心地问：“嘉歆，K-U没有你做鼓手，那找谁取代你的位置？”

嘉歆摇头，她也不知道，由谁担当鼓手？不过，这种小事轮不到她来担心，肯定早就解决了，不然也不会举行演唱会。

夜景颢递给嘉歆一杯水，脸上露出完美的微笑，轻轻捏着她的脸：“我的公主殿下，仔细听哦，我的歌声只献给你！”

“谁是鼓手？”嘉歆脱离他的话题。

远处，走来一个高挑的男子，一头耀眼的金发闪闪发亮，一股让人无法忽视的强烈视觉感冲击着视觉神经，嘉歆惊讶得用手捂住嘴，那不是……那不是杰哥哥的……

“嗨，嘉歆，好久不见了！”男子站在嘉歆面前，用手比划了高度，“哟，长高了一点点！”

嘉歆从震惊中抽回思维：“骗人！季川哥哥，你怎么在这里？”

季川云，世界知名的制作人，以摇滚乐为主，他的爵士鼓比安佑杰更胜一筹，换句话说，他是安佑杰的良师益友。

季川云显得比嘉歆更惊讶："嘉歆，你可以说话了？"

"说起这个，你为什么在这里？"嘉歆更想知道这个答案。

季川勾起自信的笑容，拨拨额前显眼的金发："如你所见，我今天是K-U的鼓手！"

"真的假的？你不是拿我寻开心？"嘉歆还是无法相信。

那个坦言不会再参加任何形式表演的季川云会担任鼓手？

泠敏从季川云身后走出来，手搭在他的肩膀上，甚显亲密："真的，他今天代替你上场！"

"肯定会造成轰动！"嘉歆一惊一乍。

"放心，在后面的他包裹在黑暗中，不会那么容易被发现！"泠敏一切设想周全，不然季川云也不会答应参加表演。

"季川哥哥，你违背了自己的原则哦，是谁有那么大的魅力让你重回舞台？"嘉歆戏谑地说。

季川双手环胸，低下头，垂下的金发遮住了他的眼睛，嘴角滑过阴阴的笑容："这个恶魔，总有一天我会报复的！"

这话明显是对某个人的挑衅。

一脚踩中他的脚，泠敏狠狠地瞪着他，威胁道："你说谁是恶魔？我那么诚心诚意地邀请你参加。"

季川云回瞪着泠敏，嘀咕着："什么诚心诚意，明明一副高高在上的样子，要不是你手上握有那个的话，哼哼，别想我会帮忙。"

嘉歆莫名其妙地看着两人眼睛中迸发的电流，充满敌意的电流。

泠敏半遮住嘴，一脸得意："你无法战胜我的！哈哈哈——"

令人毛骨悚然的笑声。

"你们什么关系？"嘉歆插进两人的斗争。

季川云无视泠敏得意的表情，绽放瞬间令人着迷的完美笑容："嘉歆，你的男朋友和你很配！"转过身，他看了一眼泠敏，便抬脚离开，留下空空的声音回荡，“她是我最讨厌的表妹！”

啥？季川云是泠敏的表哥？那样的话安佑杰和季川云或者泠敏之间的关系就是通过介绍的了。

“让你们见笑了！”泠敏毫无笑意地勾起唇角，也转身离开了。

莫名其妙的表兄妹！

坐在贵宾席上，嘉歆以一个观众的身份欣赏演唱会。

瞬间，万人体育馆一片漆黑。

话筒前响起景颢的声音，深沉而有磁性：“请各位点燃手中的蜡烛，旁边的朋友也请互相帮助，将爱心接续，让爱心在身边慢慢扩散。”

手中没有蜡烛的嘉歆感到莫名其妙，为什么有这个环节却没有人告知她？这回真丢脸，不能进行爱心接力了。

憧憬把蜡烛递给他，暖暖一笑。

微弱的光线安抚了她不安的心。

黑暗中一点一点被点燃的摇曳烛光照亮了整个体育馆。

夜景颢继续说：“请为了我们最爱的King队长安佑杰默哀，愿上帝保佑他，也保佑善良的你们！”

每个人都闭上了眼睛。悲恸笼罩在每个人的心间，无声的默哀，无声的哭泣，无声的悲痛，一切都是无声的。

一分钟后，夜景颢对着观众席鞠躬，眼底闪着晶莹的泪光：“谢谢你们！现在带你们进入音乐的世界。”

烛光熄灭了，又恢复了寂静的黑暗。

但接着迸发的鼓声，让人浑身都充满了激情。体育馆顿时人声鼎沸，激情澎湃，赶走了之前的阴霾。

嘉歆感慨：季川哥哥果然天下无敌，无人能与之匹敌。

她双手合十，闭上眼睛，感受着音乐带给自己的快感与激情，隐藏在指尖的音乐感觉和着旋律，轻打着拍子。

憧憬托着侧脸，目不转睛地看着完全沉浸在演唱会中的嘉歆。那样的她，在黑暗中仿佛一颗耀眼的宝石，让人无法忽视。

演唱会在高潮中接近尾声。

嘉歆无意中瞥见颤抖着身子凝视着舞台的翁雅玲，她热切的眼神泄露了她内心渴望音乐的真心。

雅玲消失那么长时间，从未露过脸，她没事吗？看着原本属于自己的舞台被晴天抢走，她心里不好受吧。怀着这样的担忧，嘉歆在众人沉浸于激情澎湃的音乐中时悄悄走向那一道门。

翁雅玲扶着墙一步一步艰难地离开。

曾经是属于她的舞台，现在却是别人展现魅力的舞台。

嘉歆犹豫地叫住她："雅玲。"

细小微弱的声音，被风轻轻一吹就会散开，不注意听根本不会注意到。

翁雅玲还是回过头，一动不动地看着不远处的女孩。

嘉歆问："最近你还好吗？"她在翁雅玲的眼底抓到那一闪而逝的惊讶。

翁雅玲收起小小的震惊，不带任何感情地回答："不容你费心！"

"你为什么放弃音乐？"嘉歆不安地看着她。这个积压在心中的问题终于可以问出口了。

"这是我的自由，无需向你报告！"翁雅玲依然冷眼相待。

借着淡雅的月光，嘉歆注意到她因酒气而微微泛红的脸蛋。

"你还好吗？"看到她有些不稳地扶着墙，嘉歆有点担心，犹豫着要不要上前扶她。

"放着演唱会不管，不怕被公司开除吗？也对，你是景颢和花子捧在手心的水晶娃娃，哪有人敢得罪你，大小姐！"翁雅玲的语气听起来带着浓烈的嘲讽和淡淡的恨意。

嘉歆轻轻摇头："演唱会没有我也会圆满结束，我没有参与那一场演唱会！”语气中飘荡着浅浅的忧伤。

翁雅玲瞪圆了眼睛望着她。

看出她的疑问，嘉歆用毫不在意的语气说：“季川哥哥能比我更熟练地玩转爵士鼓。”

翁雅玲有一瞬间的惊讶，那个鼎鼎大名扬言不再碰爵士鼓的季川云竟然会担任鼓手，实在让人难以置信。怪不得刚才听到的鼓声与以往不同。

“那么，再见！”翁雅玲想转身离开，她不想再多待一秒，被压抑下的音乐热情正一点一点填满空虚的心灵。

没有音乐，仿佛街头的流浪汉没有居所，又仿佛没有灵魂的外壳在外漂泊。

看到她醉醺醺的样子，嘉歆上前扶住她，在她讶异的目光中，露出纯真的笑容：“你这个样子很难回去，我送你吧！”她十指紧紧抓着翁雅玲的手臂，不容她挣扎。

翁雅玲意外地没有反抗，接受了她的好意。

空无一人的屋子，冷清而寂寥，房间里的东西如台风过境般零乱。

嘉歆扶着翁雅玲往卧室方向走去，她一下就倒在柔软熟悉的床上。

嘉歆在乱七八糟的厨房中找到蜂蜜冲了一杯茶，端到翁雅玲面前：“蜂蜜对解酒有好处！”

安抚她睡下后，嘉歆走出卧室，若有所思地看着乱七八糟的房间。

演唱会圆满结束，可是嘉歆的失踪又给K-U增添忧愁，没有人知道她几时离场，为何离开。家那边一样音信全无。嘉歆，仿佛从人间蒸发，消失得无影无踪。

偌大的别墅，收拾起来特别吃力。

日当正午。

翁雅玲难以置信地看着一尘不染的房间，揉揉发疼的脑袋，怀疑眼前看到的都是幻觉，邋遢房子怎么可能会整洁，况且这里的佣人全部被辞退了，她闭上眼睛又猛然睁开，看到的情景还是没变。

嘉歆站在游泳池边，刚一开机，数十个未接电话显出那人焦躁不安的心。她拨通了夜景颢的电话。

“对不起，让你担心了！”嘉歆对电话轻轻吐出这几个字。

“你在哪儿？”听到她的声音，夜景颢拉紧的那根弦松弛了。

突然，一股力道猛然将她的手机拍到地上，嘉歆抬头看着惶恐不安的翁雅玲：“雅玲，你怎么了？”忽视了地上的手机，嘉歆不安地抓着她的手臂。

翁雅玲用力挣脱她的手，惶恐地说：“你这个坏女人，竟然向别人通风报信！”她一个闪身，一脚狠狠地踩向落在不远处的手机。

嘉歆难以置信地看着她：“雅玲，你怎么了？”

翁雅玲换成一副愤怒的脸孔瞪着她：“你为什么在这里？难道把我逼得还不够惨吗？现在的我已没有任何能力抢夺你的东西了，为什么还不放过我？”

嘉歆莫名其妙地问：“你什么意思？”什么叫抢夺她的东西？

翁雅玲拨过眼前的刘海，脸庞呈现在眼前，光洁的额头有些许皱纹，但无损她的魅力。她把手伸进浓密的头发中，闭上眼睛，叹了一口气，睁开的眼睛深处有着抹不掉的仇恨和愤怒。她用嘶哑的嗓子控诉着：“你，彭嘉歆，拥有令人羡慕的人生，你，让我心生妒忌，让我心里隐藏的黑暗面苏醒，你才是真正的恶魔。”

嘉歆怔怔地一动不动地看着她，雅玲眼底萌生的恨意让她有点畏惧。

“你，彭嘉歆，才华横溢，无可否认，你的爵士鼓是完美的，连我都不得不赞扬你，欣赏你的才能，可是你凭借自身的残缺，博得大家的同情，装作纯洁的天使，这种做作的举动让我恶心想吐，所以我恨你！”翁雅玲咬牙切齿地看着嘉歆，嘉歆的出现，改变了她的命运。

嘉歆没有打断她的话，她明白，让翁雅玲发泄出来，也许多少能平复她内心对自己的恨意。

翁雅玲轻吐了一口气，慢慢回忆往事：“鼓手争霸赛，评委无疑全被你的鼓声所俘虏，你是第一，但是，最大的问题就是你没有声音，你是残缺的，你是不完整的，但你很幸运，你的身边拥有太多守护你的骑士，安佑杰以风靡全球的King乐队队长的身份说服评委，景颢、花子也护着你！我嫉妒你，明明什么都没做，却有这么多人为你说话，这一切都不公平！所以，我要报复，我要摧毁你公主般的地位，我要把你赶出K-U，那样我的地位才不会动摇，而且，景颢竟然对你倾心，他的视线总是追随你的身影，我的心很痛，锥心般的痛，这更坚定我要把你赶出K-U的决心。”

“那么你做了什么？”嘉歆压抑着翻涌的感情问道。

“做了什么？”翁雅玲仰天长笑，刺耳的笑声充斥这个寂寞的庄园，有种令人毛骨悚然的感觉从背后往上蹿，“你应该还记得吧，公司安排你和我同一间寝室，那么你也该明白那张换衣照片为何会流向娱乐八卦杂志了吧？你的中毒并不是意外，而是给你的小小惩罚。”她的嘴角噙着来自地狱恶魔般的微笑，让人不寒而栗，“还有K-U的消息是我泄露给媒体然后嫁祸给斯斯，最后让董军、立卫做了替死鬼。”

“你……利用了他们？”

“哼！他们只不过想利用我进娱乐圈，我们只是各取所需而已，你一直以来的灾难源头都是我，恨我吧！”翁雅玲眼里有一闪而过的忧伤。

“为什么要针对我？”嘉歆目不转睛地看着这个妖艳的女人，她拥有成熟的美貌，她的歌声有着让人舒心的感觉，她拥有无可挑剔的一切，地位、金钱，她都不缺，唯缺感情吗？

“你夺走了属于我的一切光环，夺走了景颢，夺走我的舞台。你这个蛇蝎女人，因为你，景颢对我恨之入骨，甚至花子对我也漠视冷淡。公司每一个人都看四大少的脸色行事，就因为你，是你把我推进地狱的深渊，真没想到，你居然是花子的妹妹，这更巩固了你在公司的地位，大家都见风使舵，对你百般疼爱！为什么你可以如此轻易获得我努力争取来的一切，为什么你会如此幸运得到大家的疼爱？风神，这个听到名字都令人闻风丧胆的人，为什么也对你刮目相看，你到底使用了什么魔法迷惑众人的眼睛？”翁雅玲痛苦地掩面而泣。

嘉歆坚定地说：“我只是按我的原则为人处世，没有想过与任何人为敌，从没想过你如此恨我。”

翁雅玲抬起湿润的眼睛，狠狠地瞪着她：“我恨，我恨你，恨你入骨，恨不得你从这个世界消失，下到十八层地狱。”

“就算你恨我，为什么要放弃你喜欢的舞台？”这一直让嘉歆想不明白。

“还不是因为你！”翁雅玲把她对嘉歆的恨意赤裸裸地暴露在阳光下，“花子知道了那些事是我幕后主导的，就一直逼迫我父亲的公司，害他破产，自杀未遂而躺在医院，花子害我家破人亡，家不再是家！”

“为什么花子哥哥没有告诉我？”嘉歆的瞳孔瞬间放大。

“花子，拥有迷惑人眼球的美貌，其实他的心比恶魔还恶魔，和风泽同属一类，对敌人赶尽杀绝，绝不留情，我父亲就是中了花子的圈套才落此下场。”翁雅玲露出不屑的笑容，“花子一直那么小心地呵护你，他有可能让你发现他恶魔的一面吗？”

嘉歆全身微微颤抖。

翁雅玲看到她痛苦的表情，得意地扬起唇角，走过去拉开她捂着耳朵的手：“安佑杰的死是你一手造成的，别以为我不知道，是你让安佑杰和风冷迷私奔的！你是个恶魔，夺人生命才能生存的恶魔，还有一个令你更惊讶的消息，景天也是你害死的！因为你，景天错过了治疗的时间，在你身边的人，只会被你拉进地狱！”

无情的话语，得意的笑容，令嘉歆痛不欲生。

温柔的景天、帅气的安佑杰哥哥……为什么她的存在，给他们带来的却是死亡？

突然，她眼前一黑，什么都变得模糊起来，这样也好，她就可以赎罪了，不用面对残酷的现实。

CHAPTER 11 第十一章

但只要她在身边，一切都可以不计较

BUT YOU ARE IRREPLACEABLE

U ARE IRREPLACEABLE

黑暗的地下室充斥着浓郁的酒味，里面伸手不见五指，嘉歆的心在颤抖着。

意识慢慢回到嘉歆的身体，她注意到这是一个酒窖，狭小的空间，空气沉闷到难以呼吸。

到处黑漆漆一片，她不知道自己昏睡了几个小时，现在是白天还是晚上，这里是什么地方。

她在黑暗中摸索前进，蹑手蹑脚地沿着酒架行走，地上的障碍物不知使她摔倒几次，但她仍小心翼翼地一步一步移动。

终于摸到不同于潮湿木架的东西，也不是水泥砌成的墙壁，有点冰凉凉的感觉，似乎是铁门。嘉歆用手摸索着勾勒出门一样的轮廓，那么这里就是门了。

用力一扯，铁门发出低沉的声音，有点像年迈的老人发出的喘气声。

门轻而易举便打开了，光线刺入眼睛，她微眯着眼，警惕地注意身边的声音，四周一片寂静。

她小心地迈着步子走在屋子里，看来她还是没有离开翁雅玲的住所。

她再次走进翁雅玲的房间，化妆台上的药片到处散落，她好奇地捡起滚在一边的药瓶，安眠药！

难道雅玲……

她的心头浮现不好的预感，加快步伐在屋子乱转。

两个女人的争执声使她停住了脚步。

一个声音是雅玲，那么另外一个耳熟的声音是？嘉歆集中注意力倾听那个声音。是晴天！她为什么会在这里？她和雅玲是什么关系？

一堆堆疑问在脑海里盘旋。

“我不是来和你吵架的，你把嘉歆藏在哪里了？”晴天抬起下巴，仰视着站着的翁雅玲。

“我不知道你说什么！”翁雅玲强硬地回答。

“你不是我的对手，不知世事的大小姐，我能把你从主唱的位置拉下来，我就能毁了你！”晴天嘴角邪恶的笑容让人起鸡皮疙瘩。

嘉歆倒抽一口冷气。

翁雅玲皱着秀眉：“你什么意思？”

“还不明白吗？我能坐上主唱的位置，当然也要了一点手段，让他们直接把矛头指向你，我坐收渔翁之利。是我把嘉歆迷晕，是我破坏演唱会，是我把你的所作所为泄露给花子。”晴天嘴角的笑容越发阴森，越发张扬。

“你让我憎恨嘉歆，”翁雅玲的瞳孔微微放大，“那么你的目的是一箭双雕了，不管是我还是嘉歆，你都想铲除掉，为了加入K-U！”翁雅玲猜出她的大概意图。

晴天微微勾起唇角：“看来你还不笨嘛，不至于有头无脑，只有让嘉歆陷入绝境，才能激发花子和景颢对你的仇恨，你和嘉歆只是被我利用的棋子而已。”晴天站起身，走近目瞪口呆的翁雅玲，一巴掌甩向她白皙的脸颊，嘴角没有一点做坏事的悔意。

“你……”翁雅玲怒不可遏地瞪着她，“你比我更恶毒！”

“明白就行，我再问一次，嘉歆在哪里？”晴天傲慢地看向她。

突然，翁雅玲的态度一百八十度转变，垂下的刘海遮住她半张脸，透明的眼泪一滴一滴滚落，打湿了棕色的地毯。她无力地滑倒坐在地上，扯着晴天的裤子哭泣着说：“我不知道，不要逼我，不要强迫我……”

之前的强硬在翁雅玲的脸上荡然无存，只留下楚楚可怜的表情。

晴天居高临下地用力扯回裤子，极度厌恶地瞪着她。

嘉歆忍无可忍地冲进来，蹲下身子，轻轻为翁雅玲擦拭滚落的眼泪：“雅玲，你没事吧？”

“你……”翁雅玲惊愕地瞪圆眼睛，用力甩开嘉歆伸过来的手，“你怎么在这里？”

嘉歆温柔地笑着：“你不记得了？我送你回来！”

翁雅玲挣扎着站起来，不满地说：“你发神经，你要和我保持距离！我等下还得回K-U练习，演唱会快开始了，我没时间陪你耗！”她转过头看着晴天，一脸厌恶的表情对着嘉歆说，“你的女佣人品位也太差了，衣服不伦不类！”

嘉歆目瞪口呆，晴天气急了，脸扭成一团。

“你不知道发生了什么事？你不知道她是谁？”嘉歆难以置信地指着晴天问道。

翁雅玲低头整理零乱的衣服：“她不是女佣人吗？不管她是谁，我赶时间！”

嘉歆担忧地问：“你真的没事吗？”

翁雅玲斜眼看了她一眼：“我看有事的是你！”

嘉歆控制不住惊讶，双手颤抖地抓着她的手臂：“雅玲，你怎么了？我是嘉歆啊！”

翁雅玲吃痛地皱皱眉，用力一个一个掰开嘉歆紧抓不放的手指，瞪着她说：“彭嘉歆，你想谋杀吗？”

晴天一把扯过翁雅玲的头发，用尽力气把她摔向一边，翁雅玲摔倒在沙发上，莫名其妙地看着这个被她称为“佣人”的女人。晴天理所当然地说：“别装傻当白痴，我现在才是K-U的主唱晴天，你已经被驱赶出K-U了。”

她毫不留情的话语换来翁雅玲的眼泪。

嘉歆推开晴天，奔向翁雅玲：“雅玲，你没事吧？”她转头瞪着晴天，愤怒地说，“你太过分了！”

翁雅玲低下头，委屈地喃喃自语：“我才是K-U的主唱，你是冒牌货，K-U的主唱永远是我……”

听到她的话，晴天怒火中烧，自己才是名正言顺的K-U主唱，翁雅玲只不过是个被驱逐的过时主唱。

晴天踢出去的脚被挡住了，嘉歆护住神志不清的翁雅玲。

晴天收回脚，轻笑："她可是把你害得很惨的女人，你还帮助她？"

"不管她对我做过什么，那是我和她之间的事，与你无关，况且要算账的话，你也有份！"嘉歆站起来，眼神与晴天四目相对，气势不分上下。

晴天露出冷酷的笑容，仿佛一个陌生人。

"你为什么那么敌视我？因为龙少？"

晴天听到"龙少"二字，伪装得无可挑剔的笑容慢慢变成愤怒的嘴脸，一把推开嘉歆："你不配叫他龙少。他是我一个人的，可是你，却将他带离我的身边。"

"哼！"嘉歆微微上扬嘴角，"是你自己拉远了你和龙少之间的距离，使龙少离你越来越远，你不是龙少的晴天娃娃，你只会给龙少带来忧伤！"

晴天动怒，双手叉腰，一副泼妇的样子："不要一副很了解龙少的模样，只要你消失，龙少会回到我身边！我这么努力爬上主唱的位置，就是为了离他越来越近，这样我才有爱他的资格！你这个水性杨花的女人，明明拥有了景颢，还与龙少暧昧不清。"她笑得阴森森的，显然又在计划什么。

晴天一步一步逼近嘉歆，伸手用力捏着她受伤未愈的右肩，很享受地看着嘉歆因痛苦而扭曲在一起的脸。

血从白色的绷带中透过粉色的衣服渗出来。

嘉歆痛苦地闭上了眼，眼角余光中看见晴天的模样，仿佛恶魔。

欣赏完嘉歆的痛苦，晴天缓缓放开了她，嘴角露出愉悦的笑容："嘉歆，那么再见！"

嘉歆虚脱地抬起头，视线模糊中，看到翁雅玲被晴天用花瓶砸晕了。

她真的想置她们于死地吧。

意识又慢慢脱离身子，嘉歆再次昏了过去。

不知又过了多久，好像有人在猛摇她的身体。

嘉歆蒙眬地看到光线下一个晃动的人影，有人在唤着她的名字："嘉歆，嘉歆！”

焦急担心的语气，让她产生一种想哭的冲动。

浓密的睫毛扑扇着，眼睛慢慢聚焦。

“景颢，你怎么在这里？”嘉歆伸手抚摸着那张焦急的俊脸，真实的温度透过指尖传到心里，害怕的心得到安抚。

夜景颢灼热的视线仿佛熊熊燃烧的火焰，不对，等眼睛适应了光线后，嘉歆看到别墅四周到处蹿升的火苗，焦急地转动着眼珠寻找那两个女人的身影：“景颢，晴天和雅玲呢？”

夜景颢避开嘉歆的视线，不发一语。

“景颢！”嘉歆用尽力气再喊了一声。

“雅玲还在屋子里，没有看到晴天。”

“什么？”嘉歆直勾勾地瞪着他，仿佛他只是一个事不关己的陌生人，“你怎么可以见死不救，她曾经也是和你一起奋斗的伙伴啊！”

“她伤害过你，我只要你平安无事！”夜景颢紧紧抱住嘉歆，看到她醒过来，有种失而复得的喜悦。

嘉歆拼尽力气推开他，甩了他一巴掌：“你不可以这样冷血无情！”她挣扎着站起来，摇摇晃晃地朝火海走去。

夜景颢一个箭步挡住她的去路，抓着她的手：“嘉歆，你想做什么？”

“不能见死不救！”否则良心不安，嘉歆把后半句吞回了肚子。

“那么，我去！”

“什么？”

嘉歆还没反应过来，夜景颢转身冲入熊熊燃烧的烈火中，四周被火焰照得通亮。

红色的火海，淹没了他奋力找寻的身影。

嘉歆撑着受伤的肩膀，傻傻地望着那一片火海。

她是不是不该让景颢返回火海中呢？似乎这一别，便有永远天各一方的感觉。

那样的强烈，强烈到她不禁抱住了自己蜷缩的身子。

景颢，你一定要平安地回来。

景颢！

匆匆赶来的花子抱住嘉歆的头，轻轻顺着她的发丝抚摸："嘉歆，看到你太好了。"悬着的心在见到她的那一刻，安定了。

"花子哥哥！"聚集的眼泪冲破堤岸而落下。

花子注意到她衣服上渗出的风干血迹："嘉歆，去医院包扎好吗？"他的手触碰到她滚烫的额头，像眼前熊熊燃烧的烈火般炙热。

"景颢，景颢还在里面！"嘉歆口齿不清地说。

一同赶到的风泽查看火势，在花子耳边嘀咕："火势蔓延太快，无法进入！"

嘉歆从花子的怀抱中挣脱，冲向不断喷吐火焰的火舌，花子紧紧抓着嘉歆，不让她靠近火海一步。

"景颢，景颢，快出来！"嘉歆的声音在火海之中无法传递到他的身边，她转过身恳求花子，泪水簌簌地往下落，"花子哥哥，让我去救景颢，是我让他回到火海，是我让他身处险境！"

"对不起！"模糊的声音仿佛来自遥远的天边，花子低声呢喃，把失去意识的嘉歆紧紧抱在怀里。人他会救，但不能让嘉欣去送死！

刺鼻的消毒药水，滴滴答答的点滴。

白茫茫的房间。

又回到了医院吗？

失去意识前的记忆翻江倒海般涌回来。

景颢！

嘉歆拔掉手背的点滴，急忙穿上鞋子，扶着隐隐作痛的肩膀，匆忙离开病房。

一个熟悉的人影挡住了她的去路。

嘉歆放开抓着右肩膀的手，抓向眼前的人："花子哥哥，景颢怎么样了？"

看着花子倾国倾城的脸纠结成一团，她心里产生了不好的预感，她不该让景颢回去，不该让他冒险。

"花子哥哥，告诉我，景颢到底怎么了？"嘉歆思绪混乱，已经没有办法保持冷静。

"嘉歆，你冷静，冷静后我带你去！"花子安抚她躁动不安的心。

"好，我冷静，我冷静，冷静……"无论如何说服自己，还是没有办法迫使自己冷静下来。她的心系在命悬一线的景颢身上。

加护病房。

看到泪流满面的嘉歆，其他人自觉地为她让出一条路。

隔着冰冷的玻璃，夜景颢一动不动地躺在病床上，全身包裹着白色的绷带，仿佛一具远古时期的木乃伊，旁边的仪器，上下波动的曲线微弱地起伏。

嘉歆的视线紧紧地锁住他，问："他怎么了？"

回答的是主治医生罗医生："大面积烧伤，还没有苏醒的迹象，为了防止感染，采取了特别的防护措施，如非必要，尽量减少与病人的接触。"

大面积烧伤！没有苏醒的迹象！防止感染！这些都是她带给他的灾难吗？自己真是一个不折不扣的恶魔。

泪水滴落，模糊了躺在病床上在生死线上徘徊的恋人的身影。

没有一个人上前打扰嘉歆的深情凝视。

"那么雅玲和晴天呢？"如果夜景颢一去不返仍救不出雅玲，真是赔了夫人又折兵。

一个低沉哀伤的声音从背后传过来："雅玲神经错乱，晴天在被追捕的途中遇上车祸，当场死亡！"

神经错乱！当场死亡！多么令人不寒而栗的字眼。

为什么偏偏只有她没有受伤？真如她们所言，自己只会给旁边的人带来灾难吗？

嘉歆的泪水像开闸的水龙头，源源不断地滴落。一道玻璃窗，却令他们咫尺天涯，只有几步之近，就可以陪在他身边，碰触他，感受他的体温，然而却像隔着大半个地球，无法触摸，无法感受。本应是两个人的世界，而如今他的世界却充满着孤独寂寞，只有冰冷的仪器陪伴。

景颢，求求你，为了我而活下来好吗？我还欠你一句“对不起”，她的任性让他与她差点阴阳相隔。

体力不支的嘉歆最后在花子的怀里又晕了过去。

在冰冷的医院再次醒来，嘉歆不发一语呆呆地望着天空，仿佛一座雕像，她画地为牢，把自己圈在黑暗的世界。

不管是谁和她搭话，她仿佛都听不到。

自己一个人的世界，真的只有自己一个人。

看到那样的嘉歆，花子的心刺痛不已，经常对她说话，但感觉自己只是在自言自语，或者说对着一个布娃娃说话。

憧憬拿着香槟色的玫瑰走进病房，轻轻唤了一声沉浸在“异世界”的嘉歆。

看到他，嘉歆身子为之一振，紧紧抱住他，不愿再放开手：“景颢，再也不能抛下我了。”

憧憬把眼神投向惊愕的花子，花子默许地点头，毕竟她肯说第一句话了。

憧憬温柔地摸着她的头：“傻瓜，我怎么会抛下你呢？”说完他身子一颤，到底这句话是站在景颢的立场上说的，还是发自内心呢？他已经搞不清楚了。

嘉歆的脸上印出了淡淡的笑容，仍然抱住憧憬，感受他的存在，担心如果放开手，景颢就会消失。

憧憬暂代了景颢的身份，一直陪在嘉歆的身边。

嘉歆的笑容越发阳光，慢慢走出一个人的世界。

当寂寞的晚上来临的时候，嘉歆的心却会莫名生出一种空虚感，但她总会用各种理由说服自己，那只是一种庸人自扰。

花子下令：不论谁来探病，都不能刺激嘉歆，不能把憧憬的事说出来。

在门口，几位探病的挚友调整忧伤的表情，换上轻松快乐的心情。

“嘉歆姐姐，身子好多了吗？”可希飞奔到嘉歆的床前，抱住不知所措的她。

“嘉歆，我拿来了可口的蛋糕哦，是草莓口味！”斯斯甜美的声音中有些许的伤感。

可希对站在身边的憧憬投去敌意的目光。在嘉歆姐姐身边的应该是景颢哥哥，而不是这个外人，空有景颢哥哥的外表，却缺少那颗爱嘉歆姐姐的炽热的心。

憧憬温柔地摸着嘉歆的头，宠溺的眼神似乎要把她融化般，对她投以和煦的笑容：“嘉歆，我有事出去一下。”他体贴地把时间留给两个女生。

嘉歆抬起微笑的眼睛注视着他，轻轻点头。

斯斯斜睨着憧憬，她对这个男子也有着太多的不满，他凭什么取代景颢，景颢现在与病魔拼死搏斗，而嘉歆却忘记景颢的事，让他孤军奋战，如此孤独。可她也不想嘉歆失去笑容，那么沉默的嘉歆让人害怕，仿佛一个没有生命的木偶。

嘉歆没有办法知道她们的真实想法，她心情愉快地吃着憧憬为她削的苹果，不以为意地问：“龙少和少东呢？”

“去看……”两人异口同声地回答，在发现快要说出答案时乖乖地闭嘴，更改了字眼：“上厕所”“在餐厅”。

嘉歆低头咬着苹果，没有细想：“哦”了一声。

可希拉过斯斯讲悄悄话：“这样好吗？景颢哥哥好可怜，在生死关头被嘉歆姐姐遗忘了。”

斯斯也心有不安，那样欺骗自己的好友：“我怕我忍不住会说出来。”

她们两个本来就是直肠子，心直口快，现在却要她们对此隐瞒，简直比登天还难。

两人从花瓶中抽出一朵香槟色玫瑰，一瓣一瓣撕下，斯斯和可希嘴里念念有词："告诉，不告诉，告诉，不告诉……"

可希一个头两个大，举着手中的花瓣，茫然地问："告诉啊，怎么办？"

斯斯也没辄了。

天注定的吧！

嘉歆疑惑地看着躲在角落说悄悄话的她们，嘟起嘴撒娇地说："你们来探病，竟然开小会。"

斯斯刚要开口说出的话因为看见进来的人而咽回，改口道："我们在讨论着为什么龙少和少东还不回来。"

憧憬端着丰盛的午餐走进来，瞪了可希和斯斯一眼，笑容满面地对嘉歆说："吃饭了哦。"

斯斯慌张地摆手："我们去找少东了，嘉歆，好好吃饭。"她拉过可希急忙走出病房，在门口重重叹了一口气，差点就形迹败露了。

可是这样真的好吗？嘉歆就是无法接受景颢身受重伤昏迷不醒的事而选择性遗忘，如果真的有一天嘉歆想起了景颢，不会因为曾经的遗忘而自责吗？不会因为这个而恨自己吗？

嘉歆压低声音对憧憬说："你不觉得斯斯和可希怪怪的吗？少东和龙少也怪怪的，不是来探病的吗？为什么不见人影？这么说来，每个人都很奇怪。"

憧憬露出不自然的笑容，遮掩她发现的事实："嘉歆，没事的，无论如何，我一定陪在你身边。"

这样的甜言蜜语，应该可以压下嘉歆心中怪异的感觉，可恰恰相反，这种怪异的感觉越来越使她不安。

安佑浩给嘉歆做例行身体检查。

他看嘉歆的眼神夹杂着复杂的感情。

当嘉歆与他第十一次视线交汇时，嘉歆开口询问："浩哥哥，是不是伤口恶化了？"

安佑浩对她投以微笑，轻轻摇头："伤口愈合得很好。"

“那你怎么一副心神不宁的样子？”

安佑浩加深嘴角的笑容。

“难道迷姐姐出什么事了吗？”嘉歆清澈的眸子盯得他浑身不舒服。

安佑浩收拾心情，揉揉她的头发：“风冷迷在老家安胎，不用担心！”

“那……”嘉歆继续追问的话被护士打断了。

安佑浩还得替其他病人检查，便走了。

百无聊赖中，嘉歆坐在庭院，出神地凝视开得灿烂的花儿。

微风徐徐吹过耳边，像恋人般轻柔地逗留在发丝间。

这种感觉好像某个人在她耳旁低语，述说绵绵的情话。

“姐姐！”清脆悦耳的声音追随着微风传入耳朵。

嘉歆迷茫的眼中印出一个俏皮可爱的女孩。

“佐边！”嘉歆一脸讶异，她好久都没见过这个患重病的女孩了。上次还曾经吃过这个女孩子的醋。

“姐姐，你怎么自己一个人，景颢哥哥呢？”佐边四处张望搜寻夜景颢的身影。

嘉歆微笑着回答：“他有事。你出院了吗？”看着她一袭小雏菊连衣裙，与白色的病号服相比，更显出这个年纪才有的青春活力，

佐边坐在她的旁边，垂下的脚在空中有秩序地一前一后摇摆，气定神闲地说：“嗯，爸爸妈妈把我接回家了，我也终于可以和平常的孩子一样去上学了。那种身边拥有朋友的感觉真的很棒。”她转头高兴地握住嘉歆微凉的手说：“姐姐，你们很棒哦，我跟我朋友说认识你们，她们好羡慕我哦。”

看着她没有修饰的天真笑容，嘉歆的心境也受到感染般，看到憧憬的身影出现，嘉歆对她说：“景颢来了。”

佐边望着走过来的俊美男子，虽然有一模一样的外表，但与她所认识的景颢哥哥不一样，她难以置信地问：“姐姐，你确定他就是景颢哥哥吗？”

嘉歆对她投以疑惑的眼神。她到底什么意思？他不是景颢吗？

“佐边！”廊道的一个贵妇人喊着女孩的名字。

佐边在嘉歆耳边嘀咕几句，便挥手告别，她特意朝走来的憧憬撞过去，而憧憬只是陌生地礼貌性道歉。

佐边在试探他，为了证明她的话的真实性有多少。

景颢不认识佐边了吗？这个疑问在嘉歆的心中越来越大。

憧憬笑着走近嘉歆，望着离去的女孩的身影问：“那个女孩是谁？”

嘉歆的心变得不安和烦躁，手指纠结地交握在一起，她抬起头望进他的眸子：“知道‘叶子的方法’吗？”

“什么叶子的方法？”憧憬自然地接话。

刚才佐边告诉她，只有景颢和她才知道的秘密，有什么不开心的事可以和叶子说，叶子会带着你的烦恼化为肥料而没入土壤，这就是属于景颢和佐边的“叶子的方法”。

他不是景颢，那么景颢在哪里？

脑海闪过的零散片段接合在一起，形成完整的记忆。

景颢现在正处于生死边缘上。

嘉歆疯狂地在走廊上飞奔。

她为什么会把这个深爱的人忘记？她为什么想不起他的事？她为什么错把别人当成他？泪水模糊了视线，她的背影是如此悲伤。

憧憬追上去，拉住她的手：“嘉歆，你听我说，你听我解释……”

嘉歆停下步伐，没有任何挣扎，低头哭泣着，任凭泪水打湿了衣裳。

憧憬紧紧地抓着她的手，生怕她会从指缝中溜走：“嘉歆，你听我解释，我这么做是逼不得已！”

嘉歆眼露凶光瞪着他，一字一句从牙缝中挤出来：“请你放开！”

憧憬放开了她的手，看着原本近在咫尺的幸福渐渐远去。为什么不给他解释的机会？为什么总是对他如此不公平？那一段幸福的时光随风消逝，那一段日子他弄不清楚自己是景颢还是憧憬，但毫无疑问，他爱上她了，那个让他无时无刻不牵挂的女孩，那个占据他心头的女孩，那个只能埋在心底的女孩。

纸永远包不住火。隐瞒她的事一旦被发现，她绝对不会原谅他。

明明预料到会是这个结果，却还在奢望她的爱恋，明明知道她眼中看到的是其他的人，但仍渴望在她的眸子中找到自己的影子，明明她口中唤着的是另一个男人的名字，但只要她在身边，一切都可以不计较。

这样的理由，是不是就是景颢会用景天的身份隐瞒她的理由？他走上了和景颢同样的道路，那会和景颢得到同样的结果吗？只要她的眼中，有他一点点的存在，就心满意足了。可是，他只是一个替代品，只是景颢的影子。

憧憬痛苦地把手插进头发中，他不甘心，他无法放弃，他下定决心拨了那个电话。

嘉歆破门而入，在大家惊讶的眼神中走向唯一一个可以把他看得清清楚楚的玻璃窗，指尖颤抖地碰触着，泪眼婆娑地凝望着依然躺在床上一动不动的夜景颢。

“嘉歆……”斯斯上前扶着她颤抖的身子。

嘉歆转过身，对他们声嘶力竭地吼：“为什么？为什么不告诉我实情？为什么你们一起隐瞒我？为什么要我遗忘掉他？为什么要憧憬假扮景颢？为什么又上演景颢假扮景天的戏码？为什么……”她已经永远失去景天了，不能再失去景颢。

顺着墙壁，嘉歆滑落至冰冷的地板上。

不是不想说，只是不想夺走你那灿烂的笑容。

斯斯跪在旁边，紧紧抱住不断抽泣的嘉歆，她不知道对嘉歆的话该做如何的回答，唯一能做的，就是给予她支持的力量。

“对不起！”斯斯在她耳边轻语。

龙少深深鞠躬：“对不起！”

少东垂下眼睛，弯腰致歉：“对不起！”

可希的眼泪顺着脸颊落下：“对不起！”

他们简单的“对不起”中，包含着千言万语。

CHAPTER 12 第十二章

他相信她的能力，她不能辜负他的信任

U ARE IRREPLACEABLE

嘉歆央求夜景颢的主治医生让她进入病房。她穿上隔离服，心情无比沉重。

她凝望着床上的人，他紧闭着眼睛沉睡着，那双曾经深情注视她的眼睛会不会在下一瞬间睁开，如往昔一样热切地凝望她呢？

他身上包裹的绷带，带着浓烈的消毒药水的味道，完全遮盖了香水的清爽香味。

厚厚的绷带，隔绝了她与他的亲密接触。

看着滴答滴答跳跃的曲线，那么微弱的心跳，令嘉歆心痛如绞。

她从没想过，那个守护她的王子有一天会为了她而躺在冷冰冰的病床上，一动不动，就像没有生命的机器人。

她克制着不让自己胡思乱想，尽量保持无可挑剔的微笑，把一切不安的想法全驱逐出脑袋。

他不会扔下她不管。他答应会一生守护她。所以，他一定会醒过来。只要他不放弃，他会醒来的。

强忍的泪水夺眶而出，嘉歆慌忙转过头，轻轻擦拭眼角的晶莹，压抑蹿升而起的悲伤，勉强挤出一点笑容。

“你这个傻瓜！明明知道没有机会逃生，为什么要因为我的任性而返回？”她把不满宣泄而出。

在爱情的世界中，只有傻瓜，爱情的傻瓜，会为了深爱的人不顾一切。

“傻瓜！你真是不折不扣的傻瓜！”抱怨的话包含着她胸腔里满溢的感情。

半小时后，嘉欣走出了加护病房，花子怜惜地摸摸她的头。

嘉歆回忆起翁雅玲的话，惊恐地躲开。

花子的眼神有一闪而过的悲伤，他不明所以地看着退后几步的嘉歆："怎么了，嘉歆？"

"哥哥，你有很多事瞒着我，对不对？"嘉歆直视着那张足以迷倒众人的脸，"你害雅玲家破人亡，对不对？"

花子的脸上没有表情。

嘉歆低下头，放在身侧的手被攥成了小小的拳头，身子不住地颤抖，是害怕，是伤心，是恐惧的重复叠加，纵使如何伪装得漠不在意，但残酷的事实赤裸裸地摆在眼前，逃也逃不掉。

沉默，沉重得难以呼吸。

嘉歆抬起头，直勾勾地看着花子，吼道："为什么不反驳，为什么不继续隐瞒我？"

泪水疯狂涌出眼眶，像断线的珍珠一颗一颗落在白色的大理石地板上。

花子怔怔地看着她的眼泪滚落，身子空空的，好像被抽走了所有的力气，移不动步子。

"花子哥哥，为什么美若天仙的你竟和风泽一样冷酷残忍！"嘉歆嘶哑的声音中带有绝望，花子在她心中的地位一落千丈，如天使般温柔的花子哥哥化身为令人畏惧的恶魔。

花子抬起头，让涌上来的泪水往回倒流，他不能让悲伤外泄，心痛到无法呼吸，但是他不能让嘉歆看到他的痛苦与悲伤，为了守护身边的人，就让自己成为恶魔："嘉歆，对不起！"

嘉歆拔高了音调："花子哥哥，我不要听你的对不起，我只要为什么，你这么做的原因！"

原因只是为了守护她，他说得出口吗？这个理由成立吗？在她看来不会是自己为了满足私欲而寻找的借口吗？

"对不起！"花子上前一步想抱住微微颤抖的嘉歆。

嘉歆愤怒地拍掉他伸过来的手："不要碰我！"

心里流淌着鲜血，然而倾国倾城的美丽容颜上却找不到一丁点的受伤表情，花子的伪装技术无懈可击。

嘉歆不会原谅他了吧！

其实，嘉歆明白，一切都源于花子要保护她，她不会恨花子，她恨自己。

龙少无意闯入，感受到了飘浮在空气中的不安分子。他看看落寞的花子，望望哭泣的嘉歆。

事态紧急，顾不了那么多了。

龙少直奔主题："憧憬带着一个女人嚣张地在夜氏大楼扬言，要赶夜伯父下台！"

什么？眼泪止住了，嘉歆迷茫地消化龙少的话。

花子忽略掉刚发生的一切，不管她愿不愿意，拉起嘉歆的手直奔门口。

嘉歆回头望了一眼依然一动不动躺在床上的夜景颢。

黑色的保时捷以最快的速度飞驰在宽阔的道路上。

矗立在市中心的夜氏大楼，在熠熠闪耀的阳光下绽放异彩。

独树一帜的设计，让人赞不绝口。

这就是夜氏总部大楼吗？嘉歆抬头仰望高耸入云的建筑，采用巴洛克的建筑手法，外形自由，追求动态，融入哥特式的构图，别具一格。

搭乘电梯到二十六楼，嘉歆的手心渗出微微细汗，有种丑媳妇见公婆的感觉，景颢的爸爸是个怎么样的人呢？她从没见过他的爸爸，伯父就连景颢住院也没有出现过。这到底是怎样的父亲呢？对儿子漠不关心，还是公事繁忙脱不了身？

电梯缓缓打开，嘉歆深呼吸，平定紧张的心情。

会议室，剑拔弩张的氛围。

憧憬坐在总经理的位子上，用陌生的眼神打量着她。正中央，总裁的位子上坐着一名高贵的妇人，紫色的墨镜遮掉了大半张脸，看不出样子。

有人起身走过来，恭敬地说："白少爷，木少爷，有失远迎！"

如花的男子淡然地问："现在什么情况？"

“冒充景颢少爷的人带着一个陌生的女人闯进公司，召开高层的紧急会议，扬言她是公司的新任董事长。”夜景颢的助理简单地陈述，“景颢少爷之前交代过，如果有个一模一样的人要夺取公司股权的话，不能轻信，要相信身为少爷朋友的你们会帮助公司渡过难关。”

龙少皱紧眉头：“夜伯父呢？”

“少爷吩咐，董事长的心脏不好，不能让他受刺激，更不能告诉他，少爷把决定权交给了你们，还有，若他有什么三长两短，把这份文件交给叫彭嘉歆的小姐。”助理拿出文件。

“我就是彭嘉歆！”

助理犹豫地望着嘉歆，考虑她的话的真假，在看到花子和龙少点头承认后，才放心地交出了文件。

沉甸甸的文件，到底写着什么？

风泽、少东、可希、斯斯、泠敏随后赶到了。

憧憬站起来，嘴角勾起不可捉摸的笑容：“人都来齐了，很好，就让你们充当证人，见证夜氏改朝换代的历史一刻。”

他不再是那个憧憬了。

憧憬把一叠文件扔到桌子的中心，露出自信的笑容：“这里是夜氏百分之六十的股份，也就是说，夜浩然不再是夜氏的董事长，而是由我身边的这一位女士取代夜浩然成为董事长，夜氏从这一刻开始走进新的历史舞台，这个世界将不再有夜氏，正式更名为东方帝国。”

围坐在会议桌子两边的人哗然，开始压低声音讨论这些话的真实性。

花子微微蹙眉，按景颢的说法，憧憬回来后，得到的股份只有百分之三十，何以突然多出一半，肯定事有蹊跷。他用眼神示意助理去取桌子上的文件。

文件被人动了手脚，这个推理结果在每个人的心里成立。

憧憬在夜景颢昏迷的日子中，假冒他的身份浑水摸鱼，把股份全让渡到他的名下，神不知鬼不觉地弄到了属于夜景颢的股份。

真是一点都大意不得！

没有人会相信憧憬动了手脚，景颢的印章加上一模一样的笔迹，无可辩驳。

为了这一刻，憧憬计划了很久。

花子面无表情，眉宇间凝聚着淡淡的焦急。

憧憬嘴角嘲弄的弧度越发深刻："无话可说了吧？那么请人事部下达命令，我憧憬从现在开始为东方帝国的总经理。"

他赢了！漂亮地打赢了！

景颢，躺在床上的你无缘看到你的一切如何被剥夺，然而看见嘉歆失望的眼神，憧憬觉得心隐隐作痛，没有了胜利的快感。

花子浅浅一笑："你认为你这样就打倒了景颢吗？"

突如其来的话，让大家蒙了。

花子也不知道景颢的棋盘上的棋子是什么，他那将军的棋子如何使用，但这只是他的猜测，猜测景颢留有反将一军的棋子，目前只能声东击西，击溃憧憬的防线。

风泽明白花子的用意，扬起冷酷的唇角："你永远比不上景颢！"

嘲讽的语气，使憧憬的防线产生了动摇。

憧憬开始烦躁不安，难道景颢还有最后的策略吗？

旁边的妇人嘀咕了一句："自乱阵脚，成不了大气。"她利落地摘下太阳镜，露出了一张花容月貌的脸，"既已成定局，可以麻烦你们出去了吗？"温柔的语气，但有不容人反抗的魄力。

可希惊讶地掩住嘴，用发抖的手指指着那个淡然自若的贵妇人："姑姑……姑姑，你怎么在这里？"

姑姑？

可希颤抖的声音让大家视线聚焦到一个人的身上。

"可希，好久不见，都长成亭亭玉立的少女了，都没认出来！"贵妇人注意到发出声音的娇小身影躲在龙少的背后。

“你……你不是死了吗？”

贵妇人的嘴角溢出苦涩，落寞的眼神只有短短的一瞬间：“是吗？原来哥哥这么说的。”她的任性换来了家人的一句死亡。在这个家族，她是一个已死的人了。

“姑姑，你为什么要帮着这个坏人和景颢哥哥做对？”

不知世事的大小姐，天真的思维。其实，确切来说，是憧憬帮着这个贵妇人，憧憬只是她的棋子。

“我只是来拿回我的一切，原本属于我的一切。”她语气出奇平淡。

不该是憧憬拿回一切吗？

憧憬不解地问：“妈妈，你什么意思？”

原来贵妇人就是憧憬的养母。

收起悲伤情绪，贵妇人扬起高傲的头：“那么，可以请你们出去了吗？”

“不行！”嘉歆提高声音说，“我有权和你谈判！”嘉歆拨开眼前的人，走到与贵妇人对坐的位子，眼里看不到一点波澜，“夫人，若不想进监狱，那么请离开。”

贵妇人以优雅的姿势坐下，妩媚的笑容有点难以捉摸：“这位初出茅庐的丫头，小心祸从口出！”

嘉歆当然明白不经世事的自己难以和她抗衡，但她是景颢最后的棋子，她的手上握有谈判的筹码，他相信她的能力，她不能辜负他的信任。

沉甸甸的文件袋里，装着最后的筹码。

尽管危机四伏，在好奇心的驱使下，嘉歆打开了文件袋。

谈判的筹码一应俱全。

景颢难道料到他会发生意外吗？把一切都安排如此妥当。

嘉歆镇定地维持着自信的笑容，在气势上绝不能输给他们：“夫人，给你最后的机会，奉劝一句，逞强没有好结果！”她一面悠闲地转着椅子，一面注意着贵妇人的表情。

贵妇人波澜不惊，淡然地说：“不要只会耍嘴皮子，彭——嘉——歆小姐！”

她对他们了如指掌，把他们的家世背景调查得透透彻彻。

嘉歆不能耐着性子浪费时间和她在这里兜圈子，景颢还在医院等着她。

“游戏到此结束！”她把文件扔到桌子上，“你们涉嫌非法夺取夜氏的股权，这里才是景颢所有的股份，而我是这些股份的持有者。”

所有人都大吃一惊！

他们许久才明白景颢把赌注全押向嘉歆，嘉歆就是棋盘上最后的将军。

贵妇人面不改色地说：“这些都与我无关，要坐牢的恐怕是憧憬，这一切非法行为全是憧憬所为。”她把一切撇得干干净净。

憧憬用受伤的眼神看着叫了十几年的母亲，她竟然在危急关头把一切罪责推给他承担。如果不是她唆使，不是她策划，他没想过要伤害嘉歆。

嘉歆瞥了一眼憧憬，他脸上受伤的表情深深刺痛了她的心，她露出笑容：“那么夫人，我们拥有同等股权，也就是说，你没有权力要夜氏改朝换代了，夜氏依然是夜氏。”

“小女孩，你以为你这样就能打败我了吗？”贵妇人依然面不改色，镇定自若，“早知道他成事不足败事有余，我当然还有我的底牌。”久经战场的她怎么可能轻易败给这个黄毛丫头。没有足够的把握，她不可能贸然来披露一切。

听到她的话出现了裂缝，嘉歆用冷漠的口吻说：“是垂死挣扎吧！”

“现在能喘气的话多喘几口！看看谁才是垂死挣扎！”贵妇人打了一个响指，会议室陷入一片黑暗中。

投影仪发出微弱的亮光。

画面只有短短的几分钟，但足以决定成败。

贵妇人妖娆的姿色看在嘉歆眼里格外刺眼。

她最后的底牌竟然是几个股东对她的支持宣言。

相比之下，有人会支持她吗？嘉歆的心开始不安。

“小妹妹，游戏到此为止，不要做无谓的挣扎！”贵妇人双手托腮，直勾勾地盯着嘉歆。

在嘉歆无措的时候，一直站在旁边看着嘉歆如何对战贵妇人的花子把手中的资料“吧嗒”一声扔向贵妇人：“这是佳好公司吴总的股份，已经卖给了彭嘉歆小姐，还有华尔兹酒店连锁的叶总，股份全转到嘉歆的名下，按现在持有股份的多少来看，彭嘉歆小姐才是夜氏最大的股东，也就是说，你——输——了！”他锐利的眼神，天生的倾国倾城，让贵妇人心神不定。

“花子哥哥！”嘉歆转头看着花子淡淡的笑容，花子落在她肩上的手给予了她力量，有种安心的感觉。

花子让龙少和少东以最短的时间收购了夜氏其他的股份。

时间刚好赶上。

突然，贵妇人失态地放声大笑：“别以为这样就能把我击垮，我还没有亮出我的底牌！”

这话又引起一阵错愕，她还有底牌中的底牌？

贵妇人食指勾了勾，站在一边的秘书递给她一份文件，她神秘地一笑，让人不安。

这份文件到底装着什么，所有人都很不安地等待着。

嘉歆用颤抖的手接过桌子上的文件，缓缓打开来看，白纸黑字写得清清楚楚，她重复看了几遍，一样的文字没有任何改变。

天，怎么会这样？

文件从手中滑落。

贵妇人满意地看着嘉歆的反应，最后的胜利是属于她的！

“嘉歆，怎么了？”花子轻摇着呆若木鸡的嘉歆，捡起地上的文件，映入眼帘的字使他的身体瞬间麻痹，文件再次从手中脱落。

风泽捡起掉落的文件，后面的人都凑近去看，结果一个个都目瞪口呆！

嘉歆双手拍桌子站了起来，直视着贵妇人：“我不相信，景颢和景天还有憧憬怎么可能不是夜伯伯的儿子，你不要混淆视听，拿一份假的报告就让在场的人相信你，我不会让你的诡计得逞的！”

景颢一定是夜伯伯的儿子！

贵妇人单手托腮，愉悦地享受他们惊讶的样子：“看好了，这可是你最信赖的安达医院的报告，亲子鉴定那一行写得很清楚哦，旁边安佑浩的亲笔签名不会不认得吧！”

“你能很确定地说你没有作假？”嘉歆反驳。

会议室突然闯入了一群意料之外的人。

风神阴沉着脸，嘴角露出阴森森的笑容：“她说的一点都没错！”

他脸上深深浅浅的疤痕触目惊心，让人不寒而栗，身上散发的寒气使人不敢轻易接近。

小乌把亲子鉴定检验报告呈给嘉歆：“嘉歆小姐，这是夜景颢的亲子鉴定！”

可希扯过小乌的袖子：“叔叔，你是风神集团的人？”失望覆盖了她整个清澈的眸子。

小乌，是风神派去的卧底，为的就是今天。

小乌点头。

可希无力地放开他，慢慢退到龙少的旁边，沉默不语。

贵妇人处事不惊地弯起笑容：“风神，大驾光临有何贵干？”

在场的人把视线都聚集在风神的身上，五十而知天命的男人，凭借自身的力量创立了令人闻风丧胆的风神集团。

小乌替风神拉开椅子，风神以领导风范坐下，犀利的眼神望着贵妇人：“找你叙旧。”

“哦，我的印象中没有见过像你这么威风凛凛的大人物！”贵妇人淡然地说。

“易小姐，你换走了我的儿子，这个账如何算？”风神的语气突然变得尖锐，眼神眯成一条缝。

易依依，贵妇人的本名，她抵死不认，嘴角保持着完美的弧度：“你这话什么意思？”

“贵人多忘事，要不要我帮你回忆？”

风神一个眼神示意，小乌把一叠陈年老旧的照片扔到易依依的面前。

隐约可辨认，那个女子与眼前的贵妇人容貌很相似。

小乌简单陈述了当年不为人知的内幕：“易小姐，你为了报复夜先生，竟然偷偷调换了我们老板和夜先生的孩子，因为我们夫人生了三胞胎，你想着即使抱走一个也不会被发现，就收买医院的医生和护士，藏起了其中一个。这件事一瞒就是十几年，我潜伏在星梦的目的就是寻找你的下落，寻找当年的真相！”

风泽和一直沉默的憧憬都蒙了。

易依依表情依然：“你有什么证据吗？”

“证据就是这份鉴定报告，景颢和憧憬都是我的孩子！”风神抬头看了一眼憧憬。

嘉歆激动地站起身，抓着风神的袖子，一般的人可不敢接近风神，只有嘉歆是个例外：“风神伯伯，你说真的吗？景颢是你的孩子而不是夜伯伯的孩子？”

长满老茧的手轻轻拍着稚嫩的小手，风神露出一丝笑容：“所以我不是说，你终究会成为我的媳妇吗？”

风泽回神，面向风神，第一次直视风神那张布满伤痕的脸，第一次没有畏惧他，第一次没有使用敬语：“你说的是真的？”

风神露出温柔的眼神，站起身，轻轻抚摸他的头：“孩子，你永远都是风神集团的继承人！”

事情的发展往往脱离轨道。

“易依依，你怎么可以把我们的恩怨延续到下一代，你大可以找我报仇！”夜浩然拄着拐杖一步一步艰难地走进来。

易依依在看到他的那一刻，刻意压抑的感情瞬间爆发，她依然深爱着这个抛弃她的男人。

嘉歆上前搀扶着夜浩然，扶着他慢慢坐下。

夜浩然，夜氏集团的董事长，易依依的情人。

夜浩然重重叹了一口气：“当年是我对不起你，让你吃了很多苦……感情是不能勉强的，只能说年少轻狂，我欠你一句对不起。”

易依依的眼眶里泛着盈盈泪水。再怎么伪装的坚强，在见到他的那一刻都崩然瓦解。

夜浩然转过头，郑重其事地对风神道歉：“对不起，连累了你！”

风神只是点点头没有回话。

接着，夜浩然语重心长地说：“易依依，放手吧，仇恨跟随你那么多年，你得到了什么？还不是家离子散，最终孤独收场！”

易依依激动地拍案而起：“不行，我为了复仇，等这一刻等了那么久，怎么可能轻易放弃，我牺牲了许多人，已经回不了头了。”

花子插嘴道：“也包括安佑杰和幽园村民的性命？”

在场的人倒吸一口冷气。

“他们只是棋子，为了完成复仇在所不惜！”易依依笑得夸张。

嘉歆放在身侧握成拳头的手颤抖不停，这个可恶的女人竟然害死了杰哥哥。

易依依继续道：“还有晴天，那爱慕虚荣的丫头，只用几句话就把她骗得团团转，处处针对嘉歆和雅玲，把雅玲逼疯，使景颢躺在医院，她也算功成身退了。雅玲的父亲也是曾经逼死我的人，我让他的公司一步一步走入绝境，不得不宣布破产，我把他对我所作所为双倍奉还给他女儿，雅玲只是代替他的父亲赎罪。原以为景颢必死无疑，那样失去两个儿子的你必定坠入万劫不复的地狱，还记得另一个儿子景天吗？他应该可以活命的，只是医生替他注射了另一种药物，他被当做试验的小白鼠，哈哈哈——”她眼底的仇恨越来越深。

她为了复仇，竟然牺牲那么多人的生命。

杰哥哥、雅玲、景天、景颢，还有憧憬，全都是她的棋子，为了把夜浩然逼入绝境的棋子，折磨得他生不如死的棋子。

事实的真相竟如此血淋淋。

她才是不折不扣的恶魔。

嘉歆拿起桌子上的烟灰缸扔向那个发狂的女人，烟灰缸擦过她的发丝，撞击墙壁落到地上，散了一地的碎玻璃。

“你这个可恶的女人！”嘉歆用尽力量吼道，“为了你的复仇，牺牲那么多人！你才是不折不扣该下地狱的恶魔！”

易依依露出杀气：“我也应该解决掉你，你这个碍事的丫头！”

花子挡在嘉歆面前：“你逃不掉的！”

她无处可逃！

易依依从没有想过要从这里逃出去，她要永远伴着这栋大楼沉睡。

她深情地凝望着夜浩然，红唇吐出模糊不清的几个字。

嘉歆注意到她的异常，喊着离她最近的憧憬：“憧憬，快抓住她！”她不能如此轻易地死去，她要活在世间忏悔她的错事，她要赎罪。

还是晚了一步，易依依坐在窗台上，对憧憬说：“孩子，对不起，去寻找属于你的幸福吧！”这个由她一手带大的孩子，虽然没有血缘关系，但却是与她依为命的人。“你有没有恨过我？我毁了你一生，我利用了你，我不是个好妈妈！”

憧憬含着泪，猛力摇头，伸出手：“妈妈，快回来，我会和你一起承担，快回来，你永远都是我的妈妈！”

易依依露出真心的笑容。

门口急匆匆跑进来一个胖子，面红耳赤：“依依，你做什么傻事？”

“哥哥！”易依依惊讶地看着年过半百的亲人。

易中天，星梦的总裁，可希的父亲。

“你的妹妹早已经死了！”易依依垂下落寞的眼帘。

易中天急了：“依依，你说什么傻话，你是我妹妹，怎么死了呢？这只是为了防范别人对你图谋不轨！”他察觉到有人为了追查依依的下落混进星梦，才不得不对世人发布她逝世的消息。

易依依暗淡的眸子顿时熠熠发光："哥哥，你原谅我了吗？我当年的任性害你承受别人的侮辱。"

"傻瓜，一家人有什么原谅不原谅的！"易中天温柔的眼神化解了她心中的伤。

她可以没有遗憾地走了。

"再见！"易依依眼含泪水，面带微笑，纵身一跃，从此阴阳相隔。

这一场戏落幕了，却是个悲剧收场。

"依依！"易中天趴在窗台，久久不愿离去。

"妈妈！"憧憬蹲在角落，把头深深埋进膝盖之中。

风神对夜浩然说："那么让他们各归各位了！"

他的意思就是风泽和景颢还有憧憬的身份对调，风泽是夜浩然的儿子，景颢和憧憬应该回到风神集团。

风神对着风泽温柔一笑："孩子，去你的亲生父亲那边吧，记住，风家的大门永远为你敞开。"说完，他便走了。

风泽面向夜浩然，有点不知所措，陌生的人，陌生的关系，风泽依然是冷冰冰的口吻："父亲大人。"

夜浩然似乎也有点不知所措，不自然地说："叫父亲就好。"

风泽跟着夜浩然出去了。

可希和龙少一直陪着伤心欲绝的易中天。

少东和斯斯处理着琐碎的事情。

幽静的走廊上，花子和冷敏并肩而走。

"这个结局让人不知所措！"花子突然冒出一句。

"呃……是啊，一直在旁边目睹一切的我，看着一切毫无章法的出牌方式，包含着太多的意外，没想到安佑杰的死因竟是如此。"冷敏颇有感慨。

"冷敏小姐，你愿意陪在我身边吗？"花子停下脚步，面对着她认真地说，没有一丝玩笑的意味。

“别开玩笑了。”冷敏别开视线，继续往前走。

花子的声音从耳畔掠过。

“冷敏，我想，我喜欢上你了！”

冷敏停下脚步，背对着他，怦然心动。

当嘉歆质问他的时候，他才发现自己真正的心意，只是太多的事接踵而至，没有机会对她明说。

花子从背后环抱她，把下巴抵着她的头：“冷敏，请你接受这么邪恶的我，好吗？”

冷敏的脸颊早已飞过两片红晕。

她终于守得云开见月明！

当嘉歆赶回医院的时候，她差点被眼前的景象吓晕了。

加护病房里空空的，只剩下停止操作的仪器。

嘉歆抓着走进来的护士，一脸着急：“护士小姐，加护病房的病人去哪里了？”

护士平静地回答：“病人提前出院了。”

“你知道他去哪里了吗？”景颢没有苏醒，为什么会提前出院，而且没有人通知她？

“对不起，小姐，我不知道！”护士看见嘉歆脸色惨白，热心地问，“小姐，你没事吧，要不要叫医生？”

嘉歆无力地摇摇头，颓然地走出病房。她踢开副院长的办公室门，直接冲到安佑杰的前面，质问他：“景颢去了哪里？”

安佑浩挑起眉毛，放弃似的叹了一口气：“嘉歆，景颢出院了。”

“为什么？景颢不是没有苏醒吗？为什么会出院？”

安佑浩起身抓住嘉歆的肩膀，试着安抚她：“嘉歆，景颢醒了，但是他执意出院，没有惊动任何人，我也不知道他现在在哪里。”

嘉歆抬起汪汪泪眼：“为什么他不见我？”一直希望他睁开眼，第一个见到的人是她。

安佑浩温柔地摸着嘉歆的头："景颢还没整理好心情吧，他不是那个自信满满的景颢了！"

"什么意思？"

安佑浩试着换一种说法："景颢的心也被烧伤了，在不确定的情况下，他不想让你看到他现在狼狈的样子，他没有办法面对你吧。"

"我不在乎！"经过那么多磨难，他还不懂她的心吗？

因为太爱，才会害怕失去，更害怕在恋人心里的印象不完美。

安佑浩勾起唇角："嘉歆，勇往直前，把你的心情透给景颢知道，你们的爱情无坚不摧！"他轻轻拍着她的头。

"他现在在哪里？"

安佑浩收起笑容："这个问题，我真的不知道！"

若是夜景颢存心躲起来不见她，她肯定找不到他的。

嘉歆回到病房，看到床头的字条，只有歪歪扭扭的三个字："对不起"。

为什么要说对不起？

她无力地躺在景颢曾经躺过的病床上，上面还残留着属于他的味道，眼泪不断滴落在白色的被褥上。

景颢走了，他消失了，他，不要她了……

EPILOGUE 尾声

执子之手，与子偕老

U ARE IRREPLACEABLE

三年后。

站在英国的土地上，嘉歆用力呼吸着清新的空气，望着墓碑上的黑白照片，那上面的人有着温柔的笑容，给人如沐春风的感觉。

“景天，你住在这里，风景真是好！”她环视一下四周，芳草如茵，花木扶疏，可是她的嘴角有着掩不住的悲伤，“第一次来看你，真的非常抱歉！你肯定很孤独，不过有你最爱的小雏菊陪着你，你也很快乐吧！”墓碑旁盛开着黄灿灿的小雏菊，好不艳丽。

嘉歆用手肘顶了顶旁边的憧憬，示意他也讲几句，不枉他们千里迢迢来这里看景天。

憧憬挠挠头，露出一副羞涩的样子：“景天，我是憧憬，你的胞弟，这是我们第一次见面！下周一就是我的婚礼了，希望你也能感受到这一份喜悦和幸福，也让我们早日找到景颢！”他的眼角有点湿润，偷偷眨眨眼，用力压下涌上来的眼泪。

嘉歆轻轻拍着憧憬的背，“景天也会为你高兴，你找到了属于你的幸福！”

憧憬转过头看着嘉歆：“那么你的幸福呢？你要继续守着这份爱情吗？已经过去三年了，你也该放手了……”话未说完，就被不远处一条边跑边吠的大狗打断了。

那条狗直直地向他们奔过来，他们躲闪不及地让到一边。

紧随其后，是一个戴着黑色墨镜的男子，黑色的长衣把他的身躯紧紧包裹，他拄着拐杖一步一步朝他们走来。

当看见那张越来越清晰的面容时，嘉歆只能让眼泪默默从眼角流下，憧憬赶紧抱住颤巍巍仿佛风一吹就会倒下的她。

景颢，是景颢！

嘉歆慢慢走向他，两人之间的距离越来越近。

“你这个坏蛋，这次看你怎么逃掉！”她死死地抓住了来人的胳膊，一脸的笃定。

“这次，我已经想好了，不打算再逃了。”他望着她的眼神，还是一如往昔的深情。

“算你识相！这次你再不露面，我就真的追杀你到天涯海角！”嘉歆的嘴角露出一抹坚定的笑容，她不会放开他的，不管未来如何，她都会“执子之手，与子偕老”！

“天国”学业水平测试

教室广播：监考老师开始分发试卷，请领到试卷的同学们仔细检查考卷有无差错，我们的“天国”学业水平测试，在铃声响30秒后开始，请考生做好准备。

丁零零——

题号	一	二	三	总分
得分				

One 填空题

1.《来自天国的交换日记》中，体育课受伤，原澈野说叶希雅在摔倒后仍然坚持站起来奔跑，像__________。

2.《我在天国遇见你》中，希雅乘坐的Fly号列车司机是__________。

3.《如果天国也曾悲伤》中，许翼把真正的维纳斯真心送给了希雅，地点是在__________。

Two 选择题

1.叶希雅把某个人送的玛瑙眼（金鱼的品种）称为小白，它是出自于哪部作品呢？（　　）

A.《来自天国的交换日记》 B.《我在天国遇见你》 C.《如果天国也曾悲伤》

2.千夏与叶希雅在精品店里买了一对画有彩虹的杯子，杯盖上象征友谊的花是（　　）

A.百日草　　B.三色堇　　C.勿忘我

Three 问答题

1.《来自天国的交换日记》中，叶希雅和原澈野第一次对话的内容是什么？

2.《我在天国遇见你》中，公交车为什么被称为Fly号列车？

3.《如果天国也曾悲伤》中，放许愿灯时，“我想和希雅永远在一起”是谁写的？叶希雅写的又是什么？

温馨提示：所有答案都能在《来自天国的交换日记》、《我在天国遇见你》、《如果天国也曾悲伤》中找到，三者缺一不可。如果你还没集齐它们，

快！快！快！

“天国”学业水平测试剩余时间已经不多了！各位“天国”学院毕业班的同学们，请努力地为成为一名合格的“天国”毕业生而努力吧！

只有全部考题答对才能毕业哦！

Fighting!

如果天国也曾悲伤

RU GUO TIAN GUO YE CENG BEI SHANG

IF THE PARADISE IS ALSO SA

班级________ 密封线 姓名________ 学校________

心跳吧！勿忘我の夏日约

好喜欢你！不管什么样子的你，我都喜欢得不得了！
只要能够待在你身边，我就像得到了全世界最珍贵的宝物！

暑假来临之前，让我们先清凉一夏

勿忘我の夏日约大曝光

约会の美丽瞬间①

地点：海边的秘密基地

心跳回忆：“你知道吗？纸船会把痛苦的回忆通通带走哦。”蹲在海边，我低声地对他讲解着纸船的折法。

藤井寒垂着头仔细地听着。

他温热的呼吸若有若无地喷在我的脸上，我的肌肤立即像被烫伤了似的开始燃烧，心跳完全不受控制。

约会の美丽瞬间②

地点：人来人往的街道

心跳回忆：第一次“私奔”，他拉着我的手，飞速地跑了起来。

耳边传来“哗哗”空气流动的声音……心开始加速狂跳起来。两旁的景物迅速朝后闪，可是我的眼里只有他，他帅气的侧脸、翻飞的衣领，和身上散发出的淡淡的植物清香……

约会の美丽瞬间③

地点：食堂

心跳回忆：食堂里一片嘈杂，可是坐在藤井寒的面前，我觉得好像有一个看不见的透明屏障把所有的声音都隔开了，安静得可以听见我雷鸣般的心跳声。

约会の美丽瞬间④

地点：Ta家楼下

心跳回忆：台风暴雨里的拥抱，隔着单薄的衬衣，倾听两人频率一致的心跳声……

我所有的话语全部消失在喉咙里，整个人彻底愣在原地。

噼里啪啦，好像有无数烟花在头顶上绽放着。

大脑已经彻底短路，我失去了思考的能力，心像要从嗓子眼里跳出来。

有一种文字叫：**小妮子**

有一场爱恋叫：勿忘我

2013，我们**蓄势待发**

你，准备好迎接了吗？

希雅

妮子姐姐：

我从未想过用这种方式来表达对你的感谢。有人说，每个人在生命中最灰暗的时期，都会遇到一个带着温暖气息的天使。在我的生命中，你就是我的那个天使。那个时候我经常问你，一个人死了以后，能存在于几个人的**记忆**中。你告诉我，你可以让很多人帮我记得他。于是有了**《来自天国的交换日记》**。

我的伤痛，我的不舍，我的眼泪，因为千万读者的祝福得到了治愈。五年后，你告诉我："希雅，想要彻底走出阴霾，就要学会自己面对。用你**自己的口吻**讲出属于你的故事吧。"面对这个建议，我曾踌躇，曾抗拒，曾歇斯底里。其实我明白，那道伤不过是结了痂，我必须坚强地面对它，才能真正走出伤痛。断断续续经过近两年的时间，我终于能带着微笑告诉你，告诉广大读者——是的，**我做到了**。我没有被伤痛打败，它让我更加坚强，它让我懂得，带着泪水的微笑有苦涩，却有更多的甜蜜。是的，我完成了自己的故事，它就是**《来自秋天的告别书》**。

如果你曾被我的故事感动，这一次，我来还你一个真相。感谢那些年爱情曾光临我的生命，感谢我们都曾深爱，**都曾刻骨铭心**。

——希雅（二零一三年秋）

《来自秋天的告别书》

大牌怪人来袭！
怪人年年有，今年特别奇；公主爱易装，闺蜜是男人！
特别嘉宾：
《变装男友柠檬派》男主角
无可挑剔的精致五官，
全校男生的“梦中情人”。
最大的梦想是能当演员。
嘿，其实我是男生。
特别嘉宾：
《公主驾到》女主角
天生丽质却甘愿扮丑，
一心憧憬着东方爱恋。
怎能忍受当众被欺骗？
嗯，请叫我公主殿下。

——命运爱情代言人——
爱，分为两种：
一种是愿成为白天的月亮，
你看不见，却始终在你身边。
这就是《白昼之月》
一种是至死不渝轰轰烈烈地追随，
直到末日来临也绝不松手。
这就是《爱至末日》
A安晴 著
ANQING ZHU
命-运-爱-情-代-言-人-
“命运爱情代言人”——安晴
2013 两大最新力作
《白昼之月》 & 《爱至末日》披星戴月而来，
这些就是我给你全部的爱！
内容简介
白昼之月
MOON IN THE DAY
为了帮至亲的奶奶获得治疗的机会，纪星晴不得已离开了初恋男友，来到一直觊觎她的富家公子顾明希身边。两人在人前假装是一对恩爱情侣，顾明希虽然知道她心里还有其他人，却隐忍不言，想通过自己的努力，等到她终于爱上自己的那一天。然而傅翼鸣的再度出现，与纪星晴合演话剧，让顾明希察觉到她依然旧情难忘。他愤怒不甘，差点犯下大错，在最后关头却又为了救她身陷险境。当纪星晴终于察觉到自己的心已经产生偏移时，顾明希却已独身前往美国……
内容简介
阳光帅气的南宫冉一直爱慕着纪欣语，可她只拿他当好朋友。颜沐枫出现之后，纪欣语虽然口口声声讨厌颜沐枫的狂傲和自大，内心却不知不觉被他吸引。南宫冉察觉到纪欣语对颜沐枫太过关注，决定趁长假带她去法国散心，可惜事与愿违，在巴黎街头，两位有情人再一次重遇，并且让纪欣语的心更进一步沦陷。然而命运早已下了判决，最后，身患重病的颜沐枫不告而别，而纪欣语守着那片宁静的海，固执地坚信他们的爱，会延续至末日降临……
爱至末日
LOVE YOU UNTIL THE END OF WORLD
安晴
你想要的是默默陪伴，还是奋不顾身牵手再爱一次？
答案就在这里。
更多精彩请关注http://www.merry520.com/ （官方网站）
http://weibo.com/merryproduct （官方微博）

艾可乐
少女的爱情小巫师
妖精事务所
不是所有的妖精使者都很拉风、很恶毒、很精明；它们也可能是追爱二人组不可或缺的狗头军师。
不是所有的宠物都很可爱很乖巧；它们也可能会凭借古典、优雅、恶搞、顽皮的特性为你注入新的生活元素。
它，克里斯多夫罗宾
它，个性沉稳，温柔，体贴
它，像是英国最典范的管家一样
它，居然是一匹让人倾倒的的白色阿拉伯马
它，来自《世界第一王子殿》
它，有漆黑的头发和苍白的脸
它，虽然很帅，但是全身上下都散发着“我很烦”的冷气
它，常常变成一只黑色的麻雀，却执行着守护的职责
它，来自《天使七号殿》
它，安吉丽娜·卡夫卡
它，是谜一样的黑猫类生物
它，听声音是女性，但是有非常多的腿毛
它，是会把一切都弄糟的菜鸟妖精
它，来自《恋爱中的神兽殿》
《世界第一王子殿》《天使七号殿》《恋爱中的神兽殿》
超脱凡间想象的另类萌物与人类的浪漫交集
你将选择收藏哪只史上最萌的妖精灵宠呢？
2013年，艾可乐为你带来最惊喜的收养计划……

初夏情书日志

趁我们正值青春，趁炎炎夏日还未来，趁我们还可以写情书。
爱情的全部不仅仅是几封情书，却是从一封情书开始……

《猎爱0°C王子》

作者：巧乐吱
上市时间：2013年5月

内容简介：

身为打工女皇、Suprise公司王牌外援的平凡少女乐甜甜咸鱼大翻身啦！
原来她竟然是超级有名、超级有钱的晴天财团董事长乐理安流落在外的亲孙女！
于是，赤贫少女过上了她从来不敢想象的生活：别墅、漂亮的衣服、精美的首饰，还有一大群前呼后拥的仆人！
但是，为什么她会在转学的贵族高中碰到那个差点害她Suprise王牌不保，还赔上她初吻的冷淡王子啊！这个家伙的脸是用南极的冰川雕出来的吗？还有刻板的爷爷给她请的那个自诩为名门贵公子的礼仪指导——宿海，明明就是只腹黑讨厌的狐狸啊！
哼哼，她可不相信凭借她的魅力融化不了冰山，打不败妖孽的狐狸！
接招吧！她可是让你的人生“惊喜”不断的王牌美少女！

《恋的号码牌》

作者：希雅
上市时间：2013年6月

内容简介：

什么！河边邂逅鬼少年？
迷恋塔罗牌的古怪少女崔妍希，因为一次偶遇，邂逅了同样古怪的鬼少年。
一场奇特的邂逅带来的是，惺惺相惜的彼此陪伴。
打破生活平静的小石子，导致鬼少年带着怨恨离开……
长相一样，气质完全不同的美少年紧接着华丽回归。
他带着什么样的秘密？
误会能否让仇恨在时光里搁浅？
相处中渐渐萌生的爱恋，能否让他们找到专属的恋的号码牌？

《第100次初恋挑战》

作者：松小果
上市时间：2013年6月

内容简介：

她是每一次恋爱，无论明恋、暗恋、被暗恋都会无疾而终的超霉运女生，只不过因为年幼无知的时候嘲笑过丘比特的身材，就被这位背“箭”的爱神诅咒，恋爱没好运，注定失恋99次才会成功。
他是特立独行的妄想症王子，一个无论名字、言行和着装都超级有个性、拥有无敌俊美外貌的纯正东方美男，爱好是给自己所有的跟班、宠物、电子设备取奇怪的西洋名字，以及散发天然呆的萌气质……每一次他的出现都会刷新你对这个世界的看法，只要是他认定的事情就绝对不会更改！
当他遇到她，开口的第一句话就是：“亲爱的，我对你一见钟情，请跟我结婚吧！”
而她的反应却是落荒而逃……
为什么？
因为他是她注定失败的第99次恋爱对象啊！
如果注定失败，稍微谈个恋爱就可以了，为什么要奔着结婚去啊？
浑蛋，不许再跟着她死缠烂打了啊！

《初恋体验社》

作者：莎乐美
上市时间：2013年6月

内容简介：

圣夜学院最新八卦——
向往初恋的打嗝少女，竟然被初恋体验社的美少年社长选中体验初恋！
她是高度近视、爱打嗝、向往初恋的平凡少女，他是高贵、霸道、体验了N次初恋的美少年社长——当完美少年邂逅懵懂白痴少女，谁才是恋爱大赢家？
一起来一次最萌最惊险的初恋体验，让初恋来得更猛烈些吧！

《属于你我的心跳》

作者：希雅
上市时间：2013年5月

内容简介：

人的心跳大约为每分钟70至80次。
当韩美熙遇见尹世崇，常规的心跳频率被完全打乱。
同样的心跳频率，同样的心电感应，是命中注定，还是命运的一次玩笑？
阻隔在两人之中的纠缠、是非、仇恨，是否能够因为爱而一一化解？
渐行渐远的两人，分离之后，是否还能找回属于他们的心跳……

魅丽 优品贴心作者
巧乐吱、希雅、松小果、莎乐美
教你写情书！

2013年，
这个夏天
就让情书“飞”起来。

魅丽教你快速购书

首先，你可以通过书店买到我们的书！如果他们没有我们的书，你就一次次去问他们，最迟三个月内你就会发现你的愿望达成了，魅丽优品来到了你的身边。

其次：你可以通过网购的方式买到我们的书：

方法一：

魅丽优品官网商城：http://www.merry520.com/shop/

魅丽优品官方淘宝店铺：http://shop63095189.taobao.com/

每月更新优惠购书活动，超值赠品独家供应，最新最全的购书信息同步更新！而且如果你在**这里买书，还会获赠小礼品。说不定你买的书就是签名版！**

方法二：

当当网：http://www.dangdang.com/

2012年魅丽优品与当当网全面合作，更多超低折扣书籍持续更新中！你只要登录当当网，搜索你要买的书就行了！**而且当当网支持货到付款，没办法网上支付的同学们，就上当当吧！**

你还可以通过邮购方式购买到我们的书：

邮购地址：湖南省长沙市开福区黄兴北路89号上城金都南栋21楼2128湖南魅丽优品文化发展有限公司　　金丹（收）

邮编：410005

读者服务咨询热线：0731—84887200-666

通过这种方式购书的同学，你们同样可以获得小礼品以及有机会获得作者签名版哦！

如有疑问，你可以咨询我们：

魅丽官方QQ：980103911

邮购1群：71072176

邮购2群：6331234

邮购3群：22763892

魅丽优品读者俱乐部1群：87401930

魅丽优品读者俱乐部2群：203461132

填写此页并寄回魅丽优品，有机会得到指定作者亲笔回信！

填写此页并寄回魅丽优品，有机会得到指定作者亲笔回信！

读者调查表

姓名：　　　　年龄：　　　　性别：

QQ：　　　　电话：　　　　地址：

1 你买的这本书，书名是什么？

2 买这本书的原因是什么？（可多选）

A.喜欢的作者　B.封面和插图　C.装帧设计　D.故事简介吸引　E.被人推荐　F.赠品　G.价格

3 对这本书满意吗？最满意哪几点？

A.语言风格　B.故事情节　C.人物角色　D.封面和插图　E.装帧设计　F.价格　G.不满意

4 有没有在魅丽优品的淘宝店铺或魅丽商城购买过本公司的书？

A.有　B.没有　C.知道这两种渠道，但没有买过　D.不知道这两种渠道

5 在书店容易买到魅丽优品的书吗？

A.容易，想买的书都能买到　B.不容易，很难找到　C.只能找到一部分书

6 最喜欢看哪种类型的小说？（可多选）

A.青春校园　B.魔幻科幻　C.都市言情　D.穿越　E.悬疑恐怖　F.热门电视剧改编　G.其他

7 平时买杂志比较多还是图书比较多？

A.杂志　B.图书

8 以下哪种因素会成为你买杂志的首选原因？

A.内容　B.价格　C.设计风格　D.主编　E.广告　F.纸张质量　G.彩页多少

9 以下哪种因素会成为你购买图书的首选原因？

A.内容　B.价格　C.设计风格　D.作者　E.出版社　F.其他

10 通常通过以下哪种渠道购书？（可多选）

A.新华书店　B.大型书城　C.民营书店　D.打折书店　E.报刊亭　F.书摊　G.二手书店　H.网络商城

11 会购买明星写真集吗？

A.从不买　B.只买自己喜欢的明星的写真集　C.看价钱，如果太贵，就算是喜欢的明星的写真也不买

D.只要是喜欢的明星，多少钱都会买

12 你是否认为魅丽优品的图书封面字体太花了，看不清？

A.是　B.否　C.偶尔　D.你不这样认为，但听其他人反映过这个问题

13 你会被什么样的图书促销活动吸引？

A.打折　B.签售　C.买一赠一等赠送方式　D.互动活动获奖　E.其他

14 你是否能接受购买旧书？

A.能　B.不能

15 你想得到哪位作者的亲笔回信？

16 今年看过的所有魅丽优品的书，最喜欢哪一本？

填写此页并寄回魅丽优品，有机会得到指定作者亲笔回信！